# *La Beauté du diable*

DU MÊME AUTEUR
AUX ÉDITIONS PHILIPPE PICQUIER

*L'Odeur*
*L'Eléphant et la Maruti*
*Le Cuisinier, la Belle et les Dormeurs*
*Des lanternes à leurs cornes attachées*

Titre original : *My Beautiful Shadow*


Mas de Vert
B.P. 20150
13631 Arles cedex
www.editions-picquier.fr

*Conception graphique* : Picquier & Protière

*En couverture* : © Yuri's Photography / Getty Images

*Mise en page* : Christiane Canezza – Marseille

ISBN : 978-2-8097-1023-6

Radhika JHA

# *La Beauté du diable*

Roman traduit de l'anglais
par Françoise Nagel

*Éditions*
*Philippe Picquier*

# *Une ombre si belle*

J'ai un secret. J'appartiens à un club. On en voit les membres partout, dans Ginza, dans Marounouchi, Aoyama et sur Omotesando – toutes les meilleures adresses de la ville. Il s'agit d'un très grand club, sans doute le plus important de Tokyo, de tout le Japon, peut-être même du monde entier. Mais il n'est pas illustre. Il n'y a pas de formulaires à remplir pour y adhérer. Pas de code vestimentaire ni de règlement. Il n'a pas même de nom. II ne nécessite pas de frais d'inscription ni de cotisation, même si à côté des dépenses que vous risquez d'encourir pour en demeurer membre, la cotisation au club de golf le plus sélect de Chiba semblerait dérisoire. Il n'y a pas non plus de limite d'âge pour s'inscrire. Il faut juste un certain temps pour se faire accepter.

En réalité, c'est le club qui est secret. Il est secret dans la mesure où ses membres ne se connaissent pas. Nous nous voyons. Nous en arrivons à nous reconnaître. A l'occasion, nous échangeons même un sourire. Mais nous n'essayons pas de faire connaissance. C'est là l'une des règles tacites.

Appartenir à un club n'est pas la même chose que faire partie d'un groupe. Tout le monde naît au sein d'un groupe. Vous êtes un homme, je suis une femme. Vous êtes américain, je suis japonaise. Nous ne l'avons pas choisi. Cela a été décidé pour nous. On ne nous a pas donné le choix.

Adhérer à un club, en revanche, c'est comme faire un mariage d'amour : on a le droit de décider. C'est pour ça que nous voulons tous faire partie d'un club. Tant que nous ne l'avons pas trouvé, il manque à notre esprit un point d'ancrage et cela génère en nous de l'anxiété. Plus il nous faut de temps pour dénicher notre club, plus l'angoisse est présente. Et puis, un jour, nous trouvons celui auquel nous devons appartenir. Alors, nous cessons d'errer sans but dans la vie. Nous avons désormais une raison d'être. Même si la file d'attente devant l'entrée est longue, nous attendons courageusement, avec cette énergie particulière que nous appelons *gaman,* « patience ». Et lorsque les portes du club s'ouvrent et qu'on appelle enfin notre nom, nous y entrons avec fierté.

Il existe cependant une restriction à l'adhésion dans mon club : seules les femmes peuvent en devenir membres. Les hommes prétendent que les femmes ne savent pas garder un secret. Mais ce sont les hommes qui en sont incapables. Mon club est le secret le plus grand et le mieux gardé de tous les secrets de Tokyo. Nombre de ses recrues ne savent même pas qu'elles ont adhéré.

Mon club n'est peut-être pas le plus ancien de Tokyo, mais c'est certainement le plus important. Aucune de nous ne sait combien il compte d'affiliées. Mais je les vois partout – dans le métro, dans les rues, dans les banques et les bureaux de l'administration, dans les hôpitaux. Alors comment, demanderez-vous, nous reconnaissons-nous ? Je ne saurais parler pour les autres, mais en ce qui me concerne, j'ai un don. Je suis capable de repérer mes consœurs au premier coup d'œil. Et parfois, elles me reconnaissent d'un petit sourire entendu ou d'un simple haussement de sourcils.

Si j'avais été quelqu'un d'autre, j'aurais pu essayer de monnayer ce talent. Les banques et les sociétés de crédit m'auraient fait un pont d'or pour bénéficier de mon savoir. Mais je ne l'exploite pas, car les membres de mon club sont mes sœurs. Je connais leurs habitudes. Je sais à quoi elles pensent le dimanche, à six heures du soir, pendant qu'elles préparent le dîner familial. Ou à onze heures, le lundi matin, quand elles descendent en flânant l'avenue principale de Ginza en attendant que les vendeuses leur ouvrent les portes des boutiques. Et je sais aussi ce qu'elles ressentent quand, le mardi à trois heures de l'après-midi dans Marounouchi, elles se hâtent, tête baissée, démarche coupable, vers le métro. Mon cœur s'emplit de fierté à la vue des plus jolies – si élancées, si belles, silhouettes éternellement jeunes. Mais c'est le courage de celles qui, malgré leur âge et leur lassitude, s'obstinent à vouloir rester jeunes, qui m'émeut aux larmes. Quelles humiliations n'ont-elles pas dû subir pour demeurer si longtemps dans le club !

Comme tous les autres clubs, le mien a ses factions et ses politiques. Il compte deux grands groupes adverses : les femmes au foyer et les office ladies. Les premières ont du temps mais peu d'argent à dépenser. Elles vont dans les magasins et elles regardent, regardent encore et encore, avant d'acheter. Elles soudoient les vendeuses pour se faire inviter aux ventes privées. Elles sont si imaginatives, si ingénieuses, et le résultat de leurs efforts est si ravissant que je ne peux m'empêcher d'éprouver à leur égard le plus grand respect.

Les office ladies ont de l'argent, mais pas de temps. Elles travaillent aux côtés des hommes de neuf heures du matin à huit ou neuf heures du soir et ne vont faire les magasins que le week-end et pendant leur pause déjeuner ou après le travail parfois, si elles ont la chance de terminer avant la fermeture des boutiques. Elles se plaignent beaucoup, comme le font toutes les petites sœurs. Elles disent que nous autres, les épouses, pouvons nous estimer heureuses, nous profitons des meilleures affaires, alors qu'elles, arrivant après nous, doivent se contenter des restes. C'est pour cette raison, prétendent-elles, qu'elles ne sont pas aussi bien habillées que nous. La vérité, cependant, réside ailleurs. En réalité, ces femmes sont des petites filles. Elles ne veulent pas grandir, elles ne savent pas cuisiner. Elles achètent beaucoup de camelote – robes à fanfreluches et corsages fleuris. Leurs sacs et leurs foulards aussi sont ornés de fleurs. Et elles adorent s'entourer de toutes sortes d'accessoires. Leurs ordinateurs et leurs téléphones portables étincellent, leurs clés cliquettent, même leurs ongles sont incrustés de bijoux. Elles aiment croire qu'elles peuvent nous voler l'amour de nos hommes. Mais elles se trompent. Nos hommes sont déjà vendus. Leur dévotion va à leur entreprise. Un homme n'a de place pour une office lady que dans son ego. Si elle sait en prendre grand soin, elle le retiendra. Sinon, elle le perdra.

Il existe un troisième groupe d'adhérentes qui n'appartiennent à aucun des deux autres et en sont pareillement méprisées : les femmes au foyer qui s'habillent comme des office ladies. Les femmes de ce groupe sont des comédiennes si douées, elles brûlent d'un désir si ardent que même leur corps semble jeune et virginal. Mais ce n'est qu'une illusion. Leur présence dans les magasins à onze heures du matin ou trois heures de l'après-midi, moments de la journée où les véritables office ladies travaillent, les trahit. Les hommes le savent aussi et leurs regards s'allument quand ils les voient. Et effectivement, elles méritent qu'on les admire. Car rien dans leur apparence n'est laissé au hasard – depuis leurs longs ongles brillants et leurs cheveux luisants soigneusement coiffés jusqu'à leur foulard Hermès et leur sac Louis Vuitton. Et quelles combinaisons de couleurs – orange et pourpre, marron et lilas, gris et bleu glacier ! Celles-là n'ont pas été conçues dans les pages d'un magazine de mode. Elles sont inventées par mes sœurs et bravement arborées dans les rues de Tokyo. Quand je me promène dans Ginza ou Minami Aoyama, je ne me sens jamais seule ; je suis entourée de mes sœurs, je peux marcher d'un pas fier.

Vous pourriez appeler mon club le club des passionnées de beauté. Mais ce n'est pas de la beauté des autres que nous sommes éprises. Nous ne courons pas après les jolies choses, nous ne remplissons pas nos maisons d'objets charmants et inutiles. Nous ne parcourons pas des kilomètres pour aller admirer un beau paysage ou un oiseau rare, ni ne déboursons des sommes ridicules pour écouter ce que les étrangers appellent de la « belle » musique. C'est parce que nous ne convoitons pas la beauté imaginée par d'autres. Nous voulons inventer notre propre style de beauté et le faire par nous-mêmes. Et la beauté que nous créons n'est ni statique ni passive, car nous la remettons sur le métier chaque jour. Nous sommes les véritables esthètes, nous portons notre beauté sur nous. Et même si nos maisons sont vieilles et délabrées, si les murs empestent l'usure et la décrépitude, quand nous sortons après notre toilette matinale, nous sommes jeunes, fraîches et superbes. Et nos vêtements et notre maquillage sont impeccables.

# *Un homme bien*

Vous avez déjà deviné à quel groupe j'appartiens. Oui, je fais partie de celui des femmes mariées. Vous êtes surpris ? Laissez-moi vous raconter mon histoire et vous comprendrez.

Je me suis mariée à dix-sept ans et j'en étais fière. Car je n'étais pas jolie comme mon amie Tomoko Ohara. Il n'y avait rien chez Tomoko qui ne fût parfait. Ses mignonnes petites oreilles étaient bien aplaties sur les côtés de sa tête. Elle avait la silhouette élancée d'un mannequin. Sa peau fine et diaphane semblait luire de cet éclat bleu pâle qui n'appartient qu'à la porcelaine de Chine la plus délicate. Mais la beauté, comme la flamme d'une bougie, fait naître des ombres noires partout où elle va. Il suffisait que Tomoko entre dans une pièce pour que toutes les autres filles aient le sentiment d'avoir cessé d'exister. Nulle ne voulait vivre dans l'ombre de Tomoko. Aussi m'avait-elle choisie, moi, pour être son amie. Je savais que je ne serais jamais belle. Mais quand je me trouvais avec Tomoko, le monde s'éclairait.

Vous voulez savoir à quoi je ressemblais ?

Non, je ne me ridiculiserai pas en vous décrivant de quoi j'avais l'air dans ce temps-là. Je vous dirai seulement que, dès mon entrée au collège, j'ai eu l'impression d'avoir des potirons sur la poitrine. Bien que ma famille eût été plutôt fortunée autrefois, à l'époque où j'ai commencé le collège, tout ce que ma mère pouvait se permettre d'acheter étaient des vêtements d'occasion, et rares étaient ceux qui m'allaient – surtout sur le buste. Les seuls habits neufs que j'aie jamais eus étaient des uniformes scolaires – un pour l'hiver et un pour l'été. Mais même là, ma mère trichait en ne m'achetant que deux chemisiers blancs au lieu de trois, si bien que quand une camarade de classe en aspergeait un d'encre indélébile, j'étais obligée de porter un pull-over en plein été pour dissimuler les taches.

C'est grâce à Tomoko que j'ai fait la connaissance de mon mari.

En matière de petits copains, Tomoko aurait pu avoir n'importe quel élève de Gyosei, la prestigieuse école de garçons située juste à côté de la nôtre. La plupart des filles de notre établissement rêvaient d'épouser un garçon de Gyosei et bon nombre d'entre elles l'ont fait. Mais Tomoko n'en voulait aucun. Elle désirait quelqu'un de plus âgé, de plus mûr – un homme. Aussi, depuis le collège, faisait-elle la chasse aux étudiants de l'université. Et voilà comment je me suis retrouvée à sortir avec un étudiant, alors que je n'étais encore qu'en troisième année de lycée.

Nishikawa Ryu était le meilleur ami de Yasuo, le petit-ami-du-moment de Tomoko. Il était boursier, natif de Kitakyushu dans le Sud du Japon et logeait dans une résidence universitaire, non loin de la gare de Yotsuya, réservée aux étudiants originaires de Kyushu et dirigée par des prêtres. Grand, brun de peau et mince, si mince que ses coudes semblaient sur le point de trouer ses chemises, Ryu était physiquement à l'opposé de moi. J'étais petite et un peu boulotte, et ma peau, comme celle de la plupart des filles de la ville, était pâle, presque blanche.

La première fois que nous nous sommes rencontrés, il n'a pas prononcé un mot, mais je l'ai surpris à plusieurs reprises, le regard rivé sur mes seins. Je me suis trouvée aussi à le dévisager. Il me faisait penser à un oiseau, tant il était brun et silencieux. Mais ses yeux étaient brillants et avides et quand il me regardait, je me sentais toute chaude, comme sous un soleil printanier. Je n'ai donc pas été étonnée lorsque Tomoko m'a dit qu'il voulait me revoir. Tomoko aimait que les choses se règlent harmonieusement, et que je sorte avec le meilleur ami de son petit copain la ravissait. « Comme ça, nous serons toujours ensemble, gloussa-t-elle en m'annonçant la nouvelle. Nous pourrons sortir à quatre et aller ensemble au cinéma et au restaurant. C'est parfait, non ? » Bien sûr, ça l'était. Dans mon monde tout gris, la compagnie de Tomoko était ce que je pouvais imaginer de mieux dans la vie. N'empêche, j'étais aussi inquiète. Comment allais-je retenir l'intérêt d'un étudiant de l'université ? Je n'étais ni jolie ni intelligente ni bien habillée comme Tomoko. Et je n'avais pas non plus un père riche et brillant.

Tomoko a également résolu ce problème pour moi. La deuxième fois que Ryu et moi nous sommes vus, je portais un corsage en velours noir que Tomoko m'avait prêté. Le décolleté plongeant orné de dentelle à l'ancienne couleur crème rehaussait la blancheur de mes seins et mettait en valeur le profond sillon qui les séparait. Nous avions assorti le chemisier d'une jupe

Burberry écossaise, appartenant aussi à Tomoko, dans des tons chauds de brun, beige et bordeaux. La jupe était très courte, ce qui, espérais-je, compenserait la petitesse de mes jambes, surtout en comparaison de celles de Tomoko. J'avais fauché de l'argent dans la réserve de secours à la maison et j'étais allée me faire coiffer et maquiller au *Damm*, le plus célèbre institut de beauté de Harajuku. C'est la seule fois où j'ai volé ma mère ; elle s'en est sans doute aperçue, mais elle ne m'en a jamais parlé.

Pendant le film, Ryu n'a pas arrêté de tourner la tête pour me regarder ; ensuite, il a offert de me raccompagner jusqu'à ma station de métro. Dès que les deux autres ont été hors de vue, il est allé droit au but, m'a empoigné les seins et m'a poussée contre le tronc rugueux d'un cerisier. Même si j'ai finalement réussi à le repousser, j'ai été étonnée par sa force.

— *Mada dame !* ai-je sifflé entre mes dents. Pas maintenant.

Puis, après avoir remis un peu d'ordre dans ma tenue, je lui ai dit :

— J'aimerais voir où tu habites. Tu peux m'y emmener ?

— Les femmes n'y sont pas autorisées, a-t-il répliqué d'un ton boudeur.

Mais je voyais bien qu'il était soulagé que je ne l'aie pas envoyé promener.

— Ça ne fait rien, je veux juste voir à quoi ça ressemble, ai-je répondu avec assurance. Pour pouvoir t'y imaginer en train de dormir.

Alors, au lieu de partir chacun de notre côté, nous sommes sortis ensemble du métro et avons marché jusqu'à Yotsuya. Nous sommes passés en silence devant la gare et avons longé l'Université Sophia. La route était bordée de cerisiers ployant sous le poids des fleurs. En franchissant le pont, nous avons dépassé sur notre gauche un terrain de base-ball appartenant à l'Université Sophia. Brusquement, je me suis arrêtée. Le portail latéral était grand ouvert, quelqu'un avait oublié de le fermer. J'ai tiré Ryu par la main.

— Allons-y.

— Pourquoi ? a-t-il demandé, interloqué.

— Parce que.

Je ne pouvais pas lui expliquer que c'était la première fois que je me trouvais seule avec un homme et que j'étais si heureuse que la joie qui bouillonnait dans mes veines me donnait envie de faire quelque chose d'inhabituel, quelque chose qui me rendrait cette nuit inoubliable.

Aussi ne lui ai-je pas répondu, je suis simplement entrée sur le terrain. Je ne me suis pas retournée, même quand il m'a appelée par deux fois. Arrivée au milieu du terrain plongé dans une semi-obscurité, j'ai fait volte-face. Et alors, je ne sais pas ce qui m'a pris, j'ai retiré mon chemisier.

— Qu'est-ce que tu fais ? s'est-il écrié. On va te voir.

— Oh, sans blague ! Alors tu ferais peut-être bien de venir me remettre mon corsage, ai-je rétorqué avec aplomb.

Il est venu. D'un pas hésitant au début, puis, les yeux fixés sur ma poitrine, de plus en plus vite. Lorsqu'il a été presque à portée de main, j'ai tourné les talons et je me suis mise à courir.

— Hé ! a-t-il crié en se lançant à ma poursuite. Attends !

Mais je n'ai pas attendu. J'ai foncé droit vers l'unique source de lumière à l'autre extrémité du terrain. C'était un de ces réverbères à l'ancienne qui diffusent une chaude lueur dorée. Sophia était une université privée, elle pouvait se permettre de conserver ces vieux éclairages d'un autre âge et, tandis que j'attendais que Ryu me rattrape, je me rappelle m'être demandé à quoi ressemblaient ceux qui avaient les moyens d'aller dans des universités comme Sophia. Haletant, Ryu est entré dans le cercle de lumière, et je n'ai plus pensé à rien.

Ryu dit toujours que je l'ai tellement rendu fou tout au long de sa dernière année que c'est un miracle qu'il ait réussi ses examens. Car chaque soir de cette année-là, Tomoko et moi attendions nos hommes aux portes de l'Université Waseda. Nous allions tous les quatre prendre un café chez Jonathan's. Puis mon futur mari et moi parcourions à pied le long chemin qui nous conduisait à Yotsuya d'où je prenais le train pour retourner chez ma mère à Musashi Koganei. Mais d'abord, nous passions par le terrain de base-ball.

La nuit était tombée. J'allais me planter sous le réverbère. Là, j'ôtais mon chemisier, puis mon soutien-gorge et, tenant mes seins à pleines mains, je les offrais à Ryu. Il s'approchait lentement de moi en prenant tout son temps. Arrivé à une trentaine de centimètres, il s'arrêtait et se contentait de regarder fixement. En le voyant hésiter, je prenais peur et soulevais mes seins un peu plus haut. « La première fois, m'a-t-il écrit un jour dans une lettre, une lumière jaune coulait comme du whisky sur ta poitrine et se répandait dans la flaque d'ombre à tes pieds. Tes seins étaient énormes et tes mamelons ressemblaient à des yeux furieux me défiant d'approcher. J'étais si bouleversé que je ne pouvais plus bouger. » C'est la seule lettre d'amour qu'il m'ait jamais envoyée. C'était devenu un jeu de voir qui ferait le premier pas et, dans ces moments-là, l'espace entre nous m'apparaissait comme la chose la plus excitante que j'aie jamais connue. Car il n'y avait rien dans cet espace, et pourtant il semblait aussi lourd et précieux qu'une cargaison d'or.

Mais une nuit, mon ombre s'est insérée entre nous. Je l'ai regardée avec surprise car c'était une étrangère, longue et mince, totalement différente de moi. Puis j'ai souri en la reconnaissant – Tomoko, mais avec mes seins ! Je dois être tombée amoureuse de mon ombre, car chaque nuit j'attendais qu'elle apparaisse et quand elle était là, je ne regardais plus rien d'autre. Même quand Ryu m'embrassait, je ne pouvais détourner les yeux de mon ombre si belle, je continuais à l'observer tandis qu'elle se fondait avec celle de Ryu, se déformait pour devenir le monstre aux membres multiples de notre parade amoureuse.

Toute l'année, tels des acteurs de kabuki, nous avons accompli le même rituel. Puis, au mois de mars, Ryu a reçu une invitation pour un entretien à la banque Mitsubishi. A la façon dont il m'a regardée cette nuit-là, avec un orgueil de propriétaire, j'ai deviné qu'il avait quelque chose d'important à me dire. Lorsqu'il s'est finalement approché de moi et m'a doucement effleuré, son masque est tombé et j'ai perçu une joie non déguisée sur son visage. Je savais qu'un événement décisif s'était produit, mais en cet instant, partager son bonheur me suffisait. Plus tard, lorsqu'il m'a raccompagnée à la station de métro, il m'a tout raconté au sujet de l'entretien. Alors, j'ai moi aussi poussé un cri de joie, car j'avais enfin la certitude que son avenir était aussi brillant que je l'avais rêvé.

Je vois à l'expression de votre visage que vous me trouvez naïve. Mais vous ne comprenez pas. Pour nous, l'avenir revêt une grande importance. Aucune femme convenable n'épousera un homme sans avenir. Et l'avenir des hommes, eh bien, il ne se décide pas sur l'impulsion du moment, au cours d'un simple entretien. En réalité, un étudiant de dernière année à la fac de Ryu, fils d'un haut fonctionnaire du ministère des Finances, l'avait recommandé et l'entreprise avait donné son accord, non parce qu'ils connaissaient Ryu mais parce qu'ils appréciaient son *senpai*. L'entretien ressemblait donc davantage à la rencontre officielle entre deux familles avant un mariage arrangé, théâtrale mais capitale. Car si, à cet instant, quelqu'un avait pris Ryu en grippe et s'était opposé à son entrée dans la banque, sa carrière aurait pris fin avant même d'avoir commencé. Mais au cours de l'entretien, ils avaient dû juger que Ryu ferait l'affaire, attendu que nul n'avait objecté à son embauche. Je n'en avais jamais douté. Car Ryu avait un talent particulier : il était tellement ordinaire qu'il n'intimidait personne.

Juste avant de décrocher son diplôme, Ryu m'a emmenée en vacances passer quelques jours aux sources chaudes de Beppu, dans la préfecture d'Oita, puis chez sa mère à Kitakyushu. J'ai raconté à l'école que j'étais malade et à ma mère que je partais avec l'équipe de mon lycée pour participer à un tournoi de volley-ball. Personne ne s'est douté de rien. En un sens, ce fut notre lune de miel car, dès ses études terminées, Ryu a commencé à travailler au service des prêts de la succursale de la banque Mitsubishi à Akasaka. Nous étions en 1986. C'était encore le bon temps au Japon, les salaires de départ étaient élevés, les entreprises se disputaient les jeunes diplômés tels que mon mari.

Dès le début, Ryu a eu une vision très claire de ce qu'il voulait faire. Il tenait à envoyer de l'argent à sa mère à Kyushu pour qu'elle n'ait pas à travailler et il souhaitait m'épouser. Lorsque je l'ai annoncé à Tomoko, elle en a renversé de l'acide chlorhydrique sur sa paillasse. « Est-ce que tu ne devrais pas attendre un peu ? m'a-t-elle demandé tandis que nous nous hâtions de nettoyer le gâchis. C'est le premier homme avec lequel tu sors. Tu devrais aller à l'université et en rencontrer d'autres. Ensuite, tu pourras décider de ce que tu veux. » Je l'ai regardée, et le fossé entre nous m'a paru soudain immense. Tomoko pouvait se permettre de patienter. Il lui était facile de rencontrer des hommes. Mais je savais que si je faisais attendre Ryu, il trouverait une autre fille, plus jolie et plus intelligente que moi. Le monde regorge de jolies femmes. Tout comme il foisonne de jolies fleurs. Tout ce que j'avais, c'étaient deux seins de la taille d'un pamplemousse. Il me fallait être réaliste.

Mon mariage a croulé sous les fleurs. Tous les collègues de bureau de Ryu en avaient envoyé, alors même que je ne les connaissais pas. Certains bouquets étaient énormes et même les plus petits devaient coûter au moins quinze mille yens ! Ma robe de mariée valait moins que les fleurs. C'était une toilette de location. Mais le plus blessant, c'est que le kimono de mariée que j'ai porté ce matin-là pour aller au sanctuaire était également loué. Parce que ma mère s'était opposée au mariage. Elle m'avait dit qu'elle ne dépenserait pas un yen pour une alliance conjugale qu'elle considérait comme une erreur. Si mon frère avait encore habité à la maison, peut-être aurait-il pris mon parti et réussi à la faire changer d'avis. Mais il était déjà loin, en Amérique. Ryu et moi avions donc attendu que je termine le lycée et passé outre pour nous marier.

« Le kimono blanc de mariée est quelque chose de très spécial, c'est le symbole même du mariage », me disait toujours ma mère quand elle sortait le sien pour l'aérer au début du printemps. Aujourd'hui, les jeunes filles préfèrent louer le leur et dépenser leur argent dans des robes de mariée de style occidental pour la réception, mais ma mère était assez traditionaliste pour vouloir habiller sa fille d'un magnifique kimono de cérémonie tout neuf. « Il faut qu'il soit neuf, expliquait-elle, sinon comment la mariée pourrait-elle se sentir exceptionnelle ? » Mon kimono de mariage sentait la naphtaline – le genre que je détestais tout particulièrement, qui vous donnait instantanément le sentiment d'être vieille et dépréciée, comme si vous aviez été enfermée dans un placard. Sauf que le mariage est un placard où l'on vous emprisonne pour le restant de vos jours, si bien que mon kimono était finalement tout à fait approprié puisqu'il me donnait une image exacte de la vie dans laquelle je m'engageais. Ces filles riches, avec leurs kimonos à un million de yens et leurs parents complètement gâteux, ce sont elles qui sont stupides ! Si je l'avais su à l'époque, je ne me serais probablement pas précipitée tête baissée dans le mariage. J'aurais peut-être attendu, je serais allée à l'université et j'aurais cherché à faire autre chose de ma vie.

Mais Ryu m'a fait sa demande dès qu'il a reçu sa lettre d'embauche, et j'ai terminé le lycée, la bague au doigt. J'étais la première de ma classe à en recevoir une. Vous imaginez ? Moi, pauvre fille des plus ordinaires, j'étais la première à porter une bague de fiançailles ! Seule Tomoko a secoué la tête en me regardant. J'ai décroché mon baccalauréat sans avoir révisé pour les examens. Le bruit avait couru que j'allais me marier dès que j'aurais quitté le lycée, et personne ne recalait une future mariée.

Après notre mariage, nous avons emménagé dans un deux-pièces au-dessus d'un salon de beauté et de massage coréen à Okubo. C'était un appartement minuscule, avec une chambre pas plus grande qu'un placard et une cuisine que nous devions partager avec les Coréennes qui travaillaient au rez-de-chaussée. Mais elles étaient très gentilles et nous sommes rapidement devenues amies. Les Coréennes du salon de massage me disaient que j'avais de la chance d'être mariée. Elles m'offraient des échantillons de produits de beauté coréens et des conseils sur la manière de s'occuper d'un homme. Ryu me remettait son salaire chaque mois et me recommandait d'en prendre soin. Je me sentais au centre du monde.

Ma vie s'est installée dans une routine. Le matin, mes yeux s'ouvraient comme toujours à six moins le quart, mais au lieu d'aller au lycée, je me rendais dans la cuisine et préparais le bento pour le déjeuner de mon mari au bureau. Je lui confectionnais des plats comme j'aurais aimé que ma mère en prépare autrefois pour moi, me donnant beaucoup de mal pour couper les légumes et veillant à ce que le repas soit différent chaque jour. Quand j'avais fini, je retournais au lit où mon mari m'attendait.

— Tu sens la nourriture, disait-il. Je crois que je vais te manger.

Et c'était parti. Le lit devenait notre radeau de sauvetage et ensemble nous naviguions sur des mers inconnues. Tout était nouveau et, de même qu'il n'y a jamais deux vagues semblables, c'était chaque fois différent.

Une fois Ryu parti au travail, je restais au lit pour savourer ma fatigue. Vers onze heures, je descendais prendre une douche dans la salle de bains commune puis je m'habillais et marchais jusqu'à Shinjuku pour boire un café tout en lisant gratuitement les magazines de beauté. Au moment du déjeuner, je passais au magasin d'alimentation pour m'acheter un repas tout préparé et quelque chose pour le dîner. Ensuite, je dormais un peu, regardais la télévision et descendais bavarder avec les Coréennes jusqu'à ce que Ryu rentre à la maison. Après les contraintes de l'école et les responsabilités qui m'incombaient chez ma mère, j'avais l'impression d'être arrivée au paradis. Mon rêve de prédilection, en ce temps-là, était de tomber sur Tomoko par hasard. « Alors, c'est comment la vie de femme mariée ? » demanderait-elle. Et je lui dirais à quel point c'était merveilleux, combien Ryu se montrait gentil avec moi et comme il s'en sortait bien à la banque. J'imaginais le regret qui se peindrait sur son visage, la jalousie aussi, et pas qu'un peu.

Puis Ryu a obtenu une promotion. Les fêtes au bureau et les dîners avec les clients sont devenus plus fréquents. Il rentrait saoul à la maison et ne se réveillait plus à l'heure, si bien que nous ne pouvions plus faire l'amour le matin. J'ai commencé à en avoir assez d'être seule, alors j'ai trouvé un emploi dans un cabinet dentaire dans le quartier du Bancho. Le travail consistait à répondre au téléphone, prendre des rendez-vous, recevoir les patients et encaisser les paiements. Ce n'était pas difficile et je prenais plaisir à regarder ce flot continu de gens riches. Au bout de quelques semaines, alors même que je commettais encore des erreurs, le dentiste a doublé mon salaire et fait de moi son assistante.

Parfois, Ryu venait me retrouver pour déjeuner dans le cabinet, mais au lieu de manger, nous fermions la porte à double tour et jouions au dentiste, entièrement nus. Ensuite, l'après-midi, alors que j'aidais à maintenir un patient terrifié, je me retrouvais agitée de spasmes silencieux au souvenir de ce que Ryu et moi avions fait dans ce même fauteuil. Parfois, les secousses étaient si violentes que je faisais trembler la main de mon patron, lequel me lançait un regard furieux par-dessus son masque, des promesses de représailles plein les yeux. Mais il ne m'a jamais mise à la porte. Une assistante dotée de gros seins avait trop de prix. A la place, il se penchait sur moi pour attraper l'un de ses instruments et touchait délibérément ma poitrine de ses avant-bras. Je lui jetais un regard noir jusqu'à ce qu'il soit obligé de détourner les yeux. Mais je ne partais pas – car je ne supportais pas l'idée de passer encore des heures interminables dans mon appartement vide. Et lorsque j'ai empoché mon premier salaire, ça m'était égal que les mains de mon patron m'effleurent négligemment les seins.

Une nouvelle routine s'installa donc, qui nous convenait à tous les deux. Le matin, nous partions ensemble au travail. Au lieu de faire l'amour, nous prenions notre petit-déjeuner. Le soir, j'étais si fatiguée que je m'endormais devant la télévision en attendant le retour de Ryu. Il rapportait de quoi dîner à la maison ou, s'il rentrait assez tôt, nous allions dans un *izakaya* d'où nous revenions agréablement éméchés. Cette époque a été la plus heureuse de ma vie. Notre mariage était un vaisseau enchanté. Rien ne pouvait le faire sombrer.

Mais en 1988, deux ans après notre mariage, j'ai dû quitter le cabinet dentaire. Non parce que mon patron avait trouvé une femme plus jolie et moins réticente à se faire peloter par-dessus le fauteuil de dentiste, mais parce que je suis tombée enceinte. Dans notre culture, une femme enceinte est une femme laide. Si vous ne pouvez pas camoufler ce qu'un homme vous a fait, alors vous devez vous cacher. Il s'agit pratiquement d'une règle. Marcher dans la rue avec un affreux gros ventre revient à occuper l'espace potentiel de quelqu'un d'autre. Ce qui est aussi grossier. En conséquence, lorsqu'il n'a plus été possible de dissimuler poliment mon ventre derrière ma blouse blanche, j'ai démissionné. Mon mari, cependant, s'est vu accorder une promotion lorsqu'il a annoncé à son patron la grossesse de sa femme. Trois mois avant l'arrivée du bébé, nous avons quitté notre minuscule appartement au-dessus du salon de massage coréen dans Okubo et emménagé dans une maison convenable de quatre pièces à la limite de l'arrondissement de Setagaya. La maison n'était pas à nous, elle appartenait à la banque. Au rez-de-chaussée, il y avait une cuisine et un petit séjour-coin repas au sol recouvert de tatamis, qui pouvait aussi servir de chambre d'amis. Des toilettes miniatures étaient nichées sous l'escalier de bois qui montait au premier étage. En haut des marches étroites se trouvaient les deux chambres, l'une à l'arrière de la maison, l'autre sur le devant. Je me suis terrée chez moi, attendant qu'une créature inconnue cesse d'habiter mon corps.

Finalement, le bébé est arrivé. C'était un garçon. La maternité n'a fait qu'aggraver les choses. A présent, ils étaient deux à me téter les seins jusqu'à ce que j'aie les mamelons à vif. Et pour couronner le tout, ma poitrine était devenue si énorme que je ne trouvais plus rien à me mettre. J'ai donc été obligée de me coudre quelques robes, mais comme je n'étais pas très douée pour la couture, elles m'allaient si mal que je n'osais pas sortir avec. Le bébé poussait vite. Il tétait, tétait sans arrêt, et la nuit, juste au moment où nous nous endormions tous les deux d'épuisement, mon mari rentrait, réclamait à manger et voulait faire l'amour, puis il me suçait les mamelons avant de s'endormir. « Je ne peux dormir que sur tes seins, disait-il. Ce sont les oreillers les plus confortables du monde. » Moi, je ne dormais pas, je n'avais pas d'oreiller.

Je contemplais mes seins, la tête ronde et noire de mon mari entre les deux, et d'étranges pensées me venaient : mes seins étaient des créatures venues d'ailleurs, ils ne m'appartenaient pas. Ils occupaient l'espace devant moi, ils se nourrissaient de moi. J'étais le sol d'où ils avaient surgi, rien de plus. C'étaient des extraterrestres, arrivés une nuit dans leur vaisseau spatial, qui s'étaient plantés dans ma poitrine. Et comme j'étais une terre très fertile, ces plantes étrangères étaient devenues si grosses et rondes – bien trop grosses et inconvenantes pour le Japon – qu'il fallait les punir encore et encore pour leur apprendre à rester à leur place. A cause de mes seins, j'étais punie, moi aussi. En les regardant et en regardant la tête de mon mari qui les aimait tant, je sentais la colère enfler en moi. Ce n'était pas une pensée nouvelle, elle attendait en coulisses depuis très longtemps. Dans l'obscurité totale de la nuit, un tsunami de colère déferlait sur moi. Mais j'étais incapable de bouger, incapable de me sauver moi-même – à cause de la tête de mon mari endormi qui devait retourner au travail le lendemain, frais et dispos.

Au matin, la douleur dans mes seins durcis me tirait du sommeil avant les cris du bébé et j'avais tout juste le temps de me précipiter aux toilettes pour soulager ma vessie avant de prendre l'enfant dans mes bras. Mon mari se réveillait et, d'un air ensommeillé, me regardait allaiter notre fils. Et tandis qu'il m'observait et que la bouche de mon bébé aspirait la douleur de la nuit précédente, un effet magique se produisait en moi. A mesure que mes seins se dégonflaient et s'allégeaient, j'étais rendue à moi-même. Je souriais à mon époux et je me sentais en paix avec le monde.

Pour un bref moment.

# *Deux visites*

Bien qu'il soit encore situé dans les limites de la ville, le nouveau quartier de Setagaya était aux antipodes d'Okubo. Alors qu'à Okubo il y avait toujours du bruit et que les rues grouillaient de passants, dans notre nouveau voisinage, ce n'était que silence, avec de loin en loin une voiture ou une bicyclette. Les maisons étaient construites les unes près des autres, mais elles ne se touchaient pas et les rideaux restaient soigneusement tirés, même au plus chaud de l'été. Et les gens derrière les rideaux montraient rarement leur visage. Même quand ils sortaient leurs poubelles, ils le faisaient en catimini.

Mais cela ne signifiait pas que personne ne nous observait. Derrière les fenêtres aux rideaux fermés, des yeux invisibles surveillaient nos allées et venues. Des oreilles attentives nous écoutaient quand nous allions aux toilettes, comptant combien de fois dans la nuit nous tirions la chasse. Et bientôt, ils savaient tout de nous – alors que nous ignorions tout d'eux.

Après le tumulte de Tokyo, je n'arrivais pas à m'habituer au calme de ma nouvelle demeure. Il m'empêchait de dormir la nuit et je passais le temps à m'imaginer les sirènes des ambulances et le bourdonnement constant de la circulation, hantée par la nostalgie des lumières de la ville. Parfois, j'allais à la fenêtre, l'ouvrais – et ne voyais pas une seule lueur, à l'exception de celle des réverbères. A Okubo, il fallait garder les rideaux hermétiquement fermés la nuit pour obtenir un semblant de pénombre. Dans la nouvelle maison, du matin au soir et du soir au matin, rien ne venait troubler le silence, ni l'obscurité.

Dix mois s'étaient écoulés depuis que j'étais entrée dans cette maison, et je n'en étais jamais sortie. Pas une seule fois. Mon mari, qui entre-temps avait été muté à l'agence d'Ikebukuro, à une heure et quart de train de chez nous, partait à six heures et demie du matin et rentrait à dix heures du soir. Je commandais le lait et autres denrées par téléphone et, chaque soir, Ryu rapportait à la maison du poisson ou du poulet tout préparé. J'attendais dans la maison, pareille à une créature sous-marine géante avide de bruit et de visiteurs. Mais les visiteurs ne venaient jamais.

Quand j'allaitais le bébé, de vilaines pensées me torturaient. Je me voyais portant un kimono de soie orange, étendue sur le futon, les quatre membres écartés, attachée par des rubans de satin, un bâillon dans la bouche. J'imaginais des hommes inconnus entrant dans la maison, ouvrant la porte et montant l'escalier étroit jusqu'à la chambre, me contemplant et me prenant en photo. Je me voyais sur les images et me sentais émoustillée à l'idée de tous ces inconnus qui me regardaient. Ces horribles pensées m'obsédaient jusqu'à ce que le bébé soit rassasié. Alors, je me masturbais et sombrais dans le sommeil.

Six mois après la naissance d'Akira, j'ai remarqué un fait intéressant. J'avais perdu beaucoup de poids. Certes, je n'étais pas encore aussi mince que la mode l'aurait voulu, mais certainement beaucoup plus svelte qu'avant. Mon ventre avait perdu sa rondeur et, à la place, il y avait trois plis symétriques qui ondoyaient comme de l'eau au moindre de mes mouvements. Quand j'étais habillée, les replis ne se voyaient pas. En revanche, ce qui se remarquait, c'étaient mes hanches – qui étaient fines désormais, de même que mes cuisses et mes mollets. Plus aucun vêtement ne m'allait. C'est Ryu qui me l'a fait observer : « Tu as maigri après la naissance du bébé, a-t-il dit d'un ton approbateur. Tu as une jolie silhouette maintenant. Va donc à Tokyo t'acheter de nouveaux habits, quelque chose de joli. Fais-toi belle de nouveau. »

Aujourd'hui, je les reconnais au premier coup d'œil, ces nouvelles mères qui sortent avec leur premier bébé. Tout en elles ressemble à des vêtements trop souvent lavés. Seule la poussette, la rutilante McLaren, a l'air flambant neuve. Mais je sais aussi que, au fil des mois, la McLaren prendra à son tour cette apparence délavée, tandis que les mères deviendront plus rayonnantes et plus pimpantes.

Je ne me souviens pas de ce que je portais la première fois que je suis sortie avec Akichan. Je ne me rappelle que ce que j'ai acheté ce jour-là – attendu que je l'ai toujours. Un jour, je le revendrai dans une boutique rétro car il a l'air encore presque neuf. Il s'agit du classique fourre-tout marron de chez Vuitton, idéal pour transporter tout ce dont un bébé a besoin : couches, hochets, crèmes et biberons.

Ce jour-là, alors que je cheminais entre la station Omotesando et le carrefour d'Harajuku, poussant devant moi Akira dans sa poussette d'occasion, j'ai remarqué que toutes les autres jeunes mères portaient le même sac marron à bandoulière parsemé des initiales LV, suspendu aux poignées de leur poussette McLaren. Pourquoi ne m'en étais-je pas aperçue plus tôt ? La réponse est simple. Je n'étais pas mère de famille. Maintenant j'avais l'impression qu'on m'avait donné une nouvelle paire d'yeux qui me permettait de percevoir un autre Tokyo, un Tokyo que je n'avais jamais vu – celui des jeunes mères. Et comme elles étaient chic, ces jeunes mères ! Nonchalamment juchées sur d'invraisemblables talons hauts, elles arpentaient l'avenue, leurs nourrissons dans des McLaren dernier modèle, leurs lunettes de soleil haute couture délicatement perchées sur le bout de leur petit nez. Elles avaient toutes les cils lourdement maquillés, portaient au moins trois nuances d'ombre à paupières, du gloss transparent sur leur rouge à lèvres, et sur le visage, cette poudre perlée de Shiseido qui coûte une fortune. Leurs cheveux étaient fraîchement séchés à la brosse pour dégager leur visage en longues vagues brillantes. Leurs jambes fluettes de petites filles étaient moulées dans des shorts sexy ou des jupes courtes, très courtes. Leurs petits seins durs et gonflés de lait se laissaient deviner à travers leurs corsages en mousseline de soie vaporeuse bordés de dentelle faite main. Et autour de leur cou gracile, elles portaient de l'or ou des perles, rien d'artificiel – seulement de discrets bijoux de femmes mariées.

En me mettant en route ce matin-là, avec la ceinture de mon mari pour tenir mon blue-jean, je m'étais sentie mince et remplie d'espoir. Mais lorsque je les ai aperçues, je me suis de nouveau trouvée laide. Mes cheveux n'avaient pas vu un coiffeur depuis un an, mes vêtements étaient trop grands et mes ongles pas vernis.

J'ai parcouru l'avenue deux fois dans chaque sens en essayant de décider dans quelle boutique entrer. Je ne me trouvais pas assez bien habillée pour me risquer dans aucune d'elles, mais la carte de crédit de Ryu, lourde et brûlante dans ma poche, m'a rassurée. J'ai glissé la main à l'intérieur et l'ai serrée si fort que les lettres en relief du nom de mon mari se sont imprimées sur ma paume. Et comme je m'apprêtais à passer pour la troisième fois devant la vitrine du magasin Louis Vuitton, je suis entrée. Je n'en suis pas sûre, mais le sac fourre-tout marron et beige marqué au célèbre monogramme devait coûter dans les deux cent mille yens. C'était la première fois que j'utilisais la carte de mon mari. Je ne savais pas comment ça marchait et craignais de révéler mon ignorance. Mais la vendeuse s'est montrée très gentille. Elle m'a pris la carte et elle est revenue avec un morceau de papier. « Signez ici, je vous prie », m'a-t-elle dit en me montrant où je devais apposer ma marque. C'était si simple. Ensuite, elle m'a donné le reçu et le sac, qui désormais m'appartenait. Je suis ressortie d'un pas fier, avec le sac accroché à ma McLaren d'occasion. Au moment où je quittais le magasin, les vendeuses ont récité en chœur : « *Arigato ogozaimashita* », et je me suis crue une reine. Le soleil se couchait et, tandis que je marchais en direction de la station Harajuku, j'ai vu que mon ombre était devenue celle d'une héroïne de manga, sinueuse et galbée. J'ai eu le sentiment de faire partie de ces mères élégantes aux longs cheveux châtains et talons hauts. J'ai regardé mon bébé et lui ai souri avec tendresse. Et quand les hommes se retournaient sur moi, je me sentais bien dans ma peau.

Mais ce sentiment n'a pas duré longtemps. Dès que j'ai regagné la maison, une vague de dépression m'a submergée. Une horrible odeur a assailli mes narines et je me suis aperçue qu'Akichan avait fait un énorme caca. C'était comme si je recevais le châtiment de mon égoïsme, je me retrouvais une fois de plus plongée jusqu'aux coudes dans la saleté et la puanteur. Puis, comme je finissais de changer le bébé, mes seins ont réclamé d'être soulagés. J'ai enveloppé Akichan dans une serviette, pris place sur une chaise près de la table de la cuisine et poussé son visage contre mon sein douloureux. Avant même que sa bouche saisisse le mamelon, le lait a jailli à flots, mouillant mon chemisier et dégoulinant le long de mon corps.

Ce jour-là, peut-être parce que j'avais été heureuse, mes seins ressemblaient à des volcans. Même Akichan peinait à suivre. Par la porte ouverte de la cuisine, j'apercevais la poussette dans l'entrée. J'ai vu une tache brune sur le siège et froncé les sourcils. Ça aussi, il faudrait le nettoyer. Puis mon regard est tombé sur le sac Louis Vuitton, toujours suspendu à la poignée de la McLaren. Et soudain, plus réelle qu'un rêve, plus réelle que la maison où je me trouvais, je me suis vue flotter de nouveau sur Omotesando, libre et puissante, une mère glamour et superbe, respectée et désirée à la fois. L'imagination avait remplacé la mémoire, de sorte que j'étais à présent vêtue comme elles, d'un haut vaporeux, d'un short et de hauts, très hauts talons. Pareille à un détective qui découvre enfin le visage du criminel qu'il pourchasse depuis si longtemps sur la vidéo de surveillance d'un magasin, j'ai arrêté la bande dans ma tête et zoomé sur les sandales. J'en voulais de pareilles, exactement, de celles qui s'attachent autour de la cheville par une lanière et sont ornées d'un pompon derrière le talon. Le désir m'a envahie, si fort qu'il me semblait aussi réel que le lait tiède et salé qui s'écoulait de mes seins. Akichan s'était presque endormi. La serviette dans laquelle je l'avais enveloppé était mouillée. Il avait fait pipi en tétant. Soudain, je n'ai pas pu supporter plus longtemps l'odeur combinée du lait et de l'urine, j'ai déposé le bébé dans son berceau et couru dans la salle de bains pour prendre une douche.

Mais, évidemment, j'avais oublié de faire faire son rot au bébé et juste au moment où j'étais complètement trempée, Akira s'est mis à hurler. Je l'ai laissé pleurer. Ça me soulageait de le faire souffrir. Lorsque les braillements ont gagné en volume et en fureur, je me suis avisée que les voisins allaient débarquer et, m'enveloppant à la va-vite dans une serviette, je me suis précipitée pour prendre le bébé dans mes bras.

Le lendemain, j'ai eu deux visiteuses. La première est arrivée aux environs de neuf heures et demie du matin alors que je venais juste de m'assoupir. Akira s'amusait avec ses joujoux sur le lit à côté de moi, la maison était silencieuse. La sonnette nous a fait sursauter l'un comme l'autre. Elle avait un son particulièrement strident et peu mélodieux – car, comme tout le reste dans la maison, elle était bon marché. J'ai cru tout d'abord qu'il s'agissait de la sirène d'alerte aux tremblements de terre. Puis elle a retenti une nouvelle fois et j'ai compris de quoi il s'agissait. C'était la première fois que je l'entendais. Mon mari se servait toujours de ses clés.

J'ai enfilé un tablier par-dessus mon pyjama pour faire croire que j'étais occupée à mon ménage et j'ai couru ouvrir la porte. La cinquantaine bien tassée, la femme sur le seuil avait les cheveux gris, que le traditionnel rinçage à l'indigo teintait de pourpre. Ses vêtements aussi étaient tout à fait quelconques, pas bon marché, simplement sans originalité. Mais dans ses solides sandales de marche, elle avait de jolis pieds, petits et minces, surmontés de chevilles bien tournées. Elle portait un petit paquet à la main, joliment emballé dans un *furoshiki* jaune. « *Ojyamashimasu.* Bonjour. Désolée de vous déranger. Je suis votre voisine. Je m'appelle Seki Asako. » Elle a esquissé un petit sourire furtif, tout en jetant un coup d'œil à la dérobée par-dessus mon épaule.

J'ai ouvert la porte un peu plus grand en l'invitant à entrer. J'aurais dû m'inquiéter de l'état de la maison car je n'avais pas encore fait le ménage, au lieu de quoi je ressentais une certaine excitation. Cette inconnue était ma première visiteuse, la première personne que je recevais dans ma nouvelle demeure. Je me sentais fière, si fière que j'en oubliais de redouter ce qu'elle allait voir. Elle a promené un regard rapide et inquisiteur autour d'elle en entrant. Je crois qu'elle était un brin déçue qu'il y eût si peu de choses dans la maison. Ses yeux se sont arrêtés brièvement sur la poussette d'occasion, un peu plus longtemps sur la tache brune, puis sont revenus se poser sur moi.

— Vous avez un petit garçon, a-t-elle dit inutilement. Félicitations.

Je me suis demandé comment elle savait que nous avions un fils.

— Vous habitez près d'ici ? ai-je demandé, curieuse.

— Oui, dans cette rue. Je serais venue plus tôt mais je ne savais pas vraiment qui habitait ici. Vous et votre mari faisiez si peu de bruit. C'est seulement…

Elle s'est interrompue brusquement, sans prendre la peine d'achever sa phrase.

Je me suis rendu compte que j'avais commis un impair. Ces propos n'auraient dû être échangés qu'après que je lui aurais offert du thé. Je l'ai donc invitée dans la cuisine et l'ai fait asseoir à la table en formica jaune où j'avais allaité Akichan la veille au soir et sur laquelle je prenais généralement mes repas toute seule. J'ai sorti mon meilleur thé – une petite boîte de chez Mariage Frères que Tomoko m'avait offerte la dernière fois que nous nous étions vues. J'ai dénoué le *furoshiki* et disposé sur une assiette les gâteaux de patate douce tout frais qu'elle avait apportés. Ils paraissaient faits maison, et mon estomac en frémissait de plaisir anticipé.

Quand le thé a été prêt, j'ai tout mis sur un plateau et l'ai posé sur la table. Puis je me suis assise en face d'elle et j'ai versé du thé dans sa tasse. Elle a incliné la tête et attendu cérémonieusement que je me sois servie. Pendant ce temps, je sentais les regards obliques qu'elle promenait dans la cuisine, additionnant le prix du réfrigérateur et du téléviseur, cherchant la moindre saleté, la moindre trace de désordre. Heureusement, comme nous n'utilisions jamais le séjour, il était assez bien rangé, de même que la cuisine où je m'affairais tous les jours. Puis je me suis rappelé la pile de linge sale dans la salle de bains et demandé, avec un sentiment de culpabilité, si j'avais bien fermé la porte. Nous avons engagé la conversation.

— Ces gâteaux sont délicieux, l'ai-je complimentée après avoir avalé une petite bouchée.

— Merci. Mais ce n'est pas moi qui les ai faits. Il y a une petite boutique sur Heiwa-dori, je peux vous y emmener si vous le souhaitez.

— Je serais très heureuse si vous vouliez bien m'y conduire, ai-je répondu poliment.

Nous avons siroté notre thé en silence, puis :

— Eh bien, où habitiez-vous avant de venir vous installer dans notre quartier ? a-t-elle demandé.

— A Okubo.

— Vraiment ? Chez les Coréens ?

A la manière dont elle a prononcé ces mots, on aurait cru que j'avais vécu parmi des criminels.

— Oui, les loyers n'y sont pas chers… mais je ne suis pas coréenne, me suis-je sentie obligée de préciser.

— Je le sais bien, a-t-elle répondu avec un sourire rassurant. Vous venez de Kyushu. Mais dites-moi, comment vous en sortez-vous, si jeune avec un bébé ?

J'étais sur le point de répondre, prête à épancher mon cœur solitaire, mais la phrase qu'elle a lâchée ensuite a chassé illico de mon esprit tout ce que je me disposais à dire.

— Nous l'entendons souvent pleurer depuis quelque temps, a-t-elle dit en prenant soin de ne pas me regarder en face.

Et tout à coup, je me suis sentie nue et sale.

Pourquoi sale ? me demandez-vous.

Parce que la honte donne toujours une sensation de saleté. J'étais humiliée par une étrangère, une voisine. Il n'y a rien de pire.

— Je suis désolée, ai-je dit en baissant la tête.

— Ne vous inquiétez pas, a-t-elle repris avec un sourire de réconfort. Nous avons toutes eu des bébés. Quel âge a le vôtre ?

— Six mois, ai-je répondu d'une voix éteinte.

— Vraiment ? Ça m'étonne. A l'entendre pleurer cette nuit, j'aurais cru qu'il était plus âgé. Il a des poumons vigoureux. C'est bien. Vous pourrez peut-être en faire un chanteur d'opéra.

J'ai gardé le silence. J'étais punie, je le savais. Puis ma voisine en est venue à l'objet de sa visite.

— Les ordures, m'a-t-elle informé, d'un air faussement contrit. Nous avons remarqué que vous produisez beaucoup d'ordures. Nous ne comprenons pas pourquoi vous en avez autant – vous n'êtes que deux. J'ai pensé que peut-être vous n'aviez pas conscience de ces choses – vous êtes si jeune pour vous occuper vous-même de votre intérieur, et votre mère ne vous a peut-être pas montré, alors j'ai dit aux autres que je vous en parlerais. Vous comprenez... nous devons payer davantage s'il y a plus d'ordures, les taxes augmentent. Nous devons donc tous faire attention à la quantité de déchets que nous générons.

Ma honte a redoublé.

— Je comprends. Cela n'arrivera plus, ai-je dit sans la regarder.

Même après avoir refermé la porte derrière la voisine, je me suis sentie épiée. Les étrangers demandent toujours pourquoi le Japon est un endroit si sûr. Comment il se fait qu'il n'y ait pas plus de policiers sur les routes, qu'ils ne portent jamais d'armes et que malgré tout personne n'enfreigne la loi. Je vais vous le dire. C'est à cause des voisins. Ils sont vos policiers, vos juges et vos geôliers. Mais par-dessus tout, ils sont vos maîtres. Ce qui nous oblige, nous autres Japonais, à respecter les règles, c'est la honte que nous éprouvons quand nous nous faisons surprendre à désobéir à nos maîtres. Et dès lors que ceux qui nous prennent sur le fait sont aussi ceux qui nous enseignent, cette association maître-policier est inévitable. Après le départ de Mme Seki, je suis allée fermer les rideaux dans toutes les pièces. Malgré tout, j'avais l'impression que des yeux vrillaient mes murs. Sa voix résonnait sans fin à mes oreilles. J'ai su alors que j'étais condamnée à me plier aux règles. Car j'avais rencontré mon gardien de l'ordre. Et j'ai aussi pris conscience que dès le début, je n'avais pas eu le choix. Me marier contre la volonté de ma mère, ce qui jusqu'alors m'avait semblé une belle démonstration de liberté et d'audace, avoir ma maison à moi, régner sur quatre pièces, tout cela n'était qu'illusion. Je m'étais fourvoyée dès le départ. Ma famille n'était pas mon gardien de l'ordre, loin de là. C'était elle, ma voisine. Voilà le sort qui m'attendait depuis toujours. Toute la matinée, tandis que je nettoyais la maison comme une possédée, j'ai tremblé de rage mais je n'ai pas trouvé d'autre solution que de me soumettre.

Une nouvelle fois, la sonnette a retenti. La femme qui attendait avec impatience derrière la porte avait à peu près le même âge que Mme Seki, mais pour tout le reste, elle en était l'exact opposé. D'abord, elle était habillée avec beaucoup de distinction. Sa robe n'avait rien de remarquable en soi, mais la façon dont elle épousait les courbes de son corps pour lui donner une allure élancée révélait le génie de la main qui l'avait coupée. Elle tenait à la main – des mains aux ongles soigneusement peints et manucurés – un sac Ferragamo couleur paille à bandoulière en chaîne dorée et portait des sandales Gucci à talons aiguilles en cuir marron. Le parfum subtil qui l'enveloppait m'a fait penser à des iris. C'était ma mère.

J'ai mis plus longtemps à la faire entrer que la voisine. Je n'avais pas revu ma mère depuis mon mariage. Je ne voulais pas qu'elle vienne s'immiscer dans ma nouvelle vie de femme respectable. Elle n'y avait pas sa place. Elle avait renoncé à toute respectabilité après la mort de mon père. Si j'avais pu, j'aurais fermé les yeux et souhaité qu'elle disparaisse. Mais je me suis contentée de la fixer d'un regard stupide tandis qu'elle tapait d'un pied coquettement chaussé sur le pavé.

— Tu ne crois pas que tu ferais mieux de m'inviter à entrer avant que tes voisins me voient ? a-t-elle demandé d'un ton sarcastique.

J'ai ouvert un peu plus la porte en m'écartant pour la laisser passer. Elle est entrée et, debout dans ma minuscule entrée, les sourcils froncés, s'est efforcée à grand-peine de retirer ses coûteux escarpins. Il n'était pas question qu'elle les garde aux pieds. Je la regardais se démener et savourais le spectacle lorsque Akira s'est réveillé et, ne me trouvant pas près de lui, s'est mis à pleurer. Le temps que je redescende avec mon fils, elle s'était installée à la table de la cuisine, à la même place que Mme Seki, et faisait craquer les articulations de ses doigts.

— Voici donc mon petit-fils ? a-t-elle remarqué sans préambule.

— Oui, c'est Akira, notre fils.

— Pourquoi ne m'as-tu pas prévenue quand il est né ?

— Parce que… je n'ai pas eu le temps, ai-je marmonné.

— Ce n'est plus un bébé, il a, quoi… six mois, huit ? Un an ?

J'avais envie qu'elle s'en aille, mon cerveau s'est mis à chercher des moyens de la rebuter.

Considérant les restes de thé sur la table, elle a observé :

— On dirait que tu as déjà reçu de la visite. De si bonne heure, ça ne pouvait être que les voisines. Tu ne devrais pas les laisser entrer chez toi. Il fallait faire semblant de dormir ou de ne pas être là.

— Tu aurais mieux fait de me dire ça plus tôt, ai-je rétorqué rageusement.

Ma mère n'a pas bronché. Elle a attendu que j'aie terminé. Puis elle a repris :

— Tu aurais dû me dire avant que le bébé était né, je t'aurais aidée. Ce n'est pas facile de s'occuper d'un nourrisson.

Je n'ai rien répondu, non pas parce que je lui donnais raison, mais parce que j'étais sûre qu'elle mentait. Jamais elle n'aurait renoncé à son golf, à son ikebana ou à ses soirées pour être avec moi.

Ma mère m'a scrutée de son froid regard investigateur.

— Tu as maigri, a-t-elle dit. Ça te va bien. Une fois que ta poitrine aura un peu dégonflé, tu seras très jolie.

Je lui ai lancé un regard furieux, refusant d'accepter son offre de paix.

— Fais-moi du thé, a-t-elle ordonné. Et finissons ces gâteaux de patate douce. Ils ont l'air délicieux. Où les as-tu achetés ?

— C'est la voisine qui les a apportés, Mme Seki.

— Tu ne devrais pas inviter les voisines chez toi, a-t-elle répété. Ça ne t'apportera que des ennuis.

— Mais si je ne les laisse pas entrer, elles me trouveront impolie, ai-je répliqué.

Ma mère a fait la moue sans répondre. Je lui ai tendu Akira et j'ai été surprise de voir avec quelle aisance elle le prenait sur ses genoux – sur sa précieuse robe jaune et tout.

Lorsque je suis revenue avec le thé, la première chose qu'elle m'a dit a été :

— Je vois que ton mari te gâte. C'est bien. Un joli sac, ce Vuitton, s'il n'était pas aussi commun. La prochaine fois, prends un Ferragamo, c'est mieux.

J'avais ouvert la bouche pour lui raconter mes courses de la veille, mais sa dernière phrase m'a arrêtée net. Ce sentiment de ne pas être à la hauteur, qu'elle m'avait toujours inspiré, m'a assaillie de nouveau. C'est alors qu'en tendant les bras vers moi, Akira a renversé la tasse de thé sur les genoux de ma mère. Le liquide brun a éclaboussé la robe jaune haute couture. Elle a regardé la tache, les muscles de son visage ont tressailli légèrement. Calmement, elle m'a rendu le bébé et s'est dirigée vers la salle de bains avec son sac à main. J'ai entendu un bruit d'eau puis celui du sèche-cheveux. Quand elle est ressortie dix minutes plus tard, il n'y avait plus l'ombre d'une trace sur sa robe. Elle avait retouché son maquillage. Elle était impeccable.

Et elle n'est jamais revenue.

Vous vous interrogez sans doute sur les raisons qui me poussent à vous raconter tout cela. Vous commencez peut-être à vous demander si je mens, si je n'invente pas ces histoires de toutes pièces. Après tout, la femme qui se tient devant vous n'est pas un perdreau de l'année, n'est-ce pas ainsi que l'on dit en anglais ? Elle a dans les quarante ans et si vous ouvrez les stores, vous verrez qu'elle a une cicatrice de césarienne sur le ventre et que ses seins sont mous et un peu flasques, ce qui explique qu'elle garde son soutien-gorge si longtemps. Vous devez vous dire qu'il est impossible qu'elle se souvienne, avec autant de détails, d'un événement aussi insignifiant que l'achat d'un sac et de ce qui s'est passé ensuite. Pourtant, si, je m'en souviens. Je me rappelle chacune de mes acquisitions – du moins, celles que j'ai faites au début. Si je pouvais vous emmener chez moi, je vous montrerais les sandales que j'ai achetées, dès le lendemain de la visite de ma mère. C'étaient aussi des Louis Vuitton. En cuir brun, très classiques. Je pourrais encore les porter maintenant, elles seraient toujours aussi élégantes. C'est ce que j'apprécie dans les articles de luxe. Ils ne fanent pas, ils ne se décolorent pas au soleil.

Les jeunes filles que vous voyez aujourd'hui ont l'air chic, mais c'est une illusion. Car ce qu'elles portent est bon marché, et ça fait camelote dès que l'aspect du neuf s'est estompé. A la fin des années quatre-vingt, le Japon roulait sur l'or et nous n'achetions que ce qu'il y avait de mieux. Le vrai luxe. Importé de France et d'Italie. A l'époque, au Japon, on ne trouvait pas de marchandises bas de gamme en provenance d'Occident. Chaque fois que je regarde mes sandales en cuir de chez Louis Vuitton, je pense à l'éclaboussure de thé sur la robe de ma mère et à la façon dont, dix minutes plus tard, cette tache était partie. C'est ça, la culture japonaise. Nous sommes très doués pour nettoyer. Et nous aimons vraiment les belles choses. Mes sandales Louis Vuitton, celles que j'ai achetées le lendemain même, on ne les fera jamais disparaître. Elles ne peuvent être effacées d'un mot dur, comme on efface l'amour. Elles m'appartiennent pour toujours.

Vous voulez savoir pourquoi je déteste ma mère ?

Ça remonte à très loin. Même avant la mort de mon père, nous n'étions pas proches. Ensuite, une fois devenue le seul soutien de notre famille, elle n'a plus fait que dormir ou s'absenter. Ma mère, si vous ne l'avez pas encore deviné, était devenue hôtesse. Car elle était encore jeune et très belle quand mon père est mort, et il n'existait pas de travail bien rémunéré pour les femmes. C'était donc le seul moyen pour elle de gagner assez d'argent pour nous envoyer, mon frère et moi, dans de coûteuses écoles privées. Fille d'instituteur, ma mère était prête à tout sacrifier pour donner à ses enfants une bonne éducation.

Je crois que ce sont les yakuzas responsables de l'assassinat de mon père qui l'ont aidée à trouver son premier emploi. Mais je ne peux pas l'affirmer car j'étais trop jeune. Tout ce que je me rappelle, c'est que le soir, quand nous rentrions de l'école, la table au rez-de-chaussée était chargée de nourriture et, à l'étage, ma mère s'habillait pour aller travailler. J'ôtais les couvercles des plats encore tièdes et je nous servais, mon frère et moi. Nous mangions en regardant la télé et faisions semblant de ne pas remarquer notre mère qui descendait l'escalier à pas de loup. Je n'ai pas souvenir d'une seule parole qu'elle m'ait dite après la mort de mon père, mais je me rappelle encore les vêtements qu'elle portait. Dans les moindres détails.

De la fenêtre de la cuisine, je la regardais s'éloigner dans la rue jusqu'à ce que l'obscurité l'engloutisse. Elle paraissait si attrayante et si libre en nous quittant. Je dois aussi préciser que la route où nous habitions se trouvait si loin de Tokyo qu'il n'y avait aucune maison dans les environs, seulement des champs et, derrière, la forêt. Mais ce n'était pas ce qui m'effrayait. C'était la façon dont elle nous abandonnait chaque soir, si étrangère et si différente d'elle-même, et le sentiment chaque fois que peut-être elle ne reviendrait pas le lendemain matin.

Encore une petite chose que je dois mentionner. En débarrassant la table après le départ de ma mère, j'ai trouvé une enveloppe sous son assiette. Curieuse, je l'ai retournée, pensant que c'était la voisine qui me l'avait laissée, car il y avait mon nom d'épouse écrit dessus. A l'intérieur se trouvait un chèque pour un million et demi de yens, accompagné d'une note laconique : « Bien que tu sois devenue mère avant de devenir femme, toutes mes félicitations à l'occasion de ta majorité. Je regrette de ne pas avoir pu t'offrir un kimono convenable. »

C'était signé « ta mère ». Alors seulement, je me suis rappelé que c'était mon anniversaire. Je venais d'avoir vingt ans.

# *Talons hauts*

Que fait une femme avec un million et demi de yens ? Une bonne épouse déposera l'argent sur le compte en banque de son mari et l'utilisera pour l'éducation de ses enfants ou pour leur acheter de beaux habits afin qu'ils aient l'air aussi nantis que les autres enfants. En bref, elle se servira de cet argent pour protéger sa famille de la honte. Je suppose que c'est là que tout a commencé : au moment où j'ai contemplé le chèque dans ma main et décidé de ne pas le donner à ma famille mais de le garder pour moi. Peut-être les graines de mon « infamie » étaient-elles déjà plantées quelque part en moi et, comme ma poitrine, n'attendaient-elles que le moment propice pour pousser. Au lieu de déposer l'argent sur le compte de mon mari, je l'ai pris pour ouvrir un compte à mon nom. Je n'avais pas l'intention d'en profiter. Si j'avais conscience de quelque chose, c'était qu'en gardant cet argent à part, je pourrais y recourir pour sauver mon mari si un jour les choses tournaient mal pour lui comme elles avaient mal tourné pour mon père. Mais peut-être est-ce seulement une histoire que je me suis racontée à moi-même. Car le jour où je suis allée ouvrir ce compte, après avoir confié Akira aux soins de Mme Seki, lorsque l'employée de la banque, une jolie femme aux cheveux teints en châtain clair et à la voix charmante, m'a demandé si je désirais aussi une carte de crédit, je n'ai pas hésité une seconde. J'ai dit oui. Trois semaines plus tard, à midi et demi, alors que j'étais en train de nettoyer le gâchis qu'Akira avait fait en mangeant dans sa chaise haute, la sonnette a retenti. Comme d'habitude, elle m'a fait sursauter et je suis allée ouvrir la porte sans savoir à quoi m'attendre. Mais ce n'était que le facteur avec une grosse enveloppe. « Signez, s'il vous plaît », m'a-t-il dit en me tendant un stylo. J'ai apposé ma signature machinalement, pensant que le pli était destiné à mon mari. Mais en retournant l'enveloppe, je me suis aperçue que le nom écrit dessus était le mien. Je me rappelle comme la carte brillait. Elle n'était pas dorée comme celle de Ryu, juste bleu et argent. Mais je l'ai adorée. Je l'ai soigneusement cachée, persuadée que je ne l'utiliserais jamais.

Sauf que, bien sûr, je m'en suis servie. Mon mari a été le premier à m'y pousser. Il a déclaré qu'acheter japonais n'était pas assez bien pour l'épouse d'un cadre de banque en pleine ascension. « Tu devrais aller faire du shopping au moins une fois par mois et t'acheter quelque chose de nouveau, quelque chose qui vienne d'Europe, m'a-t-il conseillé. Et fais attention de ne jamais te montrer sans un sac à main chic. Tu ne sais jamais qui peut t'observer. »

Vous dites que je devrais m'en aller, que ma place n'est pas ici ? C'est mon rêve de quitter le Japon. Mon rêve préféré, le plus beau. Chaque fois que je songe à partir, je vois un film défiler dans ma tête : je franchis une porte en bois verte avec un gros heurtoir de cuivre, le genre que l'on trouve dans les films américains des années cinquante. Depuis la rue, trois marches montent jusqu'à cette porte. Mes jambes grimpent les degrés. Je porte une robe d'été blanche et rouge de chez Dior et mes superbes talons hauts rouges de chez Gucci. Bien que je ne la voie pas, je sais que je tiens, serrée sous mon coude gauche, une pochette blanche Dolce & Gabbana. La robe et le sac, je les ai encore. La pochette est mon sac d'été préféré. Vous savez, je crois que j'en ai lancé la mode au Japon. Personne n'en portait avant qu'on me prenne en photo sur Omotesando, tenant une pochette à la main. Mais ceci est une autre histoire. J'aimerais pouvoir vous montrer une photo de moi quand j'avais une vingtaine d'années pour que vous puissiez vous rendre compte combien j'étais élégante. Tous les collègues de Ryu le jalousaient. L'un d'eux a même déclaré, un jour où il était saoul, que le protecteur de mon mari, son *senpai* de Waseda qui l'avait fait embaucher, était amoureux de moi. Mais cela aussi est une autre histoire. Revenons-en à mon rêve. Où en étais-je ? Ah oui, la porte verte. Elle s'ouvre, et je pénètre dans un décor étincelant, avec une fenêtre de chaque côté et aucune marche, pas de chaussures alignées dans l'entrée. Et surtout, aucun de ces affreux chaussons avec leurs ridicules bouts arrondis. Je ne me penche pas pour retirer mes escarpins. J'entre dans ma maison de rêve avec mes talons hauts qui font *tip tap tip tap tip tap* et j'arrive dans un vaste salon meublé de sofas. Mes talons s'enfoncent dans une moelleuse moquette beige, je m'assois sur un canapé, un verre de vin surgit dans ma main, je feuillette les pages d'un magazine, de la musique classique, Mozart ou quelque chose comme ça, joue en fond sonore. Et tout autour de moi, il y a de l'espace et de la lumière.

Ensuite, je me réveille et je suis toujours au Japon, mes chaussons sont près du lit et à côté de moi mon mari ronfle. De lourds rideaux rouges couvrent la petite fenêtre et la porte vitrée qui s'ouvre sur notre balcon minuscule. Mais cela aussi, c'est un rêve – un rêve de ce qui a été. Il y a plusieurs années, mon mari a changé nos futons pour un matelas à ressorts à l'occidentale. Les matins où je faisais le ménage, je relevais le matelas contre le mur. Les autres fois, je le laissais où il était. Quand le matelas était posé par terre, il n'y avait plus de place dans la chambre que pour des chaussons. Je crois que nous n'aurions jamais dû troquer nos futons pour un lit à ressorts. Mais c'est mon mari qui a insisté – les lits étaient préférables pour faire l'amour, disait-il. Sauf qu'au moment où nous avons acheté le lit, nous n'avions plus guère de rapports sexuels. On dit qu'il n'y a que dans la chambre à coucher que l'on montre son *honne*, sa vraie nature. Notre véritable moi doit être très très petit, comme un enfant, ou alors il rétrécit à mesure que nous vieillissons afin de pouvoir tenir dans notre chambre. Avec le matelas, il n'y avait pas de place dans la pièce pour mon vrai moi ni celui de mon mari. C'est peut-être pour cela que notre mariage a échoué.

Avez-vous remarqué mes pieds ? Je ne crois pas. Sinon, vous ne reviendriez pas vers moi. Regardez-les. Vous voyez comme ils sont laids et tout déformés ? Mes pieds sont tordus comme ceux d'une vieille femme, l'articulation du pouce fait une bosse, tel un doigt en trop, et les trois derniers orteils sont recourbés comme des griffes. Mes pieds n'ont pas toujours ressemblé à ça. C'est la vie qui les a rendus ainsi. A l'origine, ils devaient être petits et doux, et peut-être ma mère les embrassait-elle de la même façon que j'embrassais les pieds d'Akira quand il était bébé. Mon fils avait les pieds les plus adorables du monde. Ils ressemblaient à deux minuscules et tendres coussins lorsque vous enfonciez le doigt dedans. Sans mentir, vous aviez l'impression que ses pieds vous embrassaient. Pauvre Akichan. Si délicat et si affectueux. Quand quelqu'un était méchant avec lui, il enfouissait sa peine en lui pour la cacher. C'est pour cela qu'il a dû abandonner l'école. Il s'est tellement rempli de chagrin à l'intérieur qu'il ne pouvait plus étudier.

Les pieds de mon mari étaient énormes, des pieds durs de paysan, le genre qui se plantent délibérément sur le sol. Ils étaient aussi étonnamment blancs. La nuit, quand il les posait sur mon ventre, ils luisaient comme des demi-lunes. Il ne pouvait bien dormir, disait-il, qu'avec ses pieds sur moi. A l'époque où nous vivions sous le même toit, je connaissais l'empreinte de ses pieds mieux que mes propres mains. Peut-être cette marque avait-elle été gravée en creux par toutes les nuits où nous avions dormi dans le même lit, dans la même maison. Au début, ses pieds remplissaient le vide que j'avais en moi, pesant de tout leur poids sur moi pour que je ne disparaisse pas. Par la suite, ça n'a plus suffi.

Aujourd'hui, quand je pense aux pieds de ma fille Haruka, je ne peux que deviner à quoi ils ressemblent. Je ne me rappelle pas les avoir jamais regardés de près. A la place, je vois les pieds de ma mère, qui étaient restés petits et étroits en dépit des heures qu'elle avait passées debout, nuit après nuit. C'étaient d'honorables pieds japonais. Car elle avait tout sacrifié pour nous, ses enfants. Même son honneur.

J'aime me souvenir d'elle le jour précédant la mort de mon père. Elle portait un kimono couleur pêche, orné de nuages blancs et de grues aux ailes déployées dans le bas et sur les manches. Son obi était du même brocart pourpre et cramoisi que ses *zori*, les sandales ayant été confectionnées spécialement pour elle. Ses chaussettes étaient d'un blanc invraisemblable. A cette époque, rares étaient les rues de Tokyo recouvertes d'un revêtement en dur. La plupart des trottoirs étaient faits d'un mélange de pavés et de boue. Comment pouvait-on marcher dans les rues de la ville et avoir des chaussettes aussi blanches ? Comme si elle avait lu dans mes pensées, elle a dit : « Une Japonaise doit toujours garder ses chaussettes propres. Sinon, elle fait honte à sa famille. » Je ne croyais pas que c'était possible. Alors, j'ai attendu son retour et quand elle est sortie de la salle de bains, je me suis précipitée pour examiner ses chaussettes. Et effectivement, elles étaient aussi immaculées qu'au moment où elle avait quitté la maison.

Les pieds sont le miroir de l'âme. C'est pour cette raison que l'on ne doit jamais montrer ses pieds nus. Cela nous stupéfie de voir que vous autres, Occidentaux, portez vos shorts et vos sandales sans chaussettes, faisant étalage de vos affreux grands pieds blafards. Même en sandales, nous mettons toujours des bas. C'est une question de politesse, de ne pas s'imposer à autrui. Quand j'étais jeune, j'avais de très jolis pieds, encore plus petits et ravissants que ceux de ma mère. Les ongles en forme de lune étaient d'un rose transparent, la voûte plantaire bien cambrée, les orteils minces. Le tout formait un joli petit ensemble.

Mais dès lors qu'on ne les voyait jamais, je n'avais rien dont j'aurais pu être fière. Jusqu'à ce que j'achète ma première paire de talons hauts.

Les talons hauts sont aux antipodes des *geta*. Il suffit de les regarder côte à côte pour constater l'infériorité de la *geta*. Une *geta* est une plateforme de bois posée perpendiculairement sur deux blocs plus petits. Sur le dessus, il y a une lanière. Quoi qu'on fasse, la *geta* paraît toujours disgracieuse, et il est si difficile de marcher avec que celui qui les porte ne peut avancer qu'en traînant humblement les pieds. Les talons hauts, c'est le contraire. Le pied est cambré, donnant l'impression que la jeune fille flotte au-dessus du sol, comme une déesse ou une fée. La première fois que j'ai enfilé une paire de talons hauts dignes de ce nom, ils n'étaient pas italiens mais français, des Louis Vuitton. Je ne connaissais pas grand-chose aux chaussures de marques étrangères. Mais la boutique était celle où j'avais acheté mon sac. Quand j'ai glissé mes pieds à l'intérieur, je me suis sentie si étrange, si différente. Pareille à une créature céleste. C'était tellement agréable que je ne voulais plus les quitter. En voyant l'expression de mon visage, la vendeuse m'a proposé avec obligeance : « Si vous souhaitez les garder aux pieds, je peux mettre vos vieilles chaussures dans le sac. » Mon cœur était si ému que j'ai été incapable de lui répondre. Elle m'a comprise, néanmoins, et je suis sortie de la boutique, métamorphosée. J'ai contemplé mon ombre avec ébahissement. Qui était cette femme avec de si longues jambes ? Soudain, il m'est venu à l'esprit que je ressemblais enfin à celle que j'étais censée être, que j'étais enfin devenue ce que Dieu avait toujours voulu que je sois.

La douleur est venue plus tard, quand j'ai retiré les chaussures. Mes mollets commençaient à me brûler, des aiguilles de feu me parcouraient les jambes. Je ne sentais plus mes orteils et quand j'essayais de les bouger, ils refusaient de coopérer. Pire que tout, la plante de mes pieds me donnait la sensation d'avoir marché toute la nuit sur des charbons ardents. Malgré tout, tout en clopinant dans ma cuisine pour préparer le dîner des enfants, je me sentais merveilleusement bien – comme si j'étais encore sur mes talons hauts, dévorée par des milliers de regards admiratifs. Aussi n'en voulais-je pas à la douleur, elle n'était que l'envers de mon bonheur. Et là, dans ma petite maison en désordre qui sentait le poisson, j'étais heureuse comme je ne l'avais jamais été. C'est alors que j'ai pris conscience que la douleur pouvait avoir du bon. A travers elle, il est possible de se remémorer et de revivre une expérience avec davantage d'intensité. La douleur effaçait aussi en moi tout sentiment de culpabilité. Car tout l'après-midi, j'avais été une vilaine fille, ne pensant qu'à moi et dépensant l'argent que j'avais voulu garder pour les autres.

Le lendemain matin, la douleur avait disparu et j'étais de nouveau prête à mal me conduire.

Les deux premières fois où les inconnus en costume étaient venus voir mon père, ils avaient retiré leurs chaussures. Je m'en souviens parfaitement car l'un d'eux a pris mon menton dans sa main et, levant mon visage vers lui, a dit : « Regardez, celle-ci sera jolie quand elle sera plus grande. » J'avais dix ans alors, et je me suis sentie à la fois intimidée et heureuse qu'un homme si puissant m'ait remarquée. Je n'avais pas encore de poitrine, mais il avait dû déceler sur mon visage quelque chose qui méritait qu'on s'y attarde. Je sais maintenant qu'il n'avait fait cela que pour effrayer mon père et l'obliger à rembourser sa dette. Quand ils sont venus la deuxième fois, mon père leur a donné de l'argent volé, une somme qu'il avait subtilisée à l'entreprise pour laquelle il travaillait. A leur troisième visite, les hommes en costume n'ont pas retiré leurs chaussures. Ça me choque quand j'y repense. Puis je me rappelle combien elles étaient belles, leurs chaussures, faites main, en cuir italien, avec un drôle de motif ajouré au bout et au talon et un F gravé sur le côté. Je me souviens combien mon père avait l'air petit et nu, à plat ventre devant ces chaussures, suppliant qu'on lui laisse la vie sauve, le visage inondé de larmes. Comme s'il était tombé en extase devant la beauté de ces souliers. C'était moi qui avais fait entrer ces hommes et les avais suivis à l'intérieur. Ma mère était sortie en emmenant mon frère, si bien que je me trouvais seule à la maison avec mon père. Ils lui ont parlé et ensuite le grand costaud, celui qui avait pris mon visage dans ses mains, m'a emmenée dehors et m'a acheté une glace. Quand je suis rentrée, mon père était mort. Je n'ai rien vu. Mais ma mère savait ce qui allait arriver. Elle m'a dit qu'il était parti lorsqu'elle est venue me reprendre chez les voisins et nous a conduits, mon frère et moi, dans notre nouvelle maison.

## *La religion du bonheur*

Savez-vous qu'au Japon nous n'avons pas trois mais quatre religions ? Nous avons grandi avec trois d'entre elles : le shintoïsme, le bouddhisme et le christianisme. Mais dans les années 1960, une nouvelle religion est arrivée au Japon et a éloigné bon nombre d'entre nous des anciennes croyances. Ce culte nouveau n'a pas de nom, je lui en ai donc donné un – je l'appelle le bonheurisme. C'est la religion que vous, les Américains, nous avez apportée, la raison pour laquelle nous n'avons pas tué vos soldats quand vous êtes venus nous occuper. A la place, nous avons envoyé nos enfants étudier dans vos universités. J'appartiens à la première génération de Japonais qui pratiquent le bonheurisme. Comme vous le verrez, je suis en fait plutôt experte en la matière.

Comme tous les autres cultes, le bonheurisme a besoin de temples. Et à Tokyo, nous possédons autant de temples dédiés au bonheurisme que nous en avons au shintoïsme ou au bouddhisme. Les sanctuaires du bonheur portent différents noms : Takashimaya, Mitsukoshi, Isetan, Odakyu, Sogo, Lumine, Parco, Seibu. Peut-être en reconnaissez-vous certains ? Etes-vous déjà entré dans un grand magasin japonais ?

Seulement Isetan ? J'en étais sûre. Tous les étrangers y vont. Vous devriez visiter Mitsukoshi dans Nihonbashi. C'est là que se rendent les femmes vraiment élégantes.

Cela ressemble à un palais européen, avec des colonnes, des sculptures et des moulures dorées sur la façade. Deux lions de pierre montent la garde à l'entrée et les portes elles-mêmes sont marquetées de bois précieux à l'italienne. Les fenêtres et les éclairages viennent également d'Europe. Et le marbre est authentiquement italien. Un séduisant portier vous ouvre la porte et, derrière, une jolie femme vous accueille. « Bienvenue. Puis-je vous aider ? » Si elle vous reconnaît, elle s'incline encore plus bas et sa voix devient encore plus affable. Elle attendra, courbée avec déférence, que vous soyez entré.

A l'intérieur, cinq niveaux de galeries filigranées d'or dirigent le regard jusqu'au plafond de verre translucide qui confère à la lumière du jour un éclat laiteux. En face de vous, un escalier à double révolution digne des palais les plus raffinés. Et surplombant l'escalier se dresse une immense déesse de la Bonne Fortune en porcelaine bariolée, haute de trois étages. Chaque fois que je la vois, ça me met en joie. Nous sommes là pour nous amuser, semble-t-elle dire, et pour être heureux. Le bonheur, c'est comme le vin, je pense. Du bon vin français. Vous en buvez, et vous en voulez encore et encore. Puis la tête vous tourne et si vous continuez à boire, soit vous pleurez, soit vous vous endormez. A votre réveil, vous vous sentez vide et prêt à vous remplir de nouveau.

De même que le vin redonne vie à un verre vide, on renaît dans le *departo*. L'atmosphère y est fraîche et sèche en été, chaude et humide en hiver. Il n'y fait jamais trop sec ni trop moite. De la température de l'air aux éclairages, des voix douces des vendeuses à la musique classique en fond sonore, tout est conçu pour apaiser l'esprit et tenir à distance le chaos du monde extérieur. L'argent dans votre sac à main palpite avec solennité. Vous êtes prête à commencer. Mais d'abord, il faut un peu de préparation, tout comme on se purifie du monde extérieur avant d'entrer dans un temple, ici, vous devez au préalable changer de visage. Vous passez donc devant la gigantesque déesse du Bonheur pour rejoindre le rayon des cosmétiques de l'autre côté, où des spécialistes vous attendent pour vous faire un nouveau visage.

Un visage sans maquillage est comme un pied sans chaussette. Chaque jour, avant de sortir, vous le recouvrez de poudre. Il devient alors neutre – incapable de trahir les secrets de sa propriétaire. Et il ne dérange personne. Le maquillage des yeux pour une femme mariée ou une office lady est toujours léger. Ce sont les joues et le nez qui importent. Ils doivent être bien dissimulés sous une poudre mate de couleur neutre. Et les lèvres discrètement peintes.

Mais ici, dans le *departo*, on peut changer tout cela. Les jeunes filles du rayon des cosmétiques sont capables d'effacer en douceur les imperfections de votre visage et de le transformer en celui d'un top modèle. Elles peuvent habiller votre peau de couleurs chatoyantes – base de maquillage, illuminateur de teint, fard à joues et une poudre si fine qu'en comparaison la poussière semble épaisse. Elles estompent les gerçures des lèvres et les rendent plus pulpeuses et plus brillantes. Elles savent adoucir le regard, agrandir les yeux, les faire paraître plus sexy ou leur insuffler du mystère. Quand elles en ont terminé avec vous, vos lèvres ressemblent à des roses saupoudrées de gouttelettes de pluie. Et votre beauté rivalise avec celle des mannequins de défilé. Excepté que votre podium est un escalator qui mène au rayon des vêtements pour femmes des premier et deuxième étages.

Vous payez et, avec votre nouveau visage, vous prenez l'escalier mécanique. Quelle chose magnifique qu'un escalator – c'est comme marcher sur le dos d'un serpent. Vous avancez sans avoir besoin de bouger un muscle. Vous volez dans les airs mais vous êtes suspendue, vos pieds douloureux sont soulagés, délivrés de leur labeur. Du coup, vous vous tenez plus droite, vous vous grandissez. Vous relevez le menton et regardez devant vous avec avidité. Qu'allez-vous trouver aujourd'hui au club ? Comment les achats que vous ferez réécriront-ils l'histoire de votre vie ?

Tandis que vous vous élevez sans effort sur le nouvel escalier mécanique, très cher et très silencieux, vous éprouvez une excitation croissante, une impatience qui ne laisse place à aucun autre sentiment. Vous vous sentez vide mais heureuse car vous savez que le vide sera bientôt comblé.

Alors surgit cette émotion particulière que vous attendiez, cette sensation qui vous ramène sans cesse au *departo*. Elle commence comme un léger chatouillement dans les orteils, comme de petites bulles envahissant chaque cellule du corps. Mais ce n'est que le début. Une fois le joyeux pétillement retombé, une concentration silencieuse s'empare de l'esprit, tandis que commence la chasse.

Comme dans n'importe quel autre jeu, il y a des règles à respecter dans cette chasse. D'abord, il faut commencer par le haut. C'est la règle première et la plus importante car elle vous apprend le contrôle de soi et la discipline. Ce n'est que lorsque vous l'aurez maîtrisée que les dieux du désir vous écouteront. La seconde règle est plus simple. Ne jamais acheter ce qui est exposé. C'est ce qui plaît aux clientes les plus modestes et les moins intelligentes. C'est aussi ce qui revient le moins cher à confectionner mais qui coûte le plus cher. Troisièmement, éviter les vendeuses. Ne les regardez pas dans les yeux. Ce sont des virtuoses de la tromperie et des sources d'obstacles. Elles vous embrouilleront avec leurs paroles et leurs sourires, leurs flatteries hypocrites. Et quatrièmement, avoir une idée claire de ce que l'on cherche avant de franchir les portes d'or. Il s'agit là de la règle la plus difficile à observer, attendu que le sentiment de bonheur écarte toute autre pensée.

Celles qui survivent dans mon club sont semblables à des samouraïs. Elles poursuivent leurs buts en respectant les règles avec une rigoureuse discipline. Si vous inscrivez ces préceptes en vous, vous aussi pouvez devenir une guerrière. Sinon, vos placards se rempliront de choses inutiles en même temps que vos poches se videront. Mais, de même qu'en amour, quand enfin vous trouvez l'objet magique, le vêtement ou l'accessoire qui est fait pour vous, votre cœur se remplit de gratitude. Oui, de reconnaissance, car vous sentez sur vous la main des dieux. Vous avez été choisie. Vous avez gagné. Vous vous précipitez devant toutes les autres belles femmes intelligentes et déterminées qui font exactement la même chose que vous, vous vous emparez de l'objet de votre désir et cherchez la cabine d'essayage la plus proche. Si vous êtes un membre chevronné comme moi, nul besoin de chercher, vous savez où elles se trouvent. La topographie du *departo* est gravée dans votre cerveau.

Et maintenant, nous arrivons au cœur de mon club. Notre endroit de prédilection, à nous autres femmes – le salon d'essayage. Y entrer, c'est comme se retrouver seule avec son bien-aimé pour la première fois. Le moment est venu de tenir votre trophée entre vos mains et de goûter le plaisir de la propriété. Loin des regards indiscrets, vous pouvez caresser votre butin, l'embrasser et enfin vous glisser dedans. Dans le secret de la cabine d'essayage, vous savourez votre intimité. Là, vous en prenez possession pour la première fois.

Une fois satisfaite, je regagne le comptoir avec mon trophée. Savez-vous pourquoi les membres du club ne chapardent jamais ? Parce qu'elles ne pourraient plus revenir, et il ne saurait y avoir châtiment plus terrible que celui-là. Les picotements dans mon corps commencent à s'estomper, mais ils recommencent de plus belle dès que je songe à tout ce que je vais devoir acheter pour fournir à ma dernière acquisition un cadre digne de sa beauté. Une nouvelle robe n'est qu'un commencement, je dois planifier le reste, jusqu'à la couleur et au style des bas. Ainsi l'argent que vous me donnez en échange de mon corps est-il bien dépensé.

Et je suis heureuse. Et ce bonheur durera jusqu'à ce que je regagne ma chambre. Grâce à vous, les Américains, nous avons découvert le bonheurisme. Et maintenant, nous voulons que le monde entier soit heureux et achète, achète et achète encore, comme nous. Alors, la paix régnera dans le monde.

## *Tomoko*

Vous semblez surpris. J'aime quand vous avez l'air étonné. C'est peut-être pour cela que je vous confie mes pensées secrètes. Au début, quand j'ai commencé à vous raconter toutes ces choses, je me sentais coupable. A présent, je sais que ce n'est pas la peine. On a mauvaise conscience quand on fait quelque chose qui s'écarte de la norme. Ce que je fais est non seulement normal, mais ça tombe aussi sous le sens. C'est une jalousie secrète qui lie les membres de mon club. Cette envie nous pousse à acheter et acheter encore, et les liens qu'elle crée sont plus puissants que l'amour.

Toutefois, la jalousie des femmes est particulière. Il n'existe aucune hiérarchie entre les femmes, si bien que chacune d'elles est libre d'envier toutes les autres. Car nous savons toutes que ce que nous faisons importe peu. Nous sommes interchangeables. Les devoirs d'une femme et sa place dans le monde sont décidés par les hommes. Qu'elle travaille dans un bureau ou à la maison, le résultat est le même. C'est pourquoi nous, les femmes au foyer, détestons les office ladies et pourquoi ces dernières nous haïssent. Car quels que soient nos efforts pour nous distinguer, nous savons qu'au fond de nous, nous sommes pareilles.

Entre femmes au foyer, c'est encore pire. Peu importe à quel club nous appartenons, que ce soit un club de tennis, d'achat, de remise en forme, de jogging, d'ikebana ou de bienfaisance, non seulement nos maisons se ressemblent, mais notre routine quotidienne, nos vies sont identiques. Savez-vous que le lundi matin, si vous n'allez pas au supermarché de bonne heure, vous ne trouverez pas de cabillaud mariné ? Le mardi, c'est le bœuf qui manque et le jeudi, la daurade et la crevette. Et le vendredi, comme tout est difficile à trouver, nous achetons toutes des œufs. Vous imaginez ? Nous sommes tellement pareilles que même la nourriture que nous préparons pour nos familles est similaire. Alors pourquoi nos enfants ne seraient-ils pas exactement semblables ?

C'est là notre plus grande crainte.

Le seul moyen de nous élever au-dessus de notre uniformité est de transformer nos enfants en superhéros. Il faut qu'ils éclipsent tous les autres, obtiennent les meilleurs résultats et raflent le plus grand nombre de prix. Alors, et alors seulement, pourrons-nous être certaines d'avoir réussi. Mais pour faire de nos enfants des prodiges, nous devons d'abord devenir nous-mêmes des super-héroïnes. Par conséquent, nous, les femmes au foyer, travaillons d'arrache-pied et obligeons nos enfants à travailler encore plus dur. Nous ne nous plaignons pas, nous nous concentrons sur notre objectif jusqu'à ce que nous l'ayons atteint. Ou que nous tombions raides mortes, ce qui nous arrive rarement, au contraire des hommes.

*Comment est-ce possible ? Cette femme est-elle folle ?* Je suis capable de lire sur votre visage, vous savez. Je suis une superwoman. Je sais ce que ce regard signifie.

La voie qui permet d'accéder au statut de superwoman est voilée de mystère et le restera à jamais. Mais je vais vous dire où elle se trouve. Pour être une superwoman, vous devez créer en vous-même un jardin secret, dans lequel vous jetez toute votre fange – tout ce que vous ne pouvez ni dire ni ressentir –, votre lassitude, votre colère, votre haine pour votre famille et vos responsabilités, la routine immuable de votre vie. Dans le silence infini de la nuit, vous regardez pousser votre jardin du mal. Le jour, vous le piétinez et vous êtes une superwoman.

Mais parfois notre jardin croît trop vite et nous cache le ciel. Alors nous faisons sortir la fille à demi morte enfouie en nous. Elle seule possède la force d'éradiquer les mauvaises herbes de notre jardin. Nous revêtons nos plus beaux atours et nous nous sentons jolies et féminines. Ou bien nous allons à la salle de sport, au temple ou à tout autre club qui nous accueille et nous donne l'impression d'être quelqu'un d'important.

C'est pour cette raison que le choix du club est si crucial. Le club est l'endroit où nous allons pour nous retrouver. Dès l'instant où nous y entrons, nous avons l'impression d'être différentes. Une sérénité bouddhique pénètre notre âme. Que l'on trouve dans notre club lumières tamisées, boiseries et revêtements de cuir ou au contraire carrelage synthétique, lumières au néon et musique pop, l'effet sur notre âme est le même. Nous sommes heureuses parce que nous sommes revenues chez nous.

Cependant, il est très difficile de dénicher le bon club. Pour finir, je suppose que j'aurais adhéré à quelque ennuyeuse amicale de banlieue, comme le club de fitness ou le cercle local d'ikebana. Heureusement, Tomoko m'a épargné ce sort misérable.

J'avais vingt-sept ans quand j'ai retrouvé Tomoko. Le plus drôle, c'est qu'elle m'a reconnue la première. Son visage ne me disait rien, même lorsqu'elle m'a appelée par mon nom. Tout simplement parce que j'étais en plein dans une de mes périodes de *makkura*.

*Makkura*, comme vous le savez sûrement, signifie noir absolu en japonais. Mais pour moi, la *makkura* représente bien plus de choses. C'était un endroit au-delà de toute pensée, de toute action, où il ne se passait rien, où rien ne pouvait être accompli, nulle décision prise. C'était un lieu sans son, sans couleur, sans lumière. De nombreuses femmes ressentent la *makkura* mais elles n'en parlent pas. Certaines d'entre elles se mettent à boire, d'autres cherchent Dieu, d'autres encore s'enferment dans le silence. Et ce, pour le restant de leur vie. Nous n'évoquons jamais le sujet entre nous. Comme tout ce que nous faisons, nous le faisons en secret.

La *makkura* est entrée dans ma vie quand je suis tombée enceinte de Haruka. Elle s'abattait sur moi brusquement, profonde et infinie, plus sombre que le fond de l'océan par une nuit sans lune, m'enveloppant l'esprit si complètement que je restais cloîtrée chez moi, fenêtres et rideaux fermés, lumières éteintes, et perdais toute notion du temps. Parfois, j'oubliais d'aller chercher Akira à la maternelle et la maîtresse téléphonait à la maison. Alors, à grand-peine, je sortais de ma torpeur et rassemblais l'énergie nécessaire pour m'habiller et aller récupérer mon fils.

D'autres fois, à cause de la *makkura*, j'arrivais en retard et les autres mères souriaient en voyant mes cheveux en bataille et mes vêtements enfilés à la va-vite. Mais aucune ne tendait la main pour m'aider. Comme pour tout le reste dans la vie d'une Japonaise, je devais affronter la *makkura* seule.

Le jour où j'ai rencontré Tomoko, il n'y avait aucune raison pour que ce nuage noir fonde sur moi. C'était mon anniversaire. En guise de cadeau surprise, mon mari s'était arrangé pour que sa tante Asako aille chercher Akira à l'école, le ramène à la maison et reste avec lui pendant qu'il m'emmènerait dîner dans un luxueux restaurant français. Le matin, Ryu m'avait réveillée de bonne heure pour m'expliquer tout cela. Puis, tandis que j'essayais encore de me remettre de ma surprise, il avait fait ce qu'il faisait toujours avec mes seins, m'avait pénétrée rapidement et terminé son affaire. Aussi, même si je n'avais pas pu avoir d'orgasme, j'étais heureuse et mon cœur chantait quand je suis allée déposer Akira à la maternelle. Quel mari généreux et attentionné ! Comme c'est gentil de sa part ! me disais-je tout en m'affairant vigoureusement à mon ménage et en préparant le dîner d'Asako.

A onze heures, j'étais prête. La journée s'étirait devant moi dans une brume rosée. Sous la douche, j'ai inventé une devinette : quelle est la couleur du temps libre, une fois qu'on est mariée ? Rose, bien sûr. J'ai pouffé, puis ri si fort que j'en hurlais presque. Heureusement, la douche a étouffé le bruit et m'a évité d'attirer l'attention des voisins. J'ai gagné à pied la station de métro tout en m'appliquant à planifier ma journée. J'irais d'abord faire des courses puis je déjeunerais tard, après quoi je me rendrais dans un salon de beauté où je ferais un petit somme pendant qu'on chouchouterait mes ongles et mes cheveux. Si le shopping me prenait trop de temps, j'avalerais un *onigiri* en allant chez le coiffeur. En tout cas, la journée s'annonçait bien.

Je suis sortie du métro au grand carrefour de Ginza. C'était une superbe journée d'automne. Le ciel était d'un bleu limpide et profond, le soleil léger et accueillant. Les rues grouillaient de gens bien mis, qui se hâtaient vers leur déjeuner d'un air important. Normalement, la vue d'un si grand nombre de personnes élégantes me rendait euphorique. Au lieu de quoi, la joie qui m'avait occupée toute la matinée a disparu.

Je me suis soudain arrêtée, si brusquement que l'homme derrière moi m'est rentré dedans. Je me suis retournée pour m'excuser, mais il a détourné les yeux. Alors, la *makkura* m'a submergée, c'était comme si je ne voyais plus rien, j'étais incapable de penser ou même de me rappeler qui j'étais et ce que je faisais là.

Je n'ai aucune idée du temps que je suis restée plantée là, devant le grand magasin Matsuya, lorsque j'ai senti une main sur mon épaule. Furieuse, j'ai fait demi-tour et me suis trouvée face à une office lady, grande et belle, vêtue d'un tailleur Chanel *murasaki* (violet), un sac Kelly vert sapin de chez Hermès au bras. Je m'apprêtais à m'excuser et à m'écarter de son chemin lorsque les doigts de l'inconnue se sont resserrés et elle a prononcé mon prénom. Oui, mon prénom. Pas mon nom d'épouse, par lequel presque tout le monde s'adressait à moi – mais le prénom que mes parents m'ont donné à ma naissance. « Kayo-chan, a-t-elle dit, tu as oublié Tomoko, ta vieille amie de lycée ? »

Kayo n'est pas un joli prénom, je le révèle rarement aux gens. Je m'attendais si peu à l'entendre dans la bouche d'une inconnue que je suis restée muette d'étonnement. Soudain, Tomoko a éclaté de rire, révélant des dents blanches parfaites, avec juste un petit espace entre les deux incisives supérieures, et enfin je l'ai reconnue. Je ne me souviens pas de ce que j'ai marmonné à ce moment-là, peut-être n'ai-je pas prononcé un mot et s'est-elle impatientée, mais ce dont je me souviens, c'est qu'elle m'a saisi le bras et m'a guidée à travers la foule de la mi-journée qui sortait du Matsuya pour m'entraîner dans une petite rue tranquille.

Ce jour-là, je portais un pantalon élastiqué à la taille – de ces pantalons de grand-mère bon marché vendus mille yens dans les centres commerciaux de banlieue. Je n'avais encore jamais ne fût-ce que croisé le regard d'une office lady, encore moins parlé avec l'une d'elles. Et à présent, je marchais aux côtés de la plus belle office lady de tout Ginza et je sentais, comme autrefois, tout autour de moi la charge électrique des yeux des hommes émoustillés. Je me suis demandé ce qu'ils pensaient de moi et de mes affreux vêtements et, de gêne, j'ai eu un petit mouvement de recul. Mais comme nous poursuivions notre chemin, il m'est apparu que je n'avais pas lieu de m'inquiéter car, comme toujours, la beauté de Tomoko projetait une ombre profonde. J'étais invisible à côté d'elle, tandis que je m'interrogeais sur le prix de ses vêtements et sur le métier qu'elle faisait pour pouvoir se les payer. De là, j'ai commencé à me poser des questions sur sa vie : avait-elle épousé un millionnaire, quelqu'un qu'elle avait rencontré à l'université ou au travail, ou était-elle salariée dans une entreprise ?

Comme un lourd rideau qui s'ouvre, la *makkura* s'écartait.

Tomoko m'a emmenée au *Café Renoir*, un vieil établissement de Ginza qui ne servait que du café et des gâteaux de Savoie dégoulinants de crème. Son choix m'a quelque peu surprise car c'était l'heure du déjeuner, mais je me suis alors avisée que puisqu'il était midi et demi, la plupart des tables dans les autres établissements seraient occupées et que les restaurants eux-mêmes seraient trop bruyants pour que nous puissions bavarder. En grimpant derrière elle l'escalier de bois raide, j'ai observé ses chaussures. C'étaient des Prada, en crocodile.

Ce n'est qu'une fois installées à une table tranquille au fond du restaurant que j'ai osé la regarder en face, et je me suis aperçue qu'elle faisait de même. Nous nous sommes ouvertement dévisagées en silence, chacune essayant de déceler chez l'autre les changements apportés par le temps.

Il m'a fallu une minute pour percevoir la transformation. Belle, Tomoko l'avait toujours été, mais il y avait désormais quelque chose de plus : elle avait l'air somptueuse. Comme un bijou ancien ou une montre Patek Philippe. Et c'était ce qui la rendait encore plus attirante aux yeux des hommes. J'ai songé à la façon dont ils la regardaient dans la rue : ils la désiraient mais savaient qu'ils n'avaient pas les moyens de se l'offrir. Comment s'y prenait-elle ? Il ne s'agissait pas seulement de ses vêtements. D'autres femmes dans Ginza portaient les mêmes. Je l'ai examinée de nouveau avec attention. Ses cheveux teints en châtain étaient coupés au goût du jour et permanentés pour encadrer son beau visage. Son maquillage était discret et harmonieux. Son teint rayonnait et ses lèvres pleines brillaient comme si on venait juste de les polir. Ses yeux en amande paraissaient plus grands qu'avant et un soupçon d'ombre cuivrée faisait chatoyer ses paupières. Puis, ça a fait tilt dans mon cerveau et mes yeux se sont écarquillés. Elle s'était fait opérer des paupières ; on y avait ajouté un pli pour faire paraître ses yeux plus grands et plus occidentaux.

Tomoko a été la première à briser le silence.

— Tu as bien fait de te marier tôt, a-t-elle dit d'une voix teintée de regret. Comment est-ce, la vie conjugale ?

J'étais incapable de penser. C'était comme un rêve devenu réalité, quand bien même j'avais cessé depuis longtemps de croire aux rêves. La *makkura* a essayé de nouveau de s'emparer de moi, tout est devenu flou. Mollement, j'ai remarqué que Tomoko avait repris la parole.

— Tu ne peux pas savoir à quel point je suis contente de t'avoir retrouvée ! Comment va Ryuchan ? Est-il un bon mari pour toi ? Es-tu heureuse ? S'il te plaît, raconte-moi.

J'ai pressé faiblement une main sur ma tempe pour tenter d'en extraire un mot ou deux. Mais comment parler de ma vie monotone alors que je brûlais de curiosité de connaître la sienne ?

Le beau visage de Tomoko s'est voilé d'inquiétude.

— Oh, ce que je peux être égoïste ! Tu vas bien ? Tu avais l'air si fatiguée quand je t'ai tapoté l'épaule et que tu t'es tournée vers moi. Tu sais que je te suivais depuis la station de métro ? J'étais dans la même rame. Au début, je n'étais pas sûre que c'était bien toi. Tu paraissais si adulte, si patiente, une véritable épouse et mère de famille. Puis tu t'es gratté l'aile du nez et tu l'as froncé à ta façon si caractéristique, et j'ai su que c'était toi. J'étais si contente. J'ai eu aussitôt envie de te serrer dans mes bras mais j'ai eu peur. Et si tu ne te souvenais pas de moi ? Puis j'ai eu des remords, je m'en voulais de t'avoir laissée sortir de ma vie, alors j'ai pensé que je ferais mieux de m'en aller. Mais je n'ai pas pu et je t'ai suivie.

Les mots se déversaient de sa bouche à une telle vitesse que j'arrivais à peine à les séparer. D'où lui venait toute cette énergie ? m'étonnais-je. Etait-ce pour cela qu'elle était, pourrait-on dire, « mince de chez mince » ?

Une serveuse entre deux âges, accoutrée d'une robe tyrolienne, est venue prendre nos commandes. Tomoko a choisi pour moi, prenant les choses en main comme au temps du lycée. Elle a commandé du gâteau au chocolat. J'ai ouvert la bouche pour lui signaler que, vu que j'étais enceinte, je devais faire très attention, mais je n'ai pas osé interrompre sa conversation avec la serveuse. Après le départ de cette dernière, elle m'a regardée d'un air d'excuse.

— Ils ont le meilleur gâteau au chocolat de tout Tokyo. Je sais que ton médecin a dû te déconseiller de manger du chocolat, mais parfois il faut savoir désobéir.

J'ai ri et les derniers vestiges de la *makkura* se sont envolés. J'ai dit la première chose qui m'est passée par la tête.

— Tu es encore plus belle que du temps de l'école, Tomochan.

Elle a eu la grâce de paraître un brin gênée.

— Ce sont juste les vêtements qui ont changé, a-t-elle dit avec un haussement d'épaules. Ces uniformes scolaires étaient tellement affreux. Mais toi aussi, tu as changé. Plus que moi. Regardez-moi ça ! Tu as tellement minci !

— Non, ai-je marmonné, fière toutefois qu'elle l'ait remarqué. Je suis grosse et enceinte.

Nous avions retrouvé notre ancienne façon de nous parler, d'être aimables et gentilles l'une avec l'autre, de nous soutenir mutuellement. Car chez les femmes, la gentillesse ne saurait exister qu'en l'absence d'égalité.

— Non, ce n'est pas vrai, a insisté Tomoko. Ta poitrine est encore un peu forte, mais pour le reste, tu es devenue toute menue. On voit à peine le bébé. C'est ton premier ?

— Non, mon deuxième, ai-je répondu, de plus en plus rassérénée.

Elle s'est animée.

— Garçon ou fille ? Quel âge ?

— Sept ans, un garçon.

— Oh, tu en as de la chance ! Je veux le rencontrer. Où est-il en ce moment ?

— A l'école. La tante de mon mari, Asakosan, ira le chercher tout à l'heure et restera avec lui cette nuit.

Je n'ai pu m'empêcher de me vanter un peu.

— C'est mon anniversaire, tu comprends. Ryu a tout arrangé.

Les sourcils impeccables de Tomoko se sont haussés de surprise.

— Ryu ? Quelle charmante attention de sa part !

— Il a insisté pour que j'aille faire les magasins et le retrouve après le travail pour dîner, ai-je expliqué.

— Comme c'est romantique ! Après presque dix ans de mariage ! J'arrive à peine à y croire.

Elle a jeté un coup d'œil sur le sol à mes pieds et, constatant l'absence de sacs, s'est empressée d'ajouter :

— Je suis désolée, je t'empêche de faire ton shopping, n'est-ce pas ? Et il est déjà presque une heure. A quelle heure as-tu rendez-vous chez le coiffeur ? De combien de temps disposes-tu ? Excuse-moi, j'ai vraiment été sans-gêne. Laisse-moi régler l'addition et ensuite je t'emmène dans les magasins. Je tiens à t'offrir un cadeau, moi aussi. J'avais oublié que c'était ton anniversaire.

— Mais… mais, et ton bureau ? ai-je bredouillé. Est-ce que tu ne devrais pas y retourner bientôt ?

Mais Tomoko n'en avait cure.

— Oh, ne t'inquiète pas pour ça. Je leur dirai que j'étais avec un client.

— Quel… quel genre de travail tu fais ? ai-je demandé, curieuse.

J'avais la sensation que quelque chose de nouveau venait de s'emparer de Tomoko, quelque chose qui la faisait paraître soudain plus animée et plus belle encore que quelques minutes auparavant.

— Toutes sortes de choses, a-t-elle répondu évasivement. Je suis consultante en achats.

— Je vois.

J'ai gardé un instant le silence, essayant d'imaginer en quoi consistait son travail.

— Tu conseilles les grands magasins sur ce qu'ils doivent acheter pour leurs clients ?

— Je dis aux gens riches, aux vedettes de cinéma et aux épouses des joueurs de base-ball ce qu'ils doivent acheter, a-t-elle précisé d'un ton brusque.

Jetant ostensiblement un coup d'œil à sa montre, elle a ajouté :

— Allons-y. Je n'ai qu'une heure.

Elle a réglé pour nous deux et nous sommes sorties sous le soleil automnal, tout en brillance et chaleur ténue. Tomoko m'a pilotée de nouveau vers le grand magasin Matsuya. En chemin, elle s'est soudain faite très professionnelle et m'a posé toutes sortes de questions sur la taille de mes vêtements et de mon soutien-gorge, mon poids, mes mensurations et mes couleurs préférées.

Pour finir, elle m'a demandé :

— Et as-tu pensé à un style ou un look particulier pour ce soir ?

— Un look ? ai-je bégayé. Que veux-tu dire ?

— Oui, un look – tu sais, genre minette vamp, boudeuse chic, sexy, innocente, coquine, occidentale. Il y en a tellement. Quel genre de soirée avais-tu en tête ?

J'ai regardé Tomoko avec ahurissement. Il ne m'était jamais venu à l'idée que je pourrais influer sur le cours de la soirée grâce aux vêtements que je porterais.

— Je n'ai rien vraiment prévu. Seulement que Ryu m'emmenait dîner dehors et que je devais donc m'acheter une nouvelle robe.

Tomoko m'a considérée avec pitié. Exactement comme quand je lui avais annoncé que j'allais épouser Ryu. Ce maigrichon taciturne, avaient dit ses yeux.

— Une robe, c'est tout ? As-tu des chaussures et un sac qui iraient avec ?

— Nnon, je veux juste quelque chose de bien pour aller au restaurant, un peu habillé, mais joli. Peut-être du noir. Mais si je ne trouve pas de jolie robe, un chemisier fera très bien l'affaire. Ça m'est égal.

J'ai souri nerveusement, consciente de n'avoir aucune idée de ce que voulait Tomoko. De toute évidence, nous appartenions à deux Japons différents.

Celui dans lequel elle vivait n'y regardait visiblement pas à deux fois avant de dépenser *jyuman en* (cent mille yens) pour une robe, tandis que moi, à cette époque-là, je culpabilisais de payer plus de trente mille yens pour un vêtement, quel qu'il fût.

Comme si elle avait lu dans mes pensées, Tomoko m'a dit froidement :

— Si tout ce que tu veux, c'est quelque chose de « nouveau », tu vas gaspiller ton argent, c'est certain.

Elle m'a toisée d'un œil critique, et j'ai su qu'elle calculait le prix de ce que j'avais sur le dos. Mais son visage s'est ensuite illuminé.

— Heureusement que je t'ai trouvée, a-t-elle énoncé en me prenant par le bras. Viens, nous allons faire une surprise à Ryu.

Une fois à l'intérieur du grand magasin, Tomoko s'est remise à me bombarder de questions.

— Tes cheveux, pourquoi ne les as-tu pas teints ? Ça fait vraiment démodé. En plus, les cheveux noirs, ça vieillit.

J'ai effleuré mes cheveux d'un geste timide.

— Je n'ai pas eu le temps, à cause de mon enfant, ai-je répondu avec raideur.

Elle s'est esclaffée.

— Regarde ces femmes, là, et elle a désigné un groupe de jolies femmes en robes noires et colliers de perles. Elles aussi sont mères de famille.

J'ai suivi la direction de son doigt pointé et reconnu qu'effectivement ces femmes avaient toutes les cheveux châtains.

— Comment sais-tu qu'elles ont des enfants ? ai-je demandé avec curiosité.

— De la même façon que tu as deviné que j'étais une office lady.

Puis, me jaugeant de nouveau, elle a repris :

— Tu sais de quoi tu as vraiment besoin ? D'une bonne coupe de cheveux. Et il faut aussi que tu changes de couleur. Ensuite, quoi que tu portes, tu seras toujours élégante. Si tu veux mon avis, tout le secret du bon goût tient dans les cheveux.

Tout en prononçant ces derniers mots, elle fouillait dans son sac d'un air affairé.

— La voilà, s'est-elle exclamée, triomphante. Je savais bien que j'en avais une. Le secret le mieux gardé de tout Tokyo. Mon coiffeur, Rockie. Je vais t'y emmener tout à l'heure, il va t'arranger ça – il est toujours débordé, mais il le fera pour moi.

J'ai voulu demander combien ça allait me coûter, mais alors que j'hésitais sur les mots, elle avait déjà changé de direction et marchait rapidement vers les escalators. Comme d'habitude, je n'ai eu d'autre choix que de lui emboîter le pas.

Tandis que nous montions, elle a demandé :

— Y a-t-il des marques que tu préfères ? Quelles sont celles que tu achètes normalement ?

Je n'ai pas osé lui avouer que je n'en connaissais que très peu.

— Louis Vuitton, me suis-je hâtée de répondre.

Elle a affiché un air un brin dédaigneux.

— Tu devrais essayer les marques italiennes. Elles sont meilleures, aussi bien pour les vêtements que pour les chaussures. De quelle couleur sont-elles, tes chaussures ?

— En cuir marron.

— C'est facile à assortir, a-t-elle dit d'un ton soulagé.

J'ai serré fort mon sac à main contre moi, imaginant déjà l'argent qui allait bientôt s'en envoler.

Tomoko a dû le remarquer car elle m'a gratifiée d'un sourire rassurant.

— Ce sera mon cadeau d'anniversaire pour toi. Pour compenser tous les anniversaires que j'ai manqués, sans parler de ton mariage.

— Tu n'as rien raté, ai-je dit, mal à l'aise.

Nous nous sommes arrêtées au premier étage, là où étaient exposés les coûteux vêtements de marques occidentales. Je restais en arrière, j'avais trop honte de moi pour suivre Tomoko. Comment quelqu'un d'attifé comme moi pouvait-il prétendre descendre de l'escalator à cet étage-là ? Cet endroit était réservé à toutes les Tomoko du monde. J'ai fait demi-tour. Puis il m'est apparu que si je partais maintenant, je ne la reverrais plus. J'ai hésité. Elle a dû sentir mon irrésolution, ou peut-être remarquer l'absence de bruits de pas derrière elle, elle s'est arrêtée au bout du couloir et s'est retournée.

— Allez, viens, a-t-elle lancé avec impatience. Ne te laisse pas distraire si facilement, c'est fatal.

Et voilà comment, au lieu de m'enfuir comme j'en avais l'intention, j'ai laissé Tomoko prendre les commandes.

On dit que quand on n'a personne à aimer, on s'éprend de soi-même. Sauf qu'on ne peut pas tomber amoureux de soi-même s'il n'y a rien de beau à aimer. Tomoko m'a montré ce qu'il y avait de chérissable en moi. En enfilant les vêtements qu'elle avait choisis pour moi, j'ai vu une autre personne – quelqu'un que je pouvais aimer.

Nous avons fait tous les rayons des marques de luxe, les uns après les autres. Tomoko était au mieux de sa forme – hautaine, arrogante, magnifique. Je succombais de plus en plus à son charme. J'adorais la façon dont les vendeuses virevoltaient autour d'elle, lui apportant robe après robe, ensemble après ensemble. Pour finir, elle m'a fait acheter une robe toute simple, dans les tons d'or terni – la couleur des feuilles mortes. J'ai jeté un coup d'œil à l'étiquette et reçu un choc : 310 000 ! Je n'avais jamais entendu parler d'un styliste nommé Valentino et ces vêtements me paraissaient assez ridicules. Déjà, je secouais la tête et rendais la robe à la vendeuse lorsque Tomoko a intercédé :

— Non, s'il te plaît, j'insiste. Essaie-la. Elle t'ira, j'en suis sûre.

Je suis donc allée dans la cabine d'essayage et j'ai passé la robe d'or.

Lorsque je me suis regardée, il n'était plus besoin de me convaincre. La robe mettait en valeur mes seins, ses plis cachaient habilement mon petit ventre rond. Le tissu tout simple me faisait paraître plus grande et sa couleur chaude donnait de l'éclat à ma peau trop pâle. J'ai contemplé mes épaules dénudées et j'ai su que ce soir-là tous les hommes dans le restaurant me regarderaient.

Lorsque j'ai timidement ouvert le rideau, même la vendeuse a eu l'air impressionnée.

Quant à moi, je me suis examinée dans le miroir puis j'ai détourné les yeux, craignant de voir l'ancien moi réapparaître si je regardais de trop près.

— Très bien, nous prenons celle-ci, a déclaré Tomoko en venant se planter derrière moi. Tu vois, je t'avais dit qu'elle t'irait.

J'ai observé nos deux reflets côte à côte et, à ma grande surprise, je me suis aperçue que nous n'avions plus l'air si différentes. C'était la robe qui avait opéré ce changement. Puis, comme si je me réveillais à contrecœur d'un rêve enchanteur, je me suis rappelé le prix.

— Je ne peux pas la prendre, ai-je grommelé, elle est trop chère.

C'est la dernière fois que j'ai prononcé ces paroles.

— Ne sois pas ridicule, a dit Tomoko. Tu dois la prendre. Les vêtements représentent le seul vrai pouvoir que nous autres femmes détenons en ce monde.

Elle s'est penchée en avant et a baissé la voix.

— Et ils sont le meilleur remède.

— Co… comment ça ? ai-je dit, me demandant si Tomoko connaissait la *makkura*.

Mais je comprenais exactement ce qu'elle voulait dire. Dans cette robe, la *makkura* ne pourrait m'atteindre.

— Elle est si belle, je vous remercie, ai-je bredouillé à la vendeuse qui me tendait le sac.

La jeune fille s'est inclinée et, comme nous repartions, a lancé spontanément :

— Vous avez de la chance d'avoir une amie aussi merveilleuse.

— Je sais, ai-je balbutié, surprise, en jetant un coup d'œil vers Tomoko. Merci.

Sur l'escalator, une pensée nouvelle et dérangeante m'a envahi l'esprit. Et si mon mari remarquait qu'il s'agissait d'une robe coûteuse, comme je n'en avais jamais acheté, et qu'il m'en demande le prix ? Comment lui expliquer que c'était un cadeau d'une vieille amie de lycée ? Cela sonnait faux, même à mes propres oreilles.

C'est à ce moment-là que j'ai décidé de mentir. Pas question de renoncer à ma nouvelle toilette. Je connaissais Ryu, je savais ce que je pouvais lui faire avaler. Je n'aurais aucun mal à inventer une histoire qui le satisferait. Je me sentais déjà un instinct protecteur envers mes nouveaux habits, comme s'ils avaient été mes bébés. De retour au rez-de-chaussée, Tomoko s'est tournée vers moi et m'a toisée d'un regard critique.

— Je crois que tu as besoin de quelque chose pour ton cou, a-t-elle décidé.

J'ai serré mon sac Louis Vuitton contre ma poitrine d'un geste protecteur.

— Mon… mon cou ? Je ne comprends pas.

Mais Tomoko ne me regardait plus, elle s'escrimait sur le fermoir de son collier. Lorsque j'ai vu les diamants étincelant de feux bleuâtres se balancer devant mes yeux, j'en ai eu le souffle coupé.

— Je ne peux pas accepter ça.

— Ce n'est pas un cadeau, juste un prêt. Tu me le rendras la prochaine fois qu'on se verra. La beauté ne suffit pas, tu sais. Pour se faire désirer d'un homme, une femme doit avoir l'air luxueuse.

J'ai immédiatement compris ce qu'elle voulait dire.

— Comment se fait-il que tu en saches autant sur les hommes ? ai-je demandé hardiment.

Tomoko a ri. Mais son rire n'avait rien d'agréable.

— Nous garderons cette histoire pour un autre jour, a-t-elle répondu d'un ton ferme.

— Mais ton mari… je veux dire, ton fiancé, il ne va pas s'apercevoir… ?

J'espérais qu'elle n'avait pas vu mon regard glisser furtivement vers sa main dépourvue d'alliance.

Les coins de sa bouche se sont affaissés lorsqu'elle a répondu avec quelque amertume :

— Il ne le remarquera pas.

J'ai dû rester sans voix, je suppose, car elle m'a adressé un petit sourire crispé et un froid glacial a effleuré son visage.

— Vraiment, je t'assure, a-t-elle souligné.

— Mais... mais tu es si belle.

Elle m'a remerciée d'un sourire.

— Je suis libre, comme je l'ai toujours voulu, et je n'appartiens à aucun homme.

Avec ces derniers mots, Tomoko m'a tuée.

Car avant de la retrouver, je me croyais libre, ou du moins j'étais persuadée d'avoir choisi ma vie. Mais maintenant je me rendais compte qu'en réalité j'étais prisonnière. Les murs de ma prison n'étaient pas faits de pierre et de ciment, mais d'heures et de minutes. Et parce que le temps est invisible, ma prison était impossible à détruire. Alors, un terrible désir a pris naissance en moi. Je devais m'évader.

A partir de ce jour-là, j'ai cessé d'être moi-même, je n'ai plus brûlé que d'une seule envie : découvrir tout ce que je pouvais au sujet de Tomoko. Je voulais connaître les moindres détails de sa vie, savoir si elle prenait un petit-déjeuner à l'occidentale ou à la japonaise, à quelle place elle s'asseyait dans son bureau, ce qu'elle faisait avant de partir travailler, quel maquillage elle utilisait, qui étaient ses collègues, comment elle avait décoré sa maison et, surtout, avec qui elle couchait. Avait-elle plusieurs amants ou un seul ? Les faisait-elle payer pour l'avoir ou se donnait-elle à eux gratuitement ?

Je voulais goûter jusqu'à la dernière miette de sa vie – pour pouvoir prendre sa place. Je ne pensais plus à rien d'autre.

L'énormité de la tâche que je m'étais fixée aurait dû me plonger dans le désespoir. Mais il n'en fut rien.

Car je n’avais jamais oublié qui j’avais vu caché dans mon ombre sur le terrain de base-ball près de la gare de Yotsuya, il y avait si longtemps de cela.

C’était Tomoko.

## *Les belles choses - 1*

Le problème avec les belles choses, c'est que quand on en possède une, on en veut deux, et quand on en a deux, on cherche à en avoir une troisième. Car la faim des yeux ne connaît pas de limites. A la différence de la bouche à laquelle est attaché un estomac, les yeux ne sont qu'une ouverture. Derrière, il y a le placard sans fond de l'esprit.

Quand ils sont venus au Japon après la Deuxième Guerre mondiale, les soldats américains ont offert à leurs « girls » des bas nylon extra-fins. Avant cela, la Japonaise moyenne ne portait pas de vêtements occidentaux, sauf si elle travaillait dans un bureau à l'occidentale ou si elle venait d'une famille chrétienne de la haute société très occidentalisée. Mais quand les Américains sont repartis, les citadines de toutes les classes sociales avaient adopté les tenues occidentales. Désormais, quatre-vingts pour cent des vêtements proposés dans les grands magasins comme Mitsukoshi ou Isetan, qui au départ ne vendaient que des kimonos, étaient importés d'Occident. Savez-vous pourquoi ? Parce que les bas satisfaisaient un besoin profond en nous. Ils nous donnaient l'impression d'être belles et aimées.

Les bas ont tué le kimono, et je m'en félicite. Je crois que ce sont les bas qui ont poussé bon nombre de Japonaises à rejoindre mon club, qui l'ont peut-être même créé. Mais en ce qui me concerne, c'est Tomoko qui m'a introduite dans le club. Elle m'a montré que les vêtements étaient magiques, que la vie pouvait devenir passionnante si l'on s'habillait de façon adéquate. Elle m'a également appris que de belles toilettes vous rendaient exceptionnelle, tout comme des habits ternes vous rendaient ennuyeuse. « Brûle toutes tes affaires, me disait-elle, et laisse-moi en choisir de nouvelles pour toi. » Et son pouvoir était tel que quand je me trouvais avec elle, j'étais convaincue qu'il me suffirait de rentrer chez moi et de suivre son conseil pour transformer ma vie.

A la différence de l'époque où nous étions adolescentes, chaque fois que nous nous retrouvions désormais, c'était pour faire les magasins. Je crois que Tomoko devait se livrer à cette activité depuis pas mal de temps car toutes les vendeuses sur Aoyama-dori la connaissaient. Parfois, elle m'appelait tard le soir, vers minuit, quand Ryu et moi étions déjà endormis. Mais elle ne s'excusait jamais. « Qu'est-ce que tu fais demain ? demandait-elle de sa voix la plus suave. Tu veux venir à Tokyo te distraire un peu ? » Bien sûr que je le voulais. Je mourais d'envie de m'amuser. Car ma vie avec Ryu n'avait absolument rien de drôle.

Nous nous retrouvions vers midi. Tomoko venait me chercher à la sortie du métro, généralement à la station Ebisu ou Omotesando, toujours terriblement belle et glamour. Puis nous allions déjeuner dans un restaurant branché de son choix. Tomoko bavardait gaiement, à propos des dernières modes, des scandales du jour, des gens célèbres. A l'entendre, on aurait juré qu'elle connaissait tous ceux dont parlaient les magazines. Elle était si belle, si grande et distinguée que toutes les têtes se retournaient quand nous entrions. Elle faisait semblait de ne rien remarquer, mais je savais que ça lui plaisait d'attirer ainsi l'attention. Pendant tout le déjeuner, elle étincelait, enchaînant les anecdotes sur les réceptions auxquelles elle se rendait, les vernissages dans les galeries d'art, les inaugurations de nouveaux magasins, les soirées mode et les « after ». Elle décrivait les femmes qu'elle rencontrait (mais jamais les hommes), les toilettes qu'elles portaient et les inepties qu'elles proféraient. J'écoutais poliment, riais quand il le fallait, mais mon cœur brûlait de jalousie. Et j'étais toujours avide de détails supplémentaires, sur sa vie et sur les hommes qu'elle rencontrait et avec lesquels elle couchait, pas seulement sur la vie des gens dont je n'avais jamais entendu parler.

Ensuite, nous allions faire les boutiques et, de nouveau, Tomoko paraissait transfigurée. Cette langueur, qui souvent lui collait à la peau et la faisait ressembler à ces femmes représentées sur les *bijin-ga* de l'ère Edo, s'évanouissait complètement, et elle me traînait de boutique en magasin, comme une tigresse partie en chasse.

Et quelle habile chasseresse elle faisait ! Alors que je traînais derrière elle, décontenancée par le nombre et la variété des vêtements en vente, elle traversait le magasin en quelques minutes et arrivait dans les salons d'essayage, laissant les vendeuses pantoises devant l'élégance de ses choix.

« Magnifique, vous êtes mannequin ? » lui demandaient-elles. Et Tomoko souriait en secouant la tête. « Seulement office lady », répondait-elle. « C'est pour une sortie spéciale ? Il va sûrement vous demander en mariage s'il vous voit habillée comme ça », disaient-elles quand elle achetait la robe la plus sexy de la boutique. Et Tomoko riait avec elles, plus resplendissante que jamais. J'avais envie de lui demander qui il était, à quoi il ressemblait. Mais je n'osais pas, consciente intuitivement que le visage de mon amie se fermerait et qu'elle m'exclurait de son univers. Tandis qu'elle essayait une multitude d'escarpins à talons hauts, j'essayais de l'imaginer. A n'en pas douter, il était riche, car l'argent coulait entre les mains de Tomoko comme de l'eau – un demi-million de yens pour une robe Valentino, parfois même davantage. Et certainement aussi jeune et séduisant – car une fille aussi belle que Tomoko, qui pouvait avoir tous les hommes qu'elle voulait, ne choisirait sans doute que le meilleur.

Cependant, le shopping produisait un autre effet sur elle et c'était cela qui me donnait véritablement envie de lui ressembler. Il semblait emplir son âme. Tandis que nous allions de boutique en boutique, son visage rayonnait d'un éclat intérieur. Elle devenait terriblement séduisante alors, et forte, comme une lionne rassasiée ou une femme qui vient de vivre une fantastique expérience sexuelle. Les femmes la dévoraient du regard, encore et toujours, incapables d'en détacher leurs yeux. Elle était comme une invitation au plaisir. Des voitures s'arrêtaient, des hommes baissaient leur vitre et l'appelaient. Dans ces moments-là, j'étais fière de marcher à ses côtés, encore plus fière qu'au temps du lycée.

Quand elle en avait fini pour la journée, nous nous rendions avec nos sacs d'emplettes dans un café faiblement éclairé, au rez-de-chaussée d'un immeuble dans Aoyama. Les serveurs disposaient près de nos fauteuils des paniers spécialement destinés à recevoir nos achats et, alors que nous attendions nos cafés et nos gâteaux à la crème et que le ciel s'assombrissait, la lumière en elle déclinait peu à peu. Une expression de vide se coulait sur son visage tandis qu'elle allumait cigarette sur cigarette, le regard tourné vers la fenêtre du café, comme si elle attendait quelqu'un.

Pour tenter de briser le silence, j'interrogeais Tomoko sur elle-même. Mais elle ne me répondait jamais directement. Quand je lui demandais si elle allait bien, elle secouait aussitôt la tête en riant, m'assaillait de questions et parlait sans s'arrêter pendant environ cinq minutes. Puis elle retombait dans son silence et ses yeux allaient de la fenêtre à l'entrée du restaurant et de nouveau à la fenêtre. Nous restions assises ainsi, sans presque parler, jusqu'à ce que la nuit tombe et que je sois obligée de rentrer chez moi.

Peut-être Tomoko sentait-elle qu'il y avait quelque chose d'anormal dans ma curiosité. Elle masquait habilement sa vie privée derrière un rideau, ne m'invitait jamais à venir la voir chez elle, ne me présentait pas à ses amis. Un jour, alors que nous nous trouvions dans le magasin Mitsukoshi de Nihonbashi, un Japonais accompagné d'une étrangère très chic aux cheveux blonds coupés court nous a adressé un signe de la main. Mais Tomoko a fait semblant de ne pas l'avoir vu et, m'attrapant fermement par le bras, m'a entraînée hors du magasin. Aussi, chaque fois que je reprenais le train de Shibuya pour rentrer chez moi après avoir passé la journée avec Tomoko, je me sentais frustrée. Mais arrivée à la maison, j'avais de nouveau hâte de la retrouver la fois suivante. Car il y aurait une prochaine fois, de cela je n'avais aucun doute. Et un jour, Tomoko serait obligée de se confier à moi : car même si elle ne le disait pas, je savais déjà qu'elle n'avait pas d'amis.

Jusque-là, ça ne me dérangeait pas d'attendre.

Les mois qui ont précédé la naissance de ma fille Haruka ont été les plus heureux de ma vie. Tomoko était un formidable professeur. Avec elle, j'ai appris à repousser d'un seul regard les vendeuses trop insistantes. J'ai aussi appris à choisir avec soin. Quand je trouvais quelque chose qui me convenait et que je le tenais contre moi, j'en arrivais presque à croire que j'avais commencé à lui ressembler un peu, et quand elle hochait la tête et disait oui, c'était tout à fait ce qu'elle-même porterait, je sortais aussitôt ma carte de crédit ou celle de mon mari, sans même regarder l'étiquette. J'avais l'impression que l'argent de ma mère était un tapis rouge qui se déroulerait éternellement devant moi. J'achetais et achetais encore. Même si c'étaient des vêtements que je ne pourrais pas porter. Et j'étais heureuse. La *makkura* qui m'avait tellement tourmentée avait disparu pour ne plus revenir. Tomoko m'avait montré qu'il existait de la magie même dans le monde gris et terne des adultes.

Après la naissance de Haruka, Tomoko est venue me rendre visite à l'hôpital. J'ai été surprise de la voir là. Elle ne semblait pas à sa place, comme un marin en permission à terre. Ryu a été encore plus étonné que moi. Mais une fois revenu de sa surprise, il a eu l'air heureux. Tomoko, elle, semblait mal à l'aise et, après avoir jeté un coup d'œil au bébé et demandé poliment comment s'était passé l'accouchement, elle s'est enfuie. Elle avait bien sûr acheté un cadeau très coûteux pour Haruka et moi : une écharpe réglable en coton africain bio, comme celle que toutes les vedettes d'Hollywood utilisaient pour porter leurs bébés. Après son départ, Ryu m'a posé toutes sortes de questions à son sujet. Mais à la fin de notre conversation, il m'a paru évident qu'il en savait beaucoup plus long que moi sur ce qui était arrivé entre-temps dans la vie de Tomoko. Il savait qu'elle avait obtenu un diplôme de gestion à l'Université de Tokyo et intégré un prestigieux cabinet de comptables. Au bout de six ans, elle en était partie. Personne ne savait pourquoi. Après cela, même Yasuo, le meilleur ami de Ryu, qui sortait avec Tomoko quand nous étions au lycée et était resté ami avec elle après leur rupture, même lui l'avait perdue de vue. J'ai raconté à Ryu ce que Tomoko m'avait dit, qu'elle travaillait comme consultante pour un millionnaire américain. Mais lorsqu'il m'a demandé comment il s'appelait, impossible de m'en souvenir. Je n'étais pas sûre qu'elle ait mentionné son nom.

J'avais été étonnée de voir Ryu si animé. C'est pour ça que je me rappelle cette journée. Et aussi parce que c'est la seule fois, en dehors des séances de shopping, où je me suis sentie réellement heureuse : Ryu, Tomoko et moi, ensemble dans la même pièce, j'avais l'impression d'être redevenue une jeune fille. Après le départ de Tomoko, Ryu m'a demandé d'un ton nostalgique :

— Peut-être que maintenant que vous vous êtes retrouvées toutes les deux, elle viendra quelquefois nous rendre visite à la maison.

— Bien sûr, ai-je approuvé.

Mais dans le fond de mon cœur, je savais qu'elle n'en ferait rien.

Au début, je m'en suis secrètement réjouie. Car dans les rues de Tokyo, nous étions à égalité, mais dans mon insignifiante petite maison, avec ses cloisons en carton et sa façade carrelée, nos différences se dresseraient comme un mur et nous sépareraient à jamais. Je me disais qu'elle finirait bien par m'appeler. Ça ne m'ennuyait pas de devoir patienter.

Mais dès que Haruka a adopté un rythme de sommeil régulier et que je me suis habituée à cette charge de travail supplémentaire, mon esprit a commencé à s'agiter. J'ouvrais mon placard, je regardais toutes les belles choses que nous avions achetées ensemble, Tomoko et moi, et je me sentais triste. J'étais redevenue mince, j'aurais pu porter n'importe lequel de ces vêtements, mais sans Tomoko, je n'avais aucune raison de les mettre et nulle part où aller. Mes coûteuses toilettes me fixaient avec un air de reproche. Je les avais trahies.

Une année a passé. J'avais beau appeler Tomoko au téléphone, elle ne répondait pas et ne rappelait pas. J'ai décidé d'aller la chercher. Haruka avait un an et j'avais trouvé une crèche pour elle. J'étais encore plus mince qu'avant et je mourais d'envie de retourner faire du shopping.

Nous étions en 1998, la « bulle » économique venait de crever, mais nous n'en avions pas conscience. La plupart des salarymen avaient encore des maîtresses. Le soir, ils fréquentaient les maisons de geishas et les bars à hôtesses. Ils achetaient des sacs Hermès pour leurs femmes et des Louis Vuitton pour leurs petites amies. Les épouses faisaient du lèche-vitrines. Les office ladies faisaient du shopping. Les maîtresses faisaient les magasins. Tout le monde achetait. Même Ryu, d'ordinaire si économe, a revendu notre logement et contracté un nouvel emprunt auprès de sa banque pour acheter une maison plus grande, de style occidental, dans Den-en-Chofu. Il m'a donné une deuxième carte de crédit et m'a dit d'acheter tout ce que je voulais pour la nouvelle maison. Cette activité m'a plongée dans un tel enchantement que j'en ai oublié mes coups de fil à Tomoko restés sans réponse. Je lui laissais des messages sur son répondeur pour la tenir au courant de ce que je faisais, de ce que j'achetais. Je lui parlais de la maison. Mais elle ne me rappelait pas. Puis un jour, Ryu est rentré et m'a annoncé que j'allais devoir prendre des cours d'anglais.

— Pourquoi ? me suis-je écriée. Tu ne crois pas que j'ai assez à faire à m'occuper de cette grande maison ?

— Oui, oui, je sais, s'est empressé d'admettre Ryu. Mais je vais changer de travail. J'entre dans une banque américaine.

— Quoi ? Quand as-tu décidé ça ? Pourquoi ne m'as-tu pas consultée ? ai-je hurlé.

Son visage s'est tendu.

— Jusqu'à hier, je n'en étais pas sûr. Nous avons signé le contrat cette nuit.

— Alors, c'est pour ça que tu es rentré à cinq heures du matin ! Tu as arrosé ça.

Ryu a hoché la tête d'un air penaud.

— Les entreprises américaines sont différentes. Les épouses aussi en font partie. Il faudra que tu m'aides à recevoir des clients. C'est pour ça que je veux que tu apprennes l'anglais.

Je n'ai rien répondu. J'étais nulle en anglais au lycée. Si Tomoko ne m'y avait pas habilement préparée, je n'aurais jamais réussi les examens. L'idée de retourner à l'école me terrifiait.

— Ne t'inquiète pas. Tu y arriveras. *Gambatte.* Je sais que tu es intelligente.

J'ai secoué la tête, hébétée.

— Mais, la maison… les enfants. Comment vais-je trouver le temps d'étudier ? ai-je protesté faiblement.

Ryu a froncé les sourcils.

— Fais-le pour moi, je t'en prie. Je commence mon nouveau travail dans trois mois. Pour un salaire double.

Il s'est penché au-dessus de la table et, à ma grande surprise, m'a embrassée sur les lèvres.

— Dans vingt ans, cette maison sera à nous.

Peut-être l'avez-vous deviné.

Tomoko ne pouvait me répondre car Tomoko était morte. Elle s'était jetée sous un train, oui, un morne train de banlieue comme celui que je prenais tous les jours pour aller de ma maison dans Chofu à Tokyo. Seulement, Tomoko avait choisi de faire ça publiquement, à sept heures et demie du matin, au moment où les trains sont pleins de salarymen et de femmes qui se rendent au travail. Quand j'attends mon train, je pense à elle, debout sur le quai, guettant le sien. A quoi a-t-elle pensé durant ces derniers instants ? A-t-elle songé à ses parents, à son amant, à moi, peut-être ? Ou a-t-elle pensé à elle-même ? Nul doute qu'elle était belle, même alors, tandis qu'elle attendait le train. D'abord, la voix électronique et impersonnelle du chef de gare a dû annoncer poliment l'arrivée du convoi. Les traits de Tomoko se sont crispés. Etait-elle heureuse à ce moment-là ? Son corps l'a-t-il trahie en se contractant légèrement ou bien s'est-elle maîtrisée avec tant de grâce que personne ne s'est douté de rien ? Il devait faire froid sur le quai à la mi-mars. Les bourgeons des cerisiers avaient dû commencer à poindre mais n'avaient pas encore éclos. Tout le monde attendait l'épanouissement des fleurs. La floraison des cerisiers est la période la plus heureuse au Japon. Vous devriez venir à Tokyo à cette époque-là. Une minute après l'annonce, Tomoko a entendu le train, puis elle a senti les vibrations. Elle a tendu le cou. Elle a vu les feux passer du rouge au vert, puis le train lui-même, énorme serpent d'argent surgissant comme par magie de la brume matinale. A-t-elle regardé vers le ciel en tombant ? A-t-elle vu les bourgeons non éclos des *sakura* et s'est-elle imaginé que, comme eux, elle allait commencer une nouvelle vie, pure et sans tache ? Ou bien leur spectacle l'a-t-il remplie de tristesse car elle savait qu'elle ne les verrait pas s'épanouir ? Chaque fois que ces pensées me viennent, je m'estime heureuse d'être en vie, de pouvoir monter dans le train et d'aller à Tokyo pour y chercher d'autres belles toilettes à porter. Quand je vois les branches des *sakura* gonflées de vie, il me prend une envie irrésistible d'aller faire les magasins.

Mais que faisait Tomoko sur une ligne de banlieue à sept heures et demie du matin, au début de l'heure de pointe ? Je crois qu'elle devait être fatiguée d'attendre. Peut-être que son amant avait promis de venir et ne s'était pas montré ? Il lui avait sans doute dit qu'il resterait toute la nuit avec elle. Alors, elle était allée s'offrir une nouvelle robe, de nouveaux sous-vêtements, un nouveau parfum. Elle avait acheté le meilleur repas tout préparé qu'elle avait trouvé au supermarché du coin ou avait commandé un *kaiseki* de neuf plats à un restaurant des environs. Puis elle s'était assise pour l'attendre. A dix heures du soir, elle l'avait sans doute appelé, mais il n'avait pas répondu. Elle avait réessayé cinq, dix fois au cours de l'heure suivante. Ensuite, c'était l'heure du dernier métro. Elle avait pris son manteau et, sans se soucier de refaire son maquillage qui avait coulé, car elle avait sûrement pleuré, elle était sortie, avait gagné Shibuya en taxi et pris cette ligne de banlieue pour aller chez lui. Elle était descendue à sa station, avait marché jusqu'à sa maison. Peut-être les rideaux étaient-ils ouverts. Peut-être l'avait-elle regardé en train de jouer avec ses enfants avant de les mettre au lit. Peut-être l'avait-elle vu manger le repas préparé par sa femme et regarder la télévision avec elle. Et lorsque le couple était monté se coucher et que les lumières s'étaient finalement éteintes dans le petit pavillon de banlieue, elle avait dû aller dans un bar, le seul endroit encore ouvert à cette heure de la nuit, et y rester pour boire jusqu'à la fermeture. Au petit matin, elle s'était sûrement rendue aux toilettes, repoudré le nez. Puis elle avait gagné le Jonathan's le plus proche pour y prendre un petit-déjeuner. Elle avait marché jusqu'à la gare, acheté son dernier ticket de métro. Elle s'était peut-être suicidée parce qu'elle avait réalisé que l'homme qu'elle attendait n'en valait pas la peine.

## *Les belles choses - 2*

J'ai appris la mort de Tomoko six mois après. J'en avais assez d'attendre qu'elle me rappelle et j'avais décidé d'aller lui rendre visite. J'avais toujours en ma possession le *meishi* qu'elle m'avait donné le jour où nous nous étions retrouvées. Je n'avais jusqu'alors utilisé que le numéro de portable figurant sur la carte de visite, mais il y avait également une série d'autres numéros ainsi qu'une adresse. Alors un jour, après avoir déposé mon fils à l'école et laissé Haruka aux soins d'une *obaachan* locale, j'ai pris la ligne Tokyu-Toyoko jusqu'à Shibuya et, mon plan à la main, je me suis mise à la recherche du bureau de Tomoko.

Mais quand je suis arrivée à l'adresse indiquée, je n'en ai pas cru mes yeux. Ce n'était pas un quelconque immeuble de bureaux, gris et anonyme, comme je me l'étais imaginé, mais une de ces nouvelles résidences privées construites pour les *gaikokujin* (les étrangers). Le bâtiment tout en verre était haut de quatorze étages. L'entrée s'avançait jusque dans la rue, simple cube de verre laissant voir tout ce qu'il y avait à l'intérieur, avec dans le fond un mur en marbre de Carrare devant lequel se dressait un comptoir, comme dans les hôtels, et un homme en uniforme planté derrière. Je scrutais d'un regard désespéré les boutons sur le tableau à côté de la porte automatique en me demandant sur lesquels je devais appuyer pour appeler le bureau de Tomoko, lorsque les portes se sont ouvertes et quelqu'un est sorti. Je n'ai pas hésité, je me suis engouffrée à l'intérieur. Vu de dedans, le hall d'entrée était encore plus luxueux. Par les baies vitrées sur la droite, j'ai aperçu un petit jardin zen avec ses pierres blanches, son *sakura* et son mince cours d'eau. Devant les fenêtres, deux banquettes de cuir blanc faisaient face au jardin. Je dois admettre que j'ai été impressionnée, et pas qu'un peu intimidée. L'homme en costume noir est venu me demander s'il pouvait m'aider, exactement comme ils le font dans les hôtels. J'ai sorti la carte de visite de ma poche et la lui ai montrée.

— Je cherche la société Yamata Holdings Pvt. Ltd.

L'homme a pris la carte écornée avec beaucoup de respect et l'a examinée en silence.

— Qui voulez-vous rencontrer ? a-t-il demandé prudemment. Avez-vous rendez-vous ?

— Je suis venue la voir, Tomoko Ohara, c'est mon amie, me suis-je impatientée. Seulement elle a oublié de me dire qu'il y avait un code.

Le concierge avait de bonnes manières. Il n'a pas relevé la tête immédiatement.

— C'était votre amie ? Je suis vraiment désolé.

Tout d'abord, je n'ai pas réagi à l'emploi du passé. Mais lorsqu'il m'a regardée en face, j'ai compris. Le monde s'est mis à tourner autour de moi, les banquettes de cuir blanc, les pierres dans le jardin zen, le ruisseau sonore, ont tournoyé et tourbillonné, tels des cerfs-volants dans le ciel. Ensuite, je me rappelle seulement m'être retrouvée assise sur une banquette de cuir, un verre d'eau à la main. Le ruisselet et les pierres avaient repris leur place, tranquilles, zen. Une brise légère dans l'allée faisait délicatement frissonner les feuilles du *sakura*.

*Tomoko est morte.* Mon cerveau le répétait sans cesse, comme un mantra. Elle est partie. Pas partie en vacances, ni déménagé, mais partie comme dans partie-pour-ne-plus-jamais-revenir. Plus jamais je n'entendrai sa voix légèrement éraillée me demander au téléphone ce que je fais demain. Je ne sortirai plus du métro pour retrouver la lumière du soleil et la voir m'attendre. Je ne connaîtrai plus cette excitation que je ressentais en marchant à ses côtés. J'ai contemplé le vide qui régnait dans le jardin zen et je me suis sentie proche de lui, comme si désormais nous étions liés.

— Vous vous sentez bien ?

Le concierge m'observait d'un regard inquiet.

— Voulez-vous que je vous apporte encore de l'eau ?

— Non, non. Excusez-moi de vous avoir dérangé, ai-je répondu en me levant pour partir.

— Je regrette, je n'avais pas compris que vous n'étiez pas au courant, s'est-il excusé. M. Yamada a dit que quelqu'un viendrait chercher ses affaires aujourd'hui et je devais lui remettre les clés. J'ai cru qu'il s'agissait de vous.

Je savais qu'il se demandait qui j'étais et comment il était possible, si j'étais vraiment une de ses amies, que j'ignore tout de sa mort. Aussi, je me suis dépêchée d'expliquer :

— J'étais à l'hôpital pour accoucher et ensuite j'ai été très occupée avec mon bébé. Quand elle n'a pas répondu à mes coups de fil, je me suis inquiétée. Alors, j'ai décidé de venir la voir.

— Je vois.

Il a hoché la tête. Son corps s'est détendu quelque peu.

Comme je ne disais rien et demeurais sans bouger devant lui, il a eu pitié de moi et a repris la parole :

— Mlle Ohara était une très belle jeune femme. Cela a été un choc pour tout le monde. Surtout pour M. Yamada. Il était vraiment fou d'elle.

Il a secoué la tête.

— Savez-vous qu'il n'a laissé personne toucher à ses affaires jusqu'à aujourd'hui ? Il entrait dans l'appartement et restait assis là, parfois juste quelques minutes, d'autres fois pendant une heure ou plus. Vous imaginez ? Un *shyacho* comme lui, avec des milliers de personnes travaillant sous ses ordres, avoir un tel chagrin pendant si longtemps ? Mais il est vrai qu'elle était quelqu'un d'exceptionnel, tout le monde le voyait bien, et quelle beauté ! Je ne comprends pas pourquoi elle a…

Il s'est interrompu, m'a jeté un regard anxieux.

— Je ne comprends pas non plus. Que s'est-il passé ?

— Elle s'est jetée sous un train, sur la ligne Keio Inokashira, quelque part près de Hachioji.

— Hachioji ? Mais c'est à des kilomètres d'ici.

Parce qu'il s'adressait à une jeune femme et amie de la défunte, le concierge parlait plus ouvertement qu'il ne l'aurait dû.

— Je n'arrive pas à comprendre non plus, a-t-il dit en secouant tristement la tête. Elle a dû s'amouracher d'un homme marié. Quel dommage de se gâcher la vie avec un type comme ça alors qu'il n'y avait rien que M. Yamada ne lui aurait donné. Si elle avait voulu aller à Paris, il l'y aurait emmenée. Si elle avait voulu un manteau de fourrure, il lui en aurait offert un.

Mon corps tout entier s'est figé. Ainsi, Tomoko avait été la maîtresse d'un riche homme d'affaires. Elle n'avait pas travaillé dans un bureau pendant longtemps. Elle avait vécu là-haut, dans le ciel, dans une cage de verre, très luxueuse et splendide peut-être, mais une cage pas très différente de la mienne finalement.

J'ai éclaté de rire, un rire dur, peu naturel. Le concierge s'est arrêté au milieu d'une phrase, une expression d'incompréhension sur le visage.

Vite, je me suis calmée et lui ai souri d'un air contrit.

— Je suis désolée. Je… j'ai du mal à me faire à l'idée. Elle est venue me rendre visite à l'hôpital quand mon bébé est né, c'est la dernière fois que je l'ai vue.

— Où avez-vous eu votre bébé ? s'est-il enquis avec un sourire.

Parler de bébés le rassurait.

— A Seibu Byoin, dans Mejiro, ai-je improvisé.

C'était moi qui étais née à l'hôpital de Seibu, pas ma fille. Soudain, il m'est venu une idée. J'ai posé la main sur le bras du concierge.

— S'il vous plaît, ai-je dit. Pourriez-vous me conduire là-haut, dans son appartement ? Je lui ai prêté une veste un jour, c'est… mon mari qui me l'avait achetée et il n'arrête pas de me demander pourquoi je ne la porte pas.

Le concierge a reculé. J'ai vu un refus se composer sur son visage. Mais c'était ma dernière chance de découvrir les secrets de Tomoko. Il fallait que je voie l'endroit où elle avait vécu.

— Je vous en prie… l'ai-je imploré en tendant la main qui portait mon alliance à l'annulaire.

Ses yeux se sont posés sur la bague, il a hésité. J'ai laissé ma main retomber légèrement sur son bras, puis quelques larmes s'échapper de mes yeux. Sa résistance a faibli. Je l'ai senti à la façon dont son bras s'est relâché sous ma main, si bien qu'au lieu de me cramponner à lui, c'était moi maintenant qui le soutenais.

— Bon, d'accord. Mais il va falloir faire vite et surtout ne rien déranger. Reprenez ce qui est à vous et laissez le reste exactement comme il est.

— Bien sûr, je comprends. Merci, ai-je dit avec gratitude.

*Je vais voir l'appartement de Tomoko.* Je n'en revenais pas. Dans l'ascenseur, le concierge m'a tourné le dos et, une fois arrivés à l'étage, m'a tendu la clé et a pointé le doigt vers l'extrémité du couloir.

— Numéro 1106, tout au bout. N'oubliez pas, tournez la clé deux fois dans le sens des aiguilles d'une montre.

Je l'ai remercié encore une fois et j'ai attendu que la porte de l'ascenseur se referme avant de m'engager dans le corridor.

Le sol était recouvert d'une moquette à motifs géométriques bruns et gris. Les murs étaient d'un gris plus clair, teinté d'une touche de bleu. L'ensemble donnait une impression de gravité masculine. Je n'avais jamais mis les pieds dans un immeuble comme celui-là, avec d'autant d'appartements. Je me suis interrogée sur les gens qui vivaient là. Avaient-ils connu Tomoko ? Certaines femmes avaient-elles été ses amies ? Certains hommes, ses amants ? J'avais envie de frapper aux portes pour les questionner. Mais le couloir était désert et comme inhabité, comme s'il ne pouvait y avoir personne derrière ces portes collées sur des murs vides. Tel était le silence dans ce couloir. J'imaginais Tomoko, regardant fixement les portes. Détestait-elle cette moquette marron ? Avait-elle eu envie de hurler pour voir si quelqu'un ouvrirait sa porte ?

Je suis finalement arrivée devant le numéro 1106. Ma main tremblait en insérant la clé. Une odeur de tabac et de café, de sucre et de sauce de soja flottait autour de la porte. La clé a tourné en douceur dans la serrure et la porte s'est ouverte d'un seul coup. J'ai hésité, m'attendant presque à ce que quelqu'un me couvre d'injures parce que j'essayais de pénétrer par effraction. Je suis entrée. Les rideaux étaient tirés et il faisait tellement sombre que je n'ai pas distingué grand-chose, excepté les formes massives des sièges et d'une table. Mais j'ai perçu la tristesse, peut-être celle de Tomoko, peut-être celle du vieux Yamada, qui imprégnait les lieux.

Ma main a trouvé l'interrupteur et la lumière s'est allumée. Une grande pièce, claire et spacieuse, m'est apparue, décorée dans le style contemporain, toute en contrastes audacieux de blancs et de noirs. Il y avait un grand écran de télévision dernier cri sur l'un des murs. Un tapis blanc pelucheux, visiblement hors de prix, s'étalait devant un luxueux canapé de cuir noir. Sur le tapis, une table à plateau de verre et pieds chromés, couverte de revues de mode. Au-dessus de la télévision, une étagère en bois noir chargée de coûteux livres de mode et de design. Les deux lampes sur pied à côté du canapé et du fauteuil étaient aussi de style moderne, manifestement importées d'Europe et très chères. Mais où était Tomoko dans tout cela ? J'ai essayé de la visualiser en train d'arpenter Aoyama pour choisir ces meubles. Sauf que je savais que ce n'était pas elle mais un décorateur aux tarifs exorbitants qui l'avait fait. La colère s'est emparée de moi. J'avais été si heureuse de réussir à entrer dans son appartement, et à présent je me sentais flouée. Même dans la mort, Tomoko s'arrangeait pour me cacher son vrai visage.

J'ai regardé autour de moi. Trois portes donnaient sur le vaste séjour. Les deux à droite étaient fermées. Mais sur le côté gauche, une porte entrebâillée révélait la présence de placards d'un blanc étincelant et d'un four encastré en acier inoxydable. La cuisine. Les gens négligent souvent leur cuisine. J'allais peut-être y découvrir quelque chose.

J'ai tout d'abord été déçue. Tout paraissait flambant neuf. Le four était allemand, un Braun. L'évier et le plan de travail en face étaient propres et impeccables. J'ai ouvert un placard et laissé échapper une petite exclamation de surprise devant le raffinement des couverts. Que deviendraient toutes ces belles choses ? L'ombre d'un rire a commencé à se former en moi. Yamada allait-il les donner à sa prochaine maîtresse ?

Le réfrigérateur, tout de chrome brillant, avait l'air neuf lui aussi. Des pense-bêtes pour des cours de natation, le renouvellement d'un abonnement à un club de remise en forme et quelques cartes postales d'Europe étaient collés sur la porte. J'ai ouvert le réfrigérateur. Les clayettes étaient vides. J'ai vérifié le bac à légumes, vide lui aussi. Dans le congélateur, je n'ai trouvé que des glaçons et de la vodka. Puis j'ai inspecté la porte. Dans le compartiment à beurre, j'ai découvert une boîte d'ampoules d'insuline. Ainsi, l'amant de Tomoko, M. Yamada, souffrait d'un problème de diabète. J'ai eu envie de rire, une image de Tomoko jouant les infirmières et injectant de l'insuline dans le bras flasque de son amant a surgi devant mes yeux.

Pour finir, j'ai gagné la petite table de cuisine sous la fenêtre et, avec l'impression d'être arrivée au bout du chemin, je me suis assise. J'ai alors remarqué que des taches jaunes parsemaient la table, le genre de marques que font les mégots de cigarettes non éteints. Aha ! ai-je pensé, enfin ! J'ai effleuré du bout des doigts les cicatrices sur la table comme si elles avaient contenu un message. Une nouvelle image s'est épanouie dans mon esprit – celle de Tomoko seule, la nuit, fumant à la chaîne tout en écoutant la radio et en feuilletant des revues de mode. Cette image, j'en étais sûre, était réelle.

Cependant, je n'étais toujours pas satisfaite. Ce Yamada, à quoi ressemblait-il ? Etait-il gros ? Chauve avec des taches de vieillesse sur le visage ? Au bout d'un moment, je me suis dirigée vers la chambre. J'espérais y trouver au moins une photo d'eux.

Mais là encore, je suis restée sur ma faim. On aurait dit une chambre d'hôtel – bien rangée, prête à recevoir le client suivant. Soit la personne qui avait fait le ménage dans l'appartement après la mort de Tomoko avait veillé à retirer toutes les photos personnelles, soit il n'y en avait jamais eu. J'ai inspecté la chambre du regard. Le thème du noir et blanc se retrouvait là aussi – dans le grand lit rond recouvert de draps en satin noir brodés de roses blanches et dans la moquette à pois blanche et noire. Sur le mur en face du lit était accrochée une photo sexy en noir et blanc montrant une femme nue enlaçant un serpent. Derrière le lit, il y avait un dressing et un mur entier de la chambre était occupé par des placards. J'ai éteint la lumière et ouvert les rideaux. Je me suis allongée sur le lit de Tomoko et j'ai fermé les yeux, essayant de les imaginer ensemble dans ce lit. Comment faisait-elle ? L'avait-elle aimé ? En rouvrant les yeux, j'ai vu ce que Tomoko avait dû voir chaque matin, et le spectacle m'a coupé le souffle. D'un seul regard, mes yeux embrassaient tout Tokyo jusqu'à Shinjuku et au siège du gouvernement métropolitain. J'avais l'impression que la ville m'appartenait. Comment peut-on se suicider quand on jouit d'une vue pareille ? me suis-je étonnée. Ma colère contre Tomoko est remontée en moi. J'aurais voulu lui faire du mal, réduire son appartement en cendres, lui arracher les yeux. Mais Tomoko n'était pas là. Elle ne m'appellerait plus jamais, n'agiterait plus sa baguette magique pour me faire sortir de moi-même. Lentement, les larmes sont venues, de vraies larmes cette fois. Des larmes amères – car la personne qu'elles étaient censées blesser n'était pas là. J'ai tourné le dos à la fenêtre et me suis roulée en boule, tremblante comme une feuille.

Après avoir pleuré tout mon saoul, mes yeux se sont tournés vers les placards. Je me suis levée pour aller ouvrir les portes. Les vêtements en ont dégringolé, pareils à des animaux de compagnie impatients d'aller faire un tour. Je les ai considérés fixement pendant une minute entière – lingerie La Perla, jupes Prada, corsages Dior, certains avaient encore leurs étiquettes – et lentement le sentiment d'oppression en moi a commencé à s'alléger. Je l'avais enfin trouvée. Je pouvais sentir son allégresse. C'était comme si elle venait de s'habiller et était sortie se promener. Et quand elle était rentrée, elle avait tout remis en vrac à l'intérieur du placard. De petits ballots de vêtements chiffonnés s'entassaient n'importe comment sur les étagères – des vêtements coûteux, d'autres bon marché, certains sales, d'autres propres. J'ai ramassé un chemisier et commencé à le plier – d'abord en deux, comme on nous l'avait appris à l'école primaire, puis les manches et le reste. Une fois bien plié, je l'ai rangé avec soin dans le placard. Sans même m'en apercevoir, j'avais entrepris de remettre de l'ordre dans la garde-robe, comme je l'aurais fait si Tomoko avait été encore en vie. Je me suis même mise à faire des remarques sur les vêtements, comme si Tomoko avait été assise dans l'autre pièce, en train de feuilleter l'un de ses magazines de mode.

Je ne sais pas combien de temps j'avais passé à ranger la garde-robe de Tomoko quand soudain la sonnerie impérieuse du téléphone m'a ramenée à la réalité. Sans réfléchir, j'ai décroché. C'était le concierge.

— Vous êtes toujours là ? m'a-t-il demandé avec humeur. Il faut que vous partiez maintenant. Rapportez-moi les clés en sortant, s'il vous plaît.

— J'allais m'en aller, ai-je menti.

J'ai fourré rapidement le reste des vêtements dans le placard, comme Tomoko l'aurait fait, et j'ai refermé les portes. J'étais sur le point de partir, lorsque je me suis rappelé l'histoire de la veste prêtée. Afin de ne pas éveiller les soupçons du concierge, je me suis précipitée de nouveau dans le placard et emparée de la première veste noire qui m'est tombée sous la main. Ce n'est que plus tard que j'ai regardé l'étiquette. C'était une Burberry, assez chère, cent pour cent cachemire.

Comme je quittais l'appartement, une petite pile de courrier a attiré mon attention. Je me suis penchée pour voir s'il y avait des magazines ou des bons de réduction dans le tas. Une carte postale noire, avec le mot SOLDES imprimé en grosses lettres dorées, a accroché mon regard. Je l'ai prise et j'ai rapidement lu les indications au verso – *Vente privée, jusqu'à moins 70 % sur les grandes marques européennes.* J'ai failli pousser un cri de jubilation. J'ai vérifié la date et me suis aperçue que la vente avait lieu le jour même et qu'elle avait commencé depuis trois heures. Je me suis dépêchée de parcourir le reste du courrier et j'ai trouvé deux autres cartes semblables – une pour Dolce & Gabbana, l'autre pour Issey Miyake –, que je me suis empressée de glisser dans mon sac.

— Merci, Tomochan, ai-je murmuré en refermant doucement la porte.

L'appartement a semblé exhaler un soupir de soulagement. Lieu de mort, il voulait qu'on le laisse en paix.

Les gens disent que la frontière entre la vie et la mort est très claire. La vie est la vie, la mort est la mort et les deux ne se rencontrent jamais. Mais je crois qu'en réalité, elles cohabitent dans un même corps. On peut être vivant à l'extérieur – manger, boire, travailler – et se sentir mort à l'intérieur. Lorsque mon mari m'a emmenée voir un prêtre pour me guérir de mes désirs mauvais, j'ai demandé au religieux comment il se pouvait qu'on soit vivant à l'extérieur et mort à l'intérieur. Il m'a répondu que c'était possible parce que parfois l'âme mourait mais l'esprit ne s'en rendait pas compte et ordonnait au corps de continuer à vivre. Lorsque le concierge m'a appris la mort de Tomoko, j'ai cru que ma vie aussi avait pris fin. Pas le genre de fin qu'on connaît quand on meurt, comme Tomoko, mais l'autre sorte, quand l'âme s'éteint en premier.

Mais là encore, Tomoko s'est révélée être une amie véritable. Les cartes annonçant les soldes étaient son dernier cadeau, une invitation à continuer à vivre à cent pour cent. Dès que je les avais vues dans l'appartement, j'avais su qu'elles m'étaient destinées.

Redescendue au rez-de-chaussée, j'ai rendu les clés au concierge. Il m'a décoché un regard dur, mais n'a rien dit. Il ne m'a pas échappé qu'il regrettait de m'avoir confié les clés. Je me suis retrouvée de nouveau dehors, et le bruit de la rue – bourdonnement de climatiseurs, crissements de pneus, musique pop de trois styles différents – m'a enveloppée. Le voile de la mort est tombé de mes épaules et je me suis sentie tout à fait vivante. J'ai sorti la carte et lu une fois encore les mots magiques *Vente privée.* Le mot *privée* luisait doucement sous mes doigts. J'allais rencontrer mon cercle privé. C'était le sentiment que j'avais.

Dès que je suis descendue du train à Gotanda, j'ai aperçu un groupe de femmes d'âge mûr en train de lire un panneau. Elles portaient de grands sacs sous le bras, Gucci et Louis Vuitton, et elles avaient l'air heureuses et insouciantes – comme des jeunes filles en vacances. Mais aucune d'entre elles n'était aussi belle que Tomoko. Elles me ressemblaient davantage, seulement avec une bonne dizaine d'années de plus. J'ai aussitôt compris qu'elles se rendaient au même endroit que moi, alors, sans prendre la peine de lire la pancarte, je leur ai emboîté le pas. Nous avons traversé la grand-rue grouillante de monde et longé une artère légèrement plus étroite. Au bout, nous avons tourné à gauche pour entrer dans un immeuble sans indication d'aucune sorte. J'ai hésité une seconde en les regardant entrer. J'ai sorti ma carte pour vérifier l'adresse : *10-2-34 Gotanda. World Trade Center Building*. J'ai lu le nom au-dessus de la porte. C'était bien là.

A l'intérieur de l'immeuble, près de l'ascenseur, j'ai découvert avec soulagement un petit panneau avec les mots *vente privée, 4e étage* écrits dessus à la va-vite. Le groupe de femmes que j'avais suivi avait déjà été avalé par l'ascenseur précédent, lequel s'élevait lentement vers le neuvième et dernier étage. Quand il a enfin commencé à redescendre, j'ai failli pousser un cri de joie.

L'ascenseur était immense, il pouvait contenir au moins quinze personnes, mais le temps qu'il arrive, il y en avait déjà plus de trente à attendre. Etant l'une des premières, j'ai pu monter dans la cabine. L'ascenseur s'est rempli, principalement de femmes d'un certain âge élégamment vêtues, mais de quelques hommes aussi et de jeunes mères chic, avec leurs bébés portés en écharpe contre leur poitrine ou dans des poussettes. L'atmosphère était tendue, comme au début d'une course ou avant un examen. J'étais emplie d'un étrange mélange d'exaltation et de nervosité. Je n'avais aucune idée de ce qui m'attendait derrière ces portes d'acier quand nous parviendrions au quatrième étage. Comment pourrais-je rivaliser avec cette foule distinguée ?

Les portes se sont ouvertes. En face de nous se dressait un bureau blanc avec une grande pancarte disant *vente privée* et une flèche pointant vers la droite. Mon excitation est montée d'un cran.

Derrière le bureau, une vendeuse affable a vérifié nos cartons d'invitation et donné à chacune de nous un sac en plastique de la taille d'une valise. J'ai regardé l'horrible chose, si différente des jolis sacs qu'on vous donnait dans les boutiques. J'avais été bernée, cela ne faisait aucun doute. Je serais partie sur-le-champ si je n'avais vu avec quel bonheur les autres attendaient de pouvoir entrer. Toutes les deux ou trois minutes, les portes blanches à doubles battants façon entrepôt s'ouvraient et quelques personnes sortaient, chargées de grands sacs en papier blanc, l'air comblé. Dès qu'elles partaient, une secousse parcourait celles qui attendaient. Et comme de juste, les portes se rouvraient quelques secondes plus tard, et c'était au tour de quelques autres chanceuses d'entrer. Mon agitation redoublait. Le paradis se trouvait-il de l'autre côté de ces portes ? J'en étais convaincue. Un paradis de beaux vêtements.

Vingt minutes plus tard, mon tour est enfin arrivé. Les battants métalliques étincelants sont ouverts, l'homme à la porte m'a souri et fait signe. Je suis entrée d'un pas hésitant. Une fois les portes refermées derrière moi, je me suis arrêtée, bouche bée d'ahurissement. Car ce que j'avais sous les yeux ne ressemblait en rien à ce que j'avais imaginé.

Au lieu des rangées bien alignées de portants chargés de toilettes, de la belle musique, des vendeuses aimables et coquettes, j'ai découvert une salle immense qui tenait plutôt du marché aux poissons de Tsukiji. Des gens en blouses blanches qui leur descendaient jusqu'aux genoux, comme celles des personnels hospitaliers ou des ouvriers d'usine, allaient et venaient en transportant des chariots de vêtements. Il y en avait partout – débordant des portemanteaux industriels en aluminium, amoncelés pêle-mêle sur des tables dressées à la hâte, jetés en vrac sur le sol comme par le passage d'une tornade. Les femmes s'agglutinaient autour des portants et des tables comme autant de fourmis sur du sucre, leurs mains plongeaient dans les montagnes de vêtements et en ressortaient avec des poignées de tissu chiffonné qu'elles s'empressaient de fourrer dans des sacs en plastique transparent. Les tubes au néon ne rehaussaient en rien la beauté des vêtements, et pourtant mes yeux étaient éblouis. Parce que je ne regardais pas les lumières, je regardais les femmes.

Je connaissais intimement l'expression de leur visage. Je l'avais ressenti en moi bon nombre de fois, ce désir ardent. Les femmes étaient possédées d'une véritable frénésie. En silence et méthodiquement, avec une concentration extrême, elles décortiquaient les monceaux de vêtements, comme les bêtes affamées rongent les carcasses de leurs proies.

Je me suis jointe à elles avec la même détermination que je percevais sur leurs visages. Rapidement, j'ai fait le tri parmi les tas de vêtements, jetant tout ce qui me paraissait un tant soit peu mettable dans mon énorme sac en plastique. Il s'est rempli en un rien de temps, est devenu presque trop lourd à porter, mais j'ai continué – picoré, picoré encore –, comme toutes les autres femmes.

Enfin, je me suis arrêtée. Des vêtements pendaient de chaque partie de mon corps. J'étais un portant ambulant. Mais j'étais heureuse.

J'ai rejoint une longue file d'attente devant les salons d'essayage de fortune. Il m'a fallu quarante-cinq minutes pour y arriver. En entrant, j'ai eu une autre surprise. Il n'y avait pas de cabines privées comme dans les grands magasins. A la place, quarante miroirs en pied s'alignaient dos à dos et devant chacun se tenait une femme à moitié nue, son sac en plastique et ses habits éparpillés à ses pieds. Les miroirs faisaient paraître la pièce encore plus bondée qu'elle ne l'était réellement. Le vacarme était terrible. Car maintenant qu'elles avaient fait leurs choix, les femmes étaient détendues et toutes disposées à rire et à bavarder. Vêtements et sacs jonchaient le sol, c'était la pagaille.

Le chaos me semblait étrangement familier. Soudain, j'ai compris pourquoi – cela ressemblait à l'intérieur d'une maison japonaise moderne. Le sentiment d'être rentrée à la maison m'a envahie. J'avais enfin trouvé la place qui était la mienne. Et elle n'était pas dans les grands magasins chic de Ginza ou d'Omotesando, elle était là, dans le merveilleux désordre du salon d'essayage de cet entrepôt dans un coin perdu de la ville. Mon corps s'est dilaté de joie, ma tête est devenue légère et j'ai su que mon avenir regorgeait de jolies choses.

## *Double vie*

Après la mort de Tomoko, j'ai commencé à mener une double vie.

Pendant la semaine, je m'occupais de ma famille. Je me levais à six heures moins le quart, préparais le petit-déjeuner et les bentos pour mon mari et mon fils, réveillais la petite Haruka, lui donnais à manger, l'habillais, puis réveillais mon fils. Il s'habillait, prenait son petit-déjeuner et je l'accompagnais à l'école du quartier avec Haruka dans la McLaren. Ensuite, je faisais les courses de la journée et, sur le chemin du retour, m'arrêtais au parc pour permettre à Haruka d'y jouer un moment. En rentrant, je prenais le courrier dans la boîte aux lettres, vérifiant rapidement s'il n'y avait pas de cartons d'invitation pour des ventes privées. Après avoir donné un bain à ma fille, l'avoir changée et nourrie, je jouais avec elle jusqu'à ce qu'elle tombe de sommeil. Pendant qu'elle dormait, je faisais le ménage et préparais le déjeuner. S'il me restait du temps, je lisais un peu en mangeant. Pas des livres, car je n'arrivais plus à déchiffrer tous les *kanji*, mais des magazines féminins ou des mangas appartenant à Ryu. Quand Haruka se réveillait, nous mangions puis allions au parc. Vers quinze heures trente, nous retournions faire des courses et chercher Akira à l'école. Le soir, je baignais les enfants, les faisais manger, puis lisais avec Akira jusqu'à l'heure du coucher. La plupart du temps, je dormais quand mon mari rentrait le soir du bureau.

Mon autre vie commençait le week-end : le samedi matin, avant même d'ouvrir les yeux, je me sentais différente – comme si on m'avait frictionnée avec de la neige et qu'un million de petits yeux s'étaient soudain ouverts sur tout mon corps. Même mes seins avaient l'air différents – plus ronds, plus fermes, plus jeunes –, comme s'ils savaient eux aussi que l'heure était venue de les bichonner et de les admirer de nouveau. Allongée sur le lit, le pied de Ryu reposant lourdement sur mes cuisses, son bras sur ma poitrine, je songeais à ce que j'allais porter ce jour-là. En imagination, j'ouvrais les sacs de beaux vêtements que je gardais en secret et les sortais un par un. Je les secouais pour en effacer les plis et les contemplais avec fierté, savourant la joie à venir.

Même si les soldes ne commençaient qu'à onze heures ou parfois même à midi, il valait mieux arriver à l'avance et prendre place dans la file d'attente afin d'être parmi les premières à entrer. On était ainsi sûre de trouver de bonnes affaires. Je me levais donc de bonne heure, préparais le petit-déjeuner et un déjeuner froid, et à neuf heures et demie, j'étais partie. Si Ryu projetait de rester à la maison, je le laissais s'occuper des enfants. S'il avait du travail ou un match de basket, je les confiais à une *obaachan*. Il n'y aurait jamais eu d'enfants à Tokyo si les *obaachan* n'avaient pas existé. A l'époque, il en restait encore pas mal. Aujourd'hui, elles ont presque toutes disparu. Et vous voyez comme les enfants se font rares à présent ?

Lorsque j'arrivais sur les lieux de la vente privée, mon corps était en feu – chaque nerf, chaque muscle tendu comme ceux d'un guerrier. Mes sens étaient aiguisés, mon esprit alerte et concentré. Je commençais à faire la queue, ou si j'étais en avance, j'allais attendre dans un café. A ma place, vous auriez perdu patience. Mais nous sommes différentes. Nous attendons sans nous énerver, car l'attente est un plaisir. Attendre ne nous demande pas de prendre de décision ni d'endosser de responsabilités. Quand on attend, on se contente d'occuper un espace et de ne déranger personne.

J'emportais donc un livre ou un magazine et je faisais semblant de lire en attendant l'ouverture des portes. L'attente m'apaisait et me préparait à la tempête d'émotions à venir.

Vous haussez les sourcils. Comment une vente privée peut-elle avoir autant d'importance ? dit votre visage. Mais avez-vous déjà regardé des dés rouler sur un tapis de jeu et senti que votre bonheur futur en dépendait ? C'était ce que j'éprouvais chaque fois que je me rendais à une vente privée. Les dés roulaient furieusement dans ma tête au moment où je franchissais les portes d'acier. Je ressentais la fièvre délicieuse du joueur, un éclair d'anxiété qui était aussi le goût de la vie dépouillée de tout artifice. Je n'étais pas seulement un joueur, mais aussi un chasseur, parce que la chasse, je m'en rendais compte, est une autre forme de jeu de hasard. Oui, c'est vrai, car quand on chasse, on prend également de grands risques. On risque sa vie, pas seulement de l'argent.

Vous riez. Mais je vous jure que je n'exagère pas. Chaque fois qu'on entre, on risque de ressortir déçue. Les soldes privés sont destinés à écouler les choses qui ne se sont pas vendues dans les magasins. Cela concerne les *nokorimono*, les restes. Dénicher quelque chose à votre taille et qui vous aille bien parmi les *nokorimono* n'a rien de simple. Il faut beaucoup de chance.

Au Japon, pour être invitée à une vente privée, vous devez remplir un formulaire avec votre adresse et votre numéro de téléphone quand vous arrivez à l'accueil. Après quoi, vous figurez sur la liste et recevez automatiquement les cartes d'invitation. Sauf que la personne à la réception ne vous donnera pas le formulaire si vous ne le demandez pas. Et pour le réclamer, il faut déjà le savoir. Quand je suis allée à cette première vente privée avec la carte de Tomoko, je n'étais pas au fait de tout cela. Et sans un coup de chance exceptionnel, je n'aurais jamais été invitée à une autre vente privée de ma vie. Mais dans l'ascenseur qui montait au quatrième étage, j'ai surpris la conversation de deux étrangères qui discutaient en anglais. En voyant la carte dans la main de la plus grande, j'ai compris qu'elles aussi se rendaient à la vente privée. J'avais pris l'habitude de tendre l'oreille chaque fois que j'entendais parler anglais car mon professeur disait toujours que le meilleur moyen d'apprendre une langue était de l'écouter. « Tu vois, Emily, il faut être invitée à ces soldes, expliquait la plus grande des deux. Alors, quand tu arriveras à l'accueil, dis que tu as été invitée par une amie et que tu aimerais remplir le formulaire. La femme te donnera un bout de papier blanc. Tu n'aurais qu'à y inscrire ton nom, ton adresse et ton numéro de téléphone. Ils t'ajouteront à leurs listes et la prochaine fois qu'il y aura des soldes, tu seras invitée. »

Lorsque mon tour est venu de présenter ma carte au comptoir, j'ai fait ce que l'Américaine avait conseillé à son amie. J'ai demandé le formulaire et quand on me l'a donné, je l'ai rempli soigneusement en y mettant mes coordonnées. J'ai procédé de la même manière aux deux autres ventes privées et bientôt les cartes d'invitation ont commencé à arriver dans ma boîte aux lettres. Ce n'était pas de la chance, ça ? Comment expliquer autrement que les deux femmes se soient trouvées dans le même ascenseur que moi et que l'une ait décrit à l'autre le fonctionnement du système juste à ce moment-là ?

Aussi, comme les joueurs, je suis devenue superstitieuse. Je lis mon horoscope le vendredi, je vais au temple et offre des prières pour mille yens deux fois par semaine. J'évite de porter du jaune moutarde et du gris, car je l'ai fait à deux reprises pour aller à une vente privée et j'en suis revenue bredouille. Du coup, la chance est toujours de mon côté. Je ne rentre plus jamais les mains vides. Mais ce n'est pas uniquement une question de chance. Je suis également un bon chasseur, un chasseur prudent. Je ne choisis que le meilleur, car seules les meilleures choses vous procurent un plaisir durable. Cela, c'est Tomoko qui me l'a appris. Elle m'a assurément très bien entraînée. Lors de ma visite hebdomadaire au sanctuaire, je dis toujours une prière pour son âme.

Au début, je n'allais qu'à une vente privée de temps en temps, puis les cartes sont arrivées de plus en plus nombreuses et bientôt je me rendais à deux ou trois ventes par week-end. J'ai même lié connaissance avec quelques-unes des autres femmes, et elles ont commencé à me reconnaître, à me faire des petits signes de tête au retour dans l'ascenseur, à me demander si j'avais trouvé de jolies choses. Parfois, je les voyais ensuite au café et nous bavardions un moment – des petits riens polis au sujet de la vente, du nombre de clientes, de l'inconfort. Et sous nos propos s'étendait le lac enchanté de la complicité, le sentiment de partager quelque chose, comme si nous avions toutes trempé nos mains dans la même source de vie secrète.

Un jour, alors que j'attendais dans un restaurant Jonathan's l'ouverture d'une vente privée, une étrange question a éclos dans mon esprit : à quoi ressemblait l'enfer ? J'ai touillé le sucre et souri à mon breuvage couleur de boue, me rappelant la vieille légende bouddhique réécrite par Akutagawa qu'on nous avait tous fait étudier à l'école. Dans cette histoire, l'enfer est décrit comme un lac de sang bouillonnant, épais et opaque comme du café. Mais la réponse qui m'est venue presque au même moment était différente : l'enfer, c'était de ne pas avoir de boutiques et de ventes privées où aller. J'ai pensé à Tomoko, j'étais de tout cœur avec elle. Où que fût son âme, elle était certainement au supplice. Car quelle sensation peut rivaliser avec l'exquise ivresse du shopping ? Comment l'esprit de Tomoko se sentait-il, dévoré par le désir d'acheter et incapable de le satisfaire ? Je me suis dépêchée de finir mon café, tout en savourant son amertume, et je suis sortie rejoindre la file d'attente.

Pendant que je buvais mon café, la queue s'était passablement allongée, si bien que je dus attendre à l'extérieur du bâtiment car le hall d'entrée était déjà plein. Je soupirais en silence en me demandant si la chance allait rester avec moi. Les soldes d'Issey

Miyake connaissaient toujours un énorme succès et les gens venaient par cars entiers de tout le pays. J'ai regardé autour de moi pour voir si quelqu'un m'observait et j'ai remarqué une femme d'âge mûr à la mine fatiguée, qui fixait mes bottes d'un œil jaloux. Dans ces files d'attente, nous nous surveillions sans cesse les unes les autres. A quelques rangs devant moi, j'ai aperçu une femme que j'ai reconnue pour l'avoir croisée lors d'une autre vente, et nous nous sommes saluées d'un petit hochement de tête. Mais parce que la file d'attente était particulièrement longue ce jour-là, tout le monde était tendu et restait sur son quant-à-soi.

Enfin, les portiers ont commencé à nous appeler et la file a progressé vers l'intérieur du bâtiment. Le temps que j'y entre, la vaste salle était comble et le bruit assourdissant. Il devait y avoir au moins cinq cents personnes là-dedans. Mais il restait encore beaucoup de vêtements. Je me suis lancée dans ma quête, me déplaçant méthodiquement d'un rayon à l'autre, commençant par le rayon « Pleats Please », le plus populaire, puis passant à celui de « Fête » d'Issey Miyake. Au cas où vous l'ignoreriez, *fête* est un mot français.

C'est peu après être arrivée dans la section « Fête » que j'ai assisté à quelque chose que je n'oublierai jamais. Deux femmes se sont emparées de la même veste Issey Miyake de part et d'autre d'un portant. Elles ne se voyaient pas. Mais chacune sentait la présence de l'autre à travers le tissu. Cependant, aucune des deux n'était prête à renoncer au vêtement. Elles restaient donc plantées là, sans bouger, attendant que l'autre cède. Je les observais, fascinée. Je n'étais pas la seule. Il y en avait d'autres. Je me suis demandé laquelle des deux allait avoir honte la première et lâcher prise. Mais ni l'une ni l'autre ne semblaient vouloir abandonner. En regardant leur visage de marbre, j'ai soudain perdu toute envie d'acheter. Elles n'étaient ni belles ni jeunes ni bien habillées. C'étaient des femmes d'un certain âge vivant leur petite vie anonyme dans une quelconque banlieue de Tokyo. J'ai essayé de m'imaginer où et quand elles porteraient cette veste à laquelle chacune se cramponnait avec une telle énergie – au supermarché, peut-être, ou dans leurs moments de solitude. En un éclair, il m'est apparu que quelle que fût celle qui l'emporterait à la fin, elle ne la mettrait sans doute jamais, qu'elle ferait comme moi, la sortirait de temps en temps en imagination, dans cette fraction de temps où il lui appartiendrait de rêver. Elle penserait à cette veste en regardant son mari manger les plats qu'elle lui aurait préparés sans la gratifier d'un seul regard, et elle serait heureuse.

Je n'ai pas pu m'empêcher d'éclater de rire. Les femmes m'ont regardée en même temps, leurs yeux étincelaient de rage. Elles ont toutes deux lâché la veste et se sont éloignées dans des directions opposées. Embarrassée par mon manque de retenue, je suis partie de mon côté et peu après je m'en suis allée sans avoir rien acheté – car en moi la pétillante ivresse du shopping s'était complètement dissipée. Excepté que, lorsque la carte d'invitation suivante portant le mot SOLDES est arrivée, le besoin d'acheter est revenu avec elle.

## *Une lettre de la banque*

Un jour, j'ai reçu un courrier de la banque. C'était une lettre très courtoise, si courtoise qu'au début je n'ai pas très bien compris ce qu'ils essayaient de me dire. J'aurais pu demander à Ryu, il travaillait dans un établissement bancaire, mais l'une des premières règles de la double vie, c'est le secret. Nul dans ma famille ne devait savoir. Si j'avais demandé l'aide de Ryu, je n'aurais plus eu de double vie, et privée de cela, pensais-je, j'aurais très certainement rejoint le monde des morts-vivants. J'ai relu la lettre plusieurs fois, jusqu'à ce que sa signification devienne tout à fait claire. Etais-je au courant, disait-elle, du fait que le montant de mes achats effectués par carte de crédit s'élevait à 215 678 yens alors qu'il n'en restait que 76 215 sur mon compte ? En gros, c'était ça.

Si ma mère avait été là, je lui aurais peut-être parlé de ce courrier. Après tout, le cadeau qu'elle m'avait fait était à l'origine du problème. Mais peu après sa visite chez moi, ma mère avait disparu. Elle avait fait ça comme il faut, elle avait fermé ses comptes en banque et vendu tous ses biens. Un autre chèque était arrivé pour moi, mais cette fois sans lettre d'accompagnement. Je crois qu'elle était partie vivre avec mon frère en Amérique. Peut-être avait-elle rencontré un gentil Américain comme vous et s'était-elle remariée. Tout ce dont je suis sûre, c'est que l'argent qu'elle m'avait donné n'avait rien à voir avec un kimono. Il s'agissait de ses économies.

Comme la lettre de la banque portait comme objet *oshirase*, c'est-à-dire « information », je n'ai pas réagi. Quelqu'un à la banque avait dû commettre une erreur de calcul. Je n'avais pas acheté tant de choses que ça ! La dernière fois que j'avais regardé, je disposais d'un million et demi sur mon compte. Personne ne pouvait dépenser autant d'argent si vite. Quand j'allais faire les magasins, je n'achetais que deux ou trois choses à la fois. J'ai donc attendu qu'une autre lettre arrive pour s'excuser de l'erreur et du désagrément qu'elle m'avait causé.

Mais rien n'est venu. Une semaine s'est écoulée, puis deux, puis un mois. Quatre mois, et la lettre m'était presque sortie de l'esprit. Au bout d'un mois, j'étais retournée à mes ventes privées, joyeusement inconsciente du glaive suspendu au-dessus de ma tête.

Le coup de téléphone est arrivé à onze heures et quart un mercredi matin. J'étais seule à la maison. Je venais de terminer le ménage et m'apprêtais à préparer le déjeuner. Avant même de décrocher, j'ai su qu'il s'agissait d'une mauvaise nouvelle. Personne n'appelait à la maison durant la journée. Ma première pensée, tandis que j'essuyais mes mains tremblantes sur mon tablier, a été que la banque de Ryu téléphonait pour m'annoncer qu'il lui était arrivé quelque chose.

— Allô, Mme Suzuki Kayo est-elle là ?

— Oui, c'est elle-même.

— Takabayashi Kyoko à l'appareil. Je vous appelle du service des prêts et crédits de la banque Sumitomo.

Pourrais-je vous parler quelques minutes, si cela ne vous dérange pas ?

Elle était si polie que je n'ai pas pu refuser, même si je devais par la suite m'en mordre les doigts.

— Vous êtes une cliente très appréciée de notre banque, et il y a quelque temps, nous vous avons écrit au sujet d'un petit problème avec votre compte. Avez-vous reçu notre courrier ? Etes-vous au courant de ce problème ?

J'aurais dû mentir, mais j'en ai été incapable. Alors, j'ai répondu :

— J'ai effectivement reçu quelque chose, mais je n'ai pas bien compris de quoi il s'agissait, alors je l'ai donné à mon mari.

Bien sûr, la dernière partie était un mensonge, et je suis persuadée que la femme à l'autre bout du fil le savait car elle a poursuivi machinalement :

— Savez-vous que vous avez un découvert de 489 287 yens ? Votre exonération d'agios prendra fin lundi prochain et je suis chargée de vous informer qu'à partir de lundi, vous paierez des intérêts à un taux de 16 % sur votre découvert. Avez-vous compris ?

Je n'ai pas répondu. Mon cerveau se refusait à comprendre. Je l'ai entendue pousser un soupir d'impatience et comme je gardais le silence, elle a répété sa question :

— Avez-vous compris ? La banque va vous facturer des agios de 16 % sur votre découvert à partir de lundi. Il est dans votre intérêt de payer le plus tôt possible.

— Mais comment… J'avais un million et demi sur mon compte il n'y a encore pas longtemps, ai-je réussi enfin à bredouiller.

— Je ne sais pas ce que vous aviez avant. Je vous informe simplement de la situation actuelle de votre compte. Merci pour le temps que vous m'avez accordé. Si vous avez d'autres questions, veuillez vous rendre à votre agence locale pour leur parler directement. Je vous remercie de votre attention.

Et là-dessus, elle a mis fin à la conversation. Le message avait été transmis. J'ai fixé sans le voir le téléphone dans ma main, avant de reposer soigneusement le combiné sur son support. Ainsi, la lettre n'était pas une erreur. D'une façon ou d'une autre, en un peu moins d'un an, j'avais réussi à dépenser près de deux millions de yens. Et maintenant, c'était moi qui devais de l'argent à la banque.

Tout à coup, mon regard a été attiré vers la fenêtre. Dehors, le cerisier pleureur, qui venait de fournir son quota annuel de fleurs roses, était à présent revêtu de tendres feuilles nouvelles. Je l'ai regardé comme si je le voyais pour la première fois. Ryu disait toujours que c'était pour ce cerisier qu'il avait voulu acheter la maison, si bien que j'avais décidé, moi, de le détester. Maintenant, je me surprenais à admirer sa beauté délicate. A l'extrémité d'une branche subsistait une fleur rose et blanche solitaire. Mes yeux se sont posés sur le mur en pierre derrière l'arbre qui séparait la maison de l'avenue bordée de cerisiers. Ce mur m'avait toujours dérangée, je trouvais que ses pierres grises auraient davantage eu leur place dans un paysage anglais que dans l'enceinte de Tokyo. Je le considérais à présent d'un autre œil, remarquant qu'il était solide et nous protégeait efficacement des regards indiscrets des voisins.

Il est dans la nature des femmes de trouver un moyen de grimper par-dessus les murs qui se dressent devant elles. Je ne me suis pas affolée, je n'ai pas pleuré. Qui m'aurait vue ? Et à quoi cela aurait-il servi de toute façon ? J'ai préparé mon déjeuner et l'ai mangé en silence, une bouchée après l'autre. Une réalité m'apparaissait clairement : j'avais des dettes. Je devais à la banque près de cinq cent mille yens. L'image de mon père, étendu sur le sol à plat ventre, suppliant qu'on lui laisse la vie sauve, a surgi dans mon esprit avec une telle force que j'ai failli m'étrangler. Après sa mort, nous n'avions plus jamais parlé de lui. Comme s'il était simplement parti en voyage d'affaires quelque part. Je savais pourquoi, évidemment. Les Japonais ne parlent pas de ce qui est honteux. En fait, je l'avais presque oublié – jusqu'à cet instant. Mais d'un seul coup, les souvenirs me sont revenus, je me le suis rappelé parfaitement et sa honte n'a plus fait qu'une avec la mienne. Alors, comme ça, je suis comme mon père, ai-je songé. Etrangement, cela m'a fait plaisir. J'avais toujours craint de finir comme ma mère.

Lorsque j'ai terminé de déjeuner, mon esprit était encore à chercher et écarter, les uns après les autres, les moyens de me sortir de cette situation. Je connaissais l'histoire de mon père. Je savais que les intérêts d'un emprunt peuvent s'accumuler et transformer une modeste dette en un mont Fuji. Le mont Fuji de mon père avait-il aussi commencé dans une banque ? Je ne le croyais pas.

A ce stade, si j'avais été intelligente, j'aurais tout confessé à Ryu et lui aurais demandé de payer. Mais j'étais trop fière. Sans compter que si je lui en parlais, je devrais lui avouer que je lui avais caché l'argent de ma mère, que j'avais ouvert un compte bancaire séparé et que j'avais tout dépensé pour m'acheter des vêtements pendant qu'il se tuait au travail pour essayer de rembourser l'emprunt de notre maison. Je visualisais clairement l'expression de son visage. J'ai fermé les yeux si fort que mes paupières me brûlaient, mais je n'ai pas réussi à chasser l'image de Ryu. C'est alors que j'ai décidé de ne jamais rien lui dire – quoi que je sois obligée de faire pour trouver cet argent. Ce que je ferais, je le ferais seule.

Pour la première fois de ma vie, j'ai passé le reste de la journée à me ronger les sangs à propos d'argent. Nous réservions cent soixante mille yens par mois pour les dépenses courantes de la maison, somme que je conservais dans un coffret en acier sous notre lit. Je me suis précipitée à l'étage pour le sortir. J'ai compté l'argent. Il restait environ quatre-vingt-dix mille ; en faisant très attention, je pourrais m'en sortir avec cinquante mille jusqu'à la fin du mois. Sauf que, comparé à ce que je devais, ce montant semblait ridicule. A trois heures, lorsqu'il a été temps d'aller chercher les enfants, je n'avais toujours pas décidé ce que j'allais faire. J'avais pensé revendre mes vêtements dans une boutique de dépôt-vente mais l'idée de me séparer de mes beaux habits était trop pénible. De toute façon, ce genre de magasin ne donnait que trois fois rien pour des vêtements d'occasion. Même en les vendant tous, raisonnais-je, je n'en tirerais que vingt ou trente mille.

Si j'avais été quelqu'un de fort, j'aurais vendu sans attendre mes vêtements et, avec l'argent du ménage, je serais allée à la banque pour les supplier de rééchelonner ma dette. En vivant frugalement et en m'abstenant de faire du shopping, j'aurais pu rembourser mon découvert, même avec des intérêts élevés, en un an ou à peu près. Mais la pensée de ne jamais retourner à une vente privée était trop affreuse. J'en mourrais, j'en étais sûre, et naturellement, comme tous les faibles, je n'avais pas le courage de me suicider.

A trois heures moins le quart, j'ai donc enfourché ma *mamachari* électrique et je suis allée récupérer Haruka qui jouait chez une amie. Devant la gare, à côté de la salle de *pachinko Le Pélican Rose*, j'ai failli me faire renverser par une Crown Saloon noire – le genre qu'utilisent seulement la famille impériale et les yakuzas. La voiture s'est arrêtée dans un crissement de pneus et deux jeunes hommes en costume coûteux en sont sortis d'un bond.

— Vous n'avez rien ? m'ont-ils demandé avec un fort accent du Kansai.

— Non, non, ça va.

La bicyclette m'était retombée dessus, et de la voiture une voix de glace a aboyé un ordre :

— Ramassez ce fichu vélo et remettez-la debout sur le trottoir !

J'ai levé les yeux, mais le visage de l'homme était dans l'ombre et je n'aurais su dire si le propriétaire de la voix était jeune ou vieux. Les deux yakuzas ont relevé ma bicyclette et m'ont aidée à rejoindre le trottoir. De l'intérieur du *Pélican Rose*, deux jeunes femmes sont sorties en hâte. Elles ont aussitôt pris les choses en main et chassé les deux hommes. L'une a garé mon vélo et l'autre m'a emmené aux toilettes pour remettre de l'ordre dans ma tenue. Elles étaient trop gentilles et trop chaleureuses pour être japonaises, j'en étais certaine. Je me suis souvenu d'avoir lu quelque part que toutes les salles de *pachinko* appartenaient en réalité à la mafia coréenne. Ce qui expliquait que ces jeunes filles soient si jolies. Elles étaient probablement coréennes et, comme toutes les autres, utilisaient ces cosmétiques coréens si particuliers, à base de venin de serpent, de bave de crapaud et autres trucs dans le genre. Quand je suis ressortie des toilettes, elles m'avaient préparé du thé dans le bureau. Alors que dans la salle des machines à sous, le bruit était assourdissant, dans le bureau, le calme régnait. Par une baie vitrée, je pouvais voir les joueurs à leurs machines. Sur un mur adjacent, une série de petits écrans de télévision à circuit fermé montraient l'intérieur des toilettes des hommes et des femmes, le guichet, les vestiaires et les autres machines à sous. Sur le mur d'en face, il y avait une peinture chinoise sur rouleau et un grand aquarium plein de poissons orange et dorés.

Parce que j'avais toujours cru que seuls les faibles fréquentaient les salles de *pachinko*, je n'étais jamais entrée dans aucune. J'ai donc regardé avec curiosité ces gens jouer aux machines et j'ai été surprise de les trouver tout à fait normaux. Difficile de les ranger dans une catégorie particulière, car il y en avait de toutes sortes : des jeunes, des lycéens, des hommes plus âgés en costume, des vieilles femmes en tenues démodées, des *obaachan* et des *ojiichan* en pantalons de survêtement, des jeunes hommes en jeans tendance, des jeunes employées de bureau en tenue typique d'office ladies et bien sûr des ménagères en imperméable beige. Les imperméables m'étonnaient car il n'avait pas plu de toute la journée et on n'annonçait pas de pluie avant six heures du soir. Puis il m'est venu qu'elles avaient apporté leurs manteaux de pluie parce qu'elles comptaient rester dans la salle jusqu'à la nuit tombée.

Comment ces gens pouvaient-ils passer une journée entière dans un endroit aussi bruyant ? Je me suis retournée vers mes deux hôtesses.

— Vous connaissez tous ceux qui viennent jouer ici ? leur ai-je demandé. Ils habitent dans le coin ?

La plus grande, et la moins jolie, a répondu :

— Quelques-uns sont des clients réguliers. D'autres non.

— Vous voyez cet homme, là-bas, avec un chapeau melon, a dit l'autre fille en venant se placer juste derrière moi et en pointant le doigt vers le coin droit de la fenêtre panoramique. Il est de Minato-ku, mais il vient ici tous les jours.

— Tous les jours ?

Je n'en croyais pas mes oreilles. Il ressemblait à un riche homme d'affaires. Il fallait qu'il ait de l'argent pour vivre dans Minato-ku.

— Oui, il arrive à dix heures et il reste jusqu'à seize heures quarante-cinq tous les jours, a-t-elle répondu comme si de rien n'était.

— Mais il y a tellement de bruit ! Comment les plus âgés font-ils pour le supporter ?

La plus jolie a haussé les épaules.

— Ça n'a pas l'air de les déranger.

— Peut-être que leurs maisons sont trop silencieuses, a ajouté la moins jolie.

J'ai fini mon thé et me suis levée.

— Merci de vous être occupées de moi, ai-je dit cérémonieusement. Je suis désolée de vous avoir dérangées.

— Ce n'est rien, vous pouvez revenir quand vous voulez, ont-elles répondu d'un air détaché.

La plus jolie m'a tendu ma veste.

— Une Burberry en cachemire, woah, vous devez être riche, a-t-elle remarqué.

Elle m'a dévisagée comme si elle me voyait pour la première fois et sa main est venue effleurer ma robe.

Je me sentais si déprimée que j'avais mis l'une de mes préférées, une robe Max Mara en velours bordeaux. Avec une veste Armani bleu marine.

— Vous avez de beaux habits. Et vous êtes si jolie dedans. Si vous travailliez ici, vous attireriez sûrement beaucoup de clients.

— Oh, oui, ils vous adoreraient, a approuvé l'autre en se rapprochant.

— Eh bien, merci. Mais vous êtes tous les deux extrêmement ravissantes, bien plus jolies et plus jeunes que moi, ai-je répondu en riant avec gêne.

Sans aucun doute possible, elles étaient coréennes, me suis-je dit intérieurement. Aucune Japonaise ne se serait montrée aussi inconvenante.

— Il faut vraiment que je m'en aille, ai-je ajouté avec raideur.

— Ne soyez pas vexée, a dit la plus grande. Nous ne voulions pas vous mettre mal à l'aise. C'est juste que vous êtes si bien habillée, si classe. Nous n'avons pas l'habitude de voir des gens comme vous… sauf dans les magazines.

La plus jolie a hoché la tête et ajouté :

— Permettez-nous de vous faire visiter, vous voulez bien ? Aimeriez-vous jouer aux machines un petit moment ?

— Je n'ai pas d'argent sur moi, ai-je répondu sans réfléchir.

La seconde d'après, je regrettais mes paroles, car elles ont aussitôt récité en chœur :

— S'il vous plaît, accordez-nous la faveur de vous offrir quelques billes.

— Non, non, je dois aller chercher ma fille, ai-je objecté faiblement.

Les deux jeunes femmes ont esquissé un sourire de compréhension.

## *Une chose très collante*

Les textes bouddhiques disent que le désir est la cause de toutes nos souffrances. Ils ont raison. Si seulement on pouvait séparer les gens de leurs désirs, alors ceux qui, nuit et jour, affluent dans les salles de *pachinko* rentreraient chez eux et mèneraient une vie paisible, sans inquiéter leurs familles et leurs amis ni jeter par les fenêtres leur argent durement gagné. Mais seul le Bouddha et quelques bienheureux sont à même de se dépouiller du désir. Car le désir est une chose très collante. S'il s'agissait d'une fiction et non pas de l'histoire réelle de ma vie, j'écrirais maintenant qu'après le shopping, je devins accro au *pachinko*, que je m'endettai encore davantage et que ma vie prit fin comme celle de Tomoko, sous les roues d'acier d'un train. Ou bien, si c'était un roman qui se terminait par un happy end, je dirais que je gagnai beaucoup d'argent au *pachinko*, l'encaissai, remboursai ma dette et vécus heureuse jusqu'à la fin de mes jours. Rien de tout cela ne serait vrai.

Dès le début, j'ai détesté les petites billes argentées. Et je les ai toujours en horreur. Les billes sont aveugles, elles n'éprouvent aucun sentiment, aucune pitié. Parfois, elles font semblant d'être vos amies, mais en réalité elles se moquent de vous. Cette première fois, lorsqu'on m'a donné un panier pour y mettre mes gains et un sachet de billes argentées pour jouer, je ne croyais pas pouvoir gagner. Je ne le souhaitais même pas. Et pourtant, j'ai gagné. Beaucoup. Je ne sais pas vraiment ce que j'ai fait ni comment c'est arrivé, mais soudain, chaque fois que les billes cessaient de tournoyer, d'autres billes sortaient en cascade du bas de la machine. Il y en a bientôt eu tellement qu'elles ont commencé à se déverser sur le sol. Les autres joueurs se sont arrêtés de jouer pour me regarder. Je me suis sentie bizarre. Mais je n'y pouvais rien. La machine semblait avoir décidé de faire de moi une gagnante. Le cliquetis des billes roulant par terre a attiré l'une des Coréennes, qui a applaudi et répété « Quelle chance, *desu ne*, quelle chance ! » plusieurs fois de suite.

Quand j'ai encaissé mes gains, les Coréennes ont paru légèrement déçues, même si elles sont restées polies et n'ont pas manqué de souligner combien j'avais eu de la chance. Je les ai remerciées et je suis partie, sans me donner la peine de compter ce que j'avais empoché. Je n'allais pas revenir. La rue, bien que bordée de restaurants et de bars, m'a semblé une oasis de paix après le vacarme et le chaos de la salle de jeux. J'étais contente de retrouver le monde réel.

Mais en vérité, ma joie avait une autre cause. Même si je ne m'en rendais pas compte alors, c'était le *pachinko* qui m'avait redonné le goût de vivre. Les machines m'avaient permis de gagner, si bien qu'en me retrouvant dans la rue, je me suis sentie victorieuse. Devant ma famille, j'ai réussi à jouer la comédie à la perfection et le dîner s'est déroulé sans encombre. Après que j'ai eu couché Haruka, Akira,

Ryu et moi avons regardé ensemble une série télévisée, une de ces dramatiques de la NHK qui parlent du temps des samouraïs. Et au milieu du feuilleton, au moment où le héros est contraint de fuir sa maison et de quitter la femme qu'il aime pour devenir un *ronin*, j'ai ressenti un brusque espoir renaître en moi. Peut-être ressemblais-je au héros du film. Des choses terribles m'arrivaient parce que j'étais quelqu'un d'exceptionnel. Une grande force m'a envahie. Dès le lendemain, j'appellerais la banque et mettrais fin à mes problèmes.

Mais le lendemain, une fois que je me suis retrouvée seule dans la maison, toute ma belle assurance s'est envolée. Qu'étais-je donc ? Une de ces ménagères stupides, criblées de dettes parce qu'elles sont trop faibles pour résister à leurs envies ? Je me sentais sale et honteuse, comme si je n'avais pas pris de bain depuis une semaine. J'étais terrifiée à l'idée que mon mari apprenne la vérité. Jamais il ne me pardonnerait. Ma main s'est mise à trembler, j'ai lâché ma tasse qui s'est fracassée sur le sol. Pendant un long moment, je suis restée sans bouger, les yeux rivés sur les morceaux cassés, pareille à une diseuse de bonne aventure essayant de prédire l'avenir. Puis je me suis souvenue de l'argent que j'avais gagné et je suis montée le chercher. Il était toujours dans mon sac à main, un épais rouleau de yens. Je les ai comptés : quarante-cinq mille. Une somme pas énorme, mais pas insignifiante non plus. Je me suis livrée à un rapide calcul. Il me fallait 489 287 yens. Si je prélevais cinquante-cinq mille sur l'argent du ménage, je serais en mesure de rembourser immédiatement cent mille yens à la banque. Et si je venais à manquer d'argent avant la fin du mois, je demanderais à Ryu de m'en donner un peu. Il ne se douterait de rien. C'était déjà arrivé.

Je me suis penchée pour ramasser la tasse brisée. J'irai à la banque dès demain, ai-je décidé.

Mais lorsque je me suis réveillée le lendemain, mon courage m'avait désertée et ce n'est que deux semaines plus tard, alors que mon angoisse avait enflé au point de m'empêcher de dormir, que je me suis enfin rendue à la banque.

Je n'étais allée qu'une fois dans une banque, le jour où j'avais ouvert mon compte. A l'époque, il n'y avait que des hommes dans l'établissement et celui qu'on m'avait affecté s'était montré aimable, obligeant et poli. Cette fois, la préposée au service clientèle était une grosse fille qui avait la moitié de mon âge et des dents pourries par le sucre.

— Désolée de vous avoir fait attendre, a-t-elle dit machinalement. En quoi puis-je vous aider ?

Le regard fixé sur ses dents, j'ai été incapable de répondre tout de suite. Peu de gens de ma génération avaient de mauvaises dents. Aujourd'hui, bien sûr, on trouve à Tokyo presque autant de cliniques dentaires que de salons de coiffure, mais en ce temps-là, c'était différent, et cette jeune fille était la première Japonaise que je voyais dotée d'aussi vilaines dents. C'est pour cela que je ne peux l'oublier.

— Que puis-je faire pour vous ? a-t-elle demandé tandis que je la dévisageais avec insistance.

— Euh, oh, je viens pour mon compte bancaire, ai-je bredouillé en baissant vivement les yeux.

— Votre numéro de compte ?

Après une hésitation, je le lui ai donné et elle a entré le numéro dans l'ordinateur de façon très professionnelle, les cristaux sur ses ongles admirablement peints jetant des éclairs tandis qu'elle pianotait sur le clavier. Quand finalement elle s'est tournée de nouveau vers moi, ses manières avaient complètement changé.

— Vous êtes à découvert, a-t-elle remarqué d'un ton abrupt. Qu'avez-vous l'intention de faire pour y remédier ?

— Oui, oui, je suis désolée, je ne m'étais pas rendu compte, ai-je hasardé d'un air confus, en me ratatinant sur mon siège.

— Etes-vous venue pour nous rembourser ?

Sa voix avait résonné comme la cloche d'un temple. J'ai jeté un regard anxieux autour de moi en me demandant si quelqu'un l'avait entendue. Mais chacun continuait à vaquer à ses affaires comme si de rien n'était.

— Oui, oui, c'est exactement pour ça que je suis ici, me suis-je hâtée d'enchaîner tout en ouvrant mon sac pour en sortir le rouleau de billets.

Elle a pris l'argent sans un mot et s'est levée.

— Un moment, je vous prie, a-t-elle dit mécaniquement.

Sa politesse ressemblait à son maquillage, trop visible et mal appliquée.

Quand elle est revenue, il y avait un homme avec elle. Je me suis levée, soulagée. Enfin quelqu'un à qui je pourrais parler.

— Madame Suzuki. Ravi de vous rencontrer. Je m'appelle Maruyama Kenji, a dit l'homme en me tendant sa carte de visite.

Ça me faisait drôle qu'on s'adresse à moi par mon nom de jeune fille. Mais évidemment, c'était celui que j'avais donné au moment d'ouvrir le compte.

— *Yoroshiku onegaishimasu*, ai-je répondu en inclinant gracieusement la tête.

L'homme se montrait si courtois qu'il était difficile de ne pas en faire autant.

— C'est moi qui gère votre compte dans cette banque, a-t-il continué gaiement. Je vous en prie, suivez-moi.

J'ai fourré sa carte dans mon sac à main et l'ai suivi à travers la pièce vers un coin tranquille et ensoleillé près d'une fenêtre où trois sofas entouraient une table basse au centre de laquelle trônait un assortiment de bonsaïs. Il est allé me chercher une tasse de thé puis est revenu s'asseoir près de moi. Il m'a remerciée solennellement de ma visite à la banque et pour les cent mille yens remboursés, puis m'a interrogée poliment sur ma santé et ma famille. Après une pause, avec un léger toussotement gêné, il en est venu à l'objet réel de notre entretien. Mais il l'a fait si poliment que je n'ai pas éprouvé la moindre gêne.

— Et qu'aimeriez-vous faire à propos du reste de l'argent que vous nous devez ?

— Je vais vous le rendre, naturellement.

— Naturellement, a-t-il approuvé.

— En entier. Mais c'est juste que pour l'instant, je ne peux pas vous payer tout de suite.

Maruyama Kenji a hoché la tête d'un air compréhensif.

— Ce n'est pas un problème, vous pouvez faire plusieurs versements.

— Je serai en mesure de vous donner cinquante mille par mois, ai-je promis, pleine d'assurance.

Il a eu un large sourire.

— C'est parfait, même avec 16 % d'intérêt, vous aurez soldé votre dette en moins de deux ans. A ce moment-là, nous pourrons vous donner une nouvelle carte de crédit.

— Des intérêts ? Mais… je ne suis qu'une pauvre femme au foyer, pas un homme d'affaires, comment pouvez-vous me faire payer des intérêts ? me suis-je écriée avec indignation.

Il a souri de nouveau, un sourire de regret étudié.

— Oui, nous comprenons, c'est pourquoi nous avons attendu six mois avant de vous facturer des intérêts. Je suis vraiment désolé. Mais voyez-vous, nous sommes une banque, pas une organisation caritative.

Puis son sourire a changé.

— Je vais devoir vous demander votre chéquier et votre carte de crédit. Nous ne pourrons pas vous délivrer une autre carte tant que vous ne vous serez pas acquittée de votre dette, mais si vous voulez bien attendre quelques minutes, le temps que je remplisse un formulaire, je vous donnerai un autre chéquier, pour votre nouveau compte débiteur. De cette façon, vous aurez toujours accès à une certaine somme d'argent en cas de besoin.

J'ai secoué la tête.

— Non, merci, je n'ai pas besoin d'argent, ai-je déclaré fermement en me levant. Je vous ai assez dérangé.

Maruyama a affiché un air gêné et m'a raccompagnée sans un mot jusqu'à la sortie. Furieuse, je le précédais d'un pas raide. Il a descendu avec moi les marches qui menaient dans la rue et lorsque je me suis retournée pour lui dire au revoir, il a dit :

— Madame Suzuki, je suis désolé. J'aurais voulu pouvoir faire quelque chose pour vous mais je ne suis qu'un employé ici. Je dois appliquer le règlement.

— Vous n'avez pas à vous excuser, ai-je dit froidement. Vous n'êtes que le préposé.

Il a esquissé un sourire confus, puis, jetant un coup d'œil rapide autour de lui pour voir si personne ne se trouvait à proximité, il a baissé la voix et m'a dit d'un ton insistant :

— Si vous ne voulez pas payer autant d'intérêts, j'ai une suggestion à vous faire.

Il a sorti une carte de son portefeuille et me l'a tendue.

— Appelez ces gens pour leur demander un prêt. Ils vous accorderont un taux plus bas. Comme ça, vous pourrez nous rembourser immédiatement et prendre plus de temps pour les payer. En plus, ça vous reviendra moins cher.

J'ai examiné la carte avec méfiance.

— Pourquoi faites-vous cela ? ai-je demandé avec brusquerie.

Il m'a répondu calmement, comme s'il venait de prendre une décision :

— Parce que je pense qu'une banque ne devrait pas réclamer des intérêts aussi élevés à des gens comme vous. Je veux vous aider.

Rassurée, j'ai rangé la carte dans mon sac. Cet homme avait du cœur. Le monde des banquiers n'était pas totalement mauvais, après tout.

— Leur bureau se trouve dans Gotanda. Allez les voir dès maintenant, m'a-t-il conseillé. Ils peuvent nous faire un virement bancaire dès aujourd'hui, et votre compte ne sera plus à découvert. Ce qui vous permettra aussi de garder votre carte de crédit.

J'ai secoué la tête.

— Je ne veux plus jamais de carte de crédit.

C'est ainsi que, remplie d'espoir, je me suis rendue à l'adresse qu'il m'avait donnée dans Gotanda. J'étais allée à de nombreuses ventes privées dans le quartier, je croyais donc bien le connaître. Mais arrivée à l'adresse indiquée, j'étais certaine de m'être trompée. Le bâtiment était un immeuble d'habitation de quatre étages datant des années 1950 et complètement délabré. La décrépitude et la pollution des années 1980 avaient noyé les murs dans la grisaille. On aurait dit qu'ils n'avaient pas été repeints depuis la construction de l'immeuble. Seules les portes blindées des appartements paraissaient neuves. A côté de chacune, il y avait une misérable petite fenêtre en verre dépoli, obstruée par un grillage. Au-dessus des fenêtres, un nid de câbles d'où partaient d'autres fils vers les appartements voisins. L'endroit sentait la nourriture avariée et les rêves brisés. Cela n'avait rien d'un immeuble de bureaux, c'était un repaire où des gens venaient se réfugier pour fuir le monde. J'ai considéré la carte de visite d'un œil sceptique, mais non, l'adresse était correcte. Je suis allée inspecter les boîtes aux lettres et là, j'ai trouvé le nom que je cherchais : *Sun Rise Loan and Investment Company*, fraîchement peint en anglais.

Si le bureau avait été situé au deuxième ou même au premier étage, je ne serais probablement pas entrée. Mais Sun Rise Loan and Investment n'était qu'à deux portes des boîtes aux lettres. Dès que j'ai sonné à la porte, une jeune femme très maquillée et vêtue d'une courte robe moulante est venue m'ouvrir. Ses cheveux étaient teints en blond foncé et permanentés à la Marilyn Monroe, et ses ongles sertis de cristaux Swarovski de différentes couleurs. De l'or brillait à sa gorge et à son poignet une montre Rolex, fausse ou pas, je n'aurais su le dire, mais ce dont j'étais sûre, c'était qu'elle non plus n'avait pas sa place dans cet endroit.

— Oui ? Que puis-je faire pour vous ? a-t-elle demandé avec indifférence.

Quelque chose dans la façon dont elle m'a regardée m'a donné la certitude qu'elle n'était pas japonaise. Son regard était trop curieux, trop ouvertement calculateur. Il m'est apparu qu'il n'y avait aucune courtoisie en elle. Sans un mot, je lui ai montré la carte dans ma main.

— Qui vous envoie ? a-t-elle demandé, méfiante.

— M. Maruyama, ai-je bégayé.

— Suivez-moi, a-t-elle dit en me précédant dans la pièce.

J'ai regardé ses chaussures. C'étaient des Prada.

Le bureau se composait d'un appartement d'une pièce, tout en longueur, avec une petite kitchenette sur la droite et de minuscules toilettes sur la gauche. Un évier fixé au mur contenait les restes d'un repas avalé à la hâte. Comme un animal qu'on vient de mettre en cage, j'ai regardé autour de moi avec méfiance. La pièce était dans une pagaille épouvantable. Le long des murs se dressaient des classeurs bon marché, débordant tellement de dossiers que les tiroirs ne fermaient plus. D'autres dossiers gisaient par terre et un ordinateur était enfoui sous un tas de papiers. Je n'ai aperçu aucune imprimante, mais il faut dire qu'à ce moment-là j'étais si déconcertée que je n'en cherchais pas vraiment. Près de la fenêtre au fond, deux bureaux se faisaient face. Je les ai remarqués car, à la différence du reste de la pièce, il n'y avait absolument rien dessus. Un homme assis sur le bord du bureau de gauche parlait au téléphone, le dos tourné à l'entrée. La femme m'a conduite à l'autre bureau et m'a invitée à m'asseoir.

— Quel genre de prêt voulez-vous ?

— Je… je n'en suis pas sûre, ai-je balbutié, prise du désir de quitter cet endroit au plus vite. Juste un petit prêt.

Elle a fait la moue mais n'a pas répondu. Nos regards se sont tournés vers l'homme, nous attendions toutes deux qu'il nous dise quoi faire. Tout en poursuivant sa conversation au téléphone, l'homme s'est retourné et m'a décoché un sourire couronné d'or.

J'ai compris que j'étais tombée tout droit dans la gueule du loup. Car bien que l'homme fût vêtu d'un coûteux costume de banquier, son visage ne montrait aucun signe du raffinement d'un homme cultivé. Un front bas, un nez épaté qui semblait avoir été cassé en au moins deux endroits, de petits yeux jaunes et une lourde mâchoire de gorille se présentaient à mes yeux horrifiés. Et il ne portait pas de cravate. Même sans savoir quel genre de chaussures il avait, j'ai immédiatement deviné que je me trouvais en présence du même type d'homme auquel mon père avait eu affaire vingt-cinq ans plus tôt.

A ce moment-là, j'aurais dû me lever, inventer une excuse et m'enfuir en courant. Excepté que la peur vous ôte non seulement l'esprit mais aussi la capacité de bouger.

— *Jya, mata*, a-t-il dit familièrement à la personne à l'autre bout du fil avant de raccrocher. Que puis-je pour vous ? m'a-t-il demandé avec un fort accent d'Osaka.

Rien, voulais-je répondre, vous ne pouvez rien faire pour moi. Mais j'avais si peur que j'étais incapable de prononcer un mot. Alors, au bout d'une minute de silence, il a repris la parole :

— Vous êtes Mme Suzuki ? Maruyama m'a appelé pour me faire part de votre petit problème. Je m'appelle Yamashita.

Il a toisé ma poitrine d'un regard détaché mais admiratif.

J'ai frissonné. Si seulement j'avais eu un manteau à serrer autour de mon cou ! Mais je ne portais qu'une robe et il ne me restait qu'à baisser la tête et me sentir profondément humiliée. Ce qui lui a donné une vue plongeante sur mes seins.

— Je serais heureux de venir en aide à une femme aussi belle que vous.

J'ai relevé les yeux, furieuse.

— De combien avez-vous besoin ? a-t-il demandé d'un ton plus professionnel.

Comme la boule dans ma gorge m'empêchait de parler, il a marqué un temps d'arrêt puis répondu à ma place :

— Vous devez à la banque 389 287 yens. Nous pouvons arrondir cette somme à quatre cent mille, ainsi vous aurez un peu d'argent pour fêter ça.

Il a tapé dans ses mains d'un air ravi.

— Nous disons donc quatre cent mille. Est-ce que ça vous suffira ou voulez-vous qu'on aille jusqu'à cinq cent mille ?

Je ne voyais rien à célébrer dans ma situation. Tout ce que je voulais, c'était partir de là aussi vite que possible.

— Quatre cent mille, ça ira très bien, merci, ai-je répondu poliment.

— Parfait.

Il a souri comme un requin rassasié et fait un signe de tête à la femme qui a soudain réapparu à ses côtés. Elle a posé une liasse de papiers devant lui et s'est de nouveau fondue dans l'ombre.

— Mettez votre nom, celui de votre mari, votre adresse et date de naissance, je vous prie, m'a-t-il précisé, comme si j'étais incapable de lire le document par moi-même.

— Le nom de mon mari ? Je ne suis pas…

Je voulais dire que je n'étais pas mariée, mais les mots ont refusé de sortir de ma bouche. J'étais superstitieuse en ce qui concernait les mensonges. Ils avaient une fâcheuse tendance à se réaliser.

M. Yamashita a tendu le bras au-dessus du bureau et m'a tapoté la main d'un geste rassurant.

— Ce n'est qu'une formalité. Vous comprenez, nous avons besoin d'un garant pour chaque emprunt, a-t-il expliqué, au cas où vous ne pourriez pas nous rembourser. Ce peut être un parent, un frère ou une sœur, ou un mari. Dans votre cas, je pensais que vous préféreriez donner le nom de votre mari. Mais ne vous inquiétez pas, nous ne le mêlerons pas à tout ça. Cela reste entre vous et moi car vous êtes seule redevable du paiement de votre dette.

Je ne voulais pas lui donner le nom de mon mari, et si j'avais été plus forte, je serais partie. Mais je ne suis pas forte, je suis juste une femme habituée à recevoir des ordres des hommes. J'ai donc docilement écrit le nom de mon mari et rempli le reste du formulaire. Puis je l'ai signé et y ai apposé mon sceau.

Il a parcouru rapidement les documents et les a tendus à la femme.

— Très bien. Félicitations. J'ai les coordonnées de votre banque, je vais tout de suite leur faire un virement.

Il a ouvert son portefeuille et en a sorti onze mille yens.

— Et voici pour vous. Laissez tomber la monnaie, a-t-il dit en se levant. Maintenant, ma collègue va vous expliquer le reste.

L'humeur d'un être humain ressemble à une feuille emportée par le vent. Lorsque j'ai quitté le bureau de l'usurier, j'étais à la fois soulagée et terrifiée. Puis, en me dirigeant vers la gare, j'ai senti la colère enfler en moi et j'ai maudit Maruyama qui m'avait conseillé d'aller là-bas. Pourtant, j'avais du mal à considérer l'aimable banquier comme un criminel et je me suis mise à plaider auprès de moi-même en sa faveur. Après tout, grâce à lui, j'avais résolu mon problème sans devoir faire appel à mon mari. J'ai calculé que si je remboursais un minimum de trente mille yens par mois, le taux d'intérêt resterait à 6,5 % mensuels, soit 9,5 % de moins que ce que me facturerait la banque. Cependant, si je n'arrivais pas à payer cette somme, le taux grimperait à 25 % par mois. Mais cela ne m'inquiétait pas. Je pourrais facilement prendre trente mille yens sur l'argent du ménage que Ryu me donnait. En deux ans à peu près, je serais libre.

Le temps que mon train parvienne à destination, j'avais même composé une gentille lettre de remerciements pour M. Maruyama. Dans la rue, un jeune hippie vendait des brochettes de poulet sur une vieille charrette à bras. Je m'arrêtai devant lui, assaillie par un brusque sentiment de culpabilité. Depuis quand n'avais-je pas acheté des brochettes de poulet pour ma famille ? Je ne me rappelais pas. Ce soir-là, lorsque j'ai posé le plat sur la table, l'ambiance du dîner est presque devenue festive. Seul Ryu s'est montré quelque peu soupçonneux et a observé :

— On dirait que tu as gagné au loto, aujourd'hui. Que se passe-t-il ?

— Rien, ai-je répondu sans le regarder. Je suis heureuse, c'est tout. Mais tu ne t'en aperçois jamais.

La remarque était mesquine, mais Ryu n'a pas bronché.

— Je suis content que tu sois heureuse, a-t-il dit tranquillement.

La honte a envahi mon cœur. Je me suis levée pour me cacher dans la cuisine sous prétexte de ranger. C'était si facile de tout mettre sur le dos de mon mari. La nuit, dans mon jardin secret, une multitude de mauvaises pensées me venaient à son sujet, mais j'avais toujours réussi à dissimuler mes sentiments. Pourquoi s'étaient-ils brusquement manifestés ? Je me suis promis que cela ne se reproduirait plus.

## *L'art difficile d'être ennuyeux*

Mes journées ont repris leur cours tranquille. A l'extérieur, rien n'avait bougé. Mais à l'intérieur, dans mon cœur et dans ma tête, tout était différent. Mes journées de simple femme au foyer rayonnaient et vibraient d'énergie – car mon cœur avait changé, si bien que tout le reste avait changé aussi. Parce que j'avais failli les perdre, ma famille, ma maison, ma vie m'étaient devenues précieuses.

Alors, pour la première fois, je me suis prise à aimer ma petite vie ennuyeuse – mes enfants qui grandissaient, mon mari qui ne réussissait pas sans échouer pour autant, n'était pas beau sans être laid, pas riche mais pas pauvre non plus. Je commençais à tirer quelque fierté de ma maison pas si petite que ça, difficile à nettoyer et qui donnait sur l'avenue bordée de cerisiers, de ma cuisine avec ses angles morts où il était impossible de caser un placard ou un réfrigérateur, de mon jardin grand comme un mouchoir de poche qui explosait de vie à chaque printemps. Je me suis même mise à aimer les détergents liquides – chacun avec son parfum à lui – que j'utilisais tous les jours.

Du jour au lendemain, je suis passée de l'envie de fuir ma vie à une forme d'affection à son égard. Et les choses qui autrefois m'avaient paru comme d'énormes chaînes me retenant à un calvaire se sont transformées en offrandes sur l'autel de mon bonheur. Je suis devenue quelqu'un d'autre. Je cuisinais désormais de bons repas pour Ryu et les enfants et me levais à quatre heures et demie pour leur préparer des bentos raffinés. Je suivais les conseils des magazines comme *Fujingaho* pour être une bonne épouse. Je m'habillais avec soin, m'arrangeais pour que mes cheveux soient toujours propres, mon brushing impeccable et mes ongles peints. Je ne sortais jamais sans un sac à main de marque pour ne pas faire honte à mon mari devant les voisins. J'ai appris à confectionner des gâteaux américains que j'offrais régulièrement aux collègues de Ryu. Je me montrais prudente et économe avec les dépenses de la maison. Je n'achetais pratiquement rien pour moi-même.

La seule chose que je faisais pour moi, c'était de voler trente mille yens chaque mois sur l'argent du ménage et de les envoyer à la Sun Rise Loan and Investment Company. Mais chaque fois que je cachetais l'enveloppe après y avoir glissé les billets, j'avais le sourire. Car grâce à la société de crédit, j'avais fini par comprendre la valeur réelle de ma vie. Trente mille yens par mois semblaient un modeste prix à payer pour une telle consolation.

J'avais enfin assimilé ce que le prêtre qui nous avait mariés voulait dire quand il expliquait que la joie véritable vient quand on sait ce qui est important dans la vie et qu'on se débarrasse de tout le reste. Une dernière chose, et cela, je peux l'affirmer avec certitude : ce n'est qu'une fois endettée que je me suis aperçue à quel point j'aimais ma famille.

Une année s'est écoulée ainsi. Et pendant cette année, je peux vraiment dire que j'ai été une femme heureuse et comblée. Puis, en janvier, est arrivée la nouvelle pour laquelle j'avais secrètement prié tout l'hiver. Ma fille Haruka, qui venait d'avoir six ans, avait été acceptée à Shirayuri, la plus prestigieuse école catholique pour filles de Tokyo. Haruka, qui était une enfant intelligente, avait bien réussi ses examens écrits, mais presque toutes les autres petites filles aussi. Encore une fois, le *senpai* de mon mari, bien qu'il eût pris sa retraite depuis longtemps, nous avait apporté son aide. Sa femme était une ancienne élève de l'école et connaissait presque tout le monde au comité d'administration.

C'est ainsi que, par une journée venteuse d'avril, tous les trois, Haruka, Ryu et moi, avons pris le métro jusqu'à Shibuya puis emprunté la ligne Hanzomon vers Kudanshita. De là, nous avons grimpé la colline en direction du sanctuaire de Yasukuni dont l'énorme portail en fonte était visible depuis la sortie du métro. Nous nous sommes joints à la foule des parents, tous vêtus des mêmes costumes et robes sombres, les femmes portant de longs colliers de perles. A l'intérieur du gymnase, tandis que la directrice nous souhaitait la bienvenue, j'ai jeté de rapides coups d'œil obliques vers quelques élèves et leurs parents. Comme ils étaient différents de nous ! M'étais-je trompée ? Haruka n'aurait-elle pas été plus heureuse dans une école près de chez nous ? Puis j'ai pensé à ma propre vie et à tout ce que j'avais rêvé d'être autrefois. Haruka serait le leader mondial ou la femme d'affaires puissante que je n'avais pas été. Haruka ferait tout ce que je n'avais pas pu faire, ai-je décidé.

Et donc, chaque matin, je réveillais Haruka une heure plus tôt que son frère et ensemble nous prenions le train pour Kudanshita, au cœur de la ville. Il nous fallait presque une heure pour y arriver. Je l'accompagnais jusqu'à la porte et restais sur le trottoir à lui faire au revoir de la main, comme les autres mères, toutes vêtues avec le plus grand soin de robes ou de jupes sombres, une règle imposée par l'école.

Contrairement à Akira, qui ne s'était lié d'amitié avec personne, ni à l'école primaire ni au collège, Haruka s'est rapidement adaptée et fait des amies dès le premier jour. Bientôt, comme sa popularité grandissait et que le bruit courait qu'elle était à la tête de sa classe, les autres mères ont commencé à me regarder avec curiosité. J'affichais un air poli et les ignorais. Nous n'appartenions pas au même monde.

Chaque jour, après avoir déposé leurs enfants à l'école, un groupe de mères se retrouvaient pour boire un café. Je l'avais découvert par hasard dès le premier jour, alors que j'allais moi-même prendre un café avant de rentrer à la maison et que, par pure coïncidence, j'avais choisi le même établissement qu'elles. Cependant, après ce premier jour où elles étaient entrées et m'avaient vue assise dans leur café, à la meilleure table près de la fenêtre, en train de faire mes devoirs d'anglais, j'avais pris soin d'aller dans un autre endroit, plus près de la gare. Puis un jour, elles m'ont invitée à les rejoindre. J'ai hésité, mais en voyant un refus se dessiner sur mon visage, une des mères, la plus jolie, s'est hâtée d'insister :

— S'il vous plaît, ne dites pas non. Nous mourons toutes d'envie d'en savoir davantage sur votre adorable fille.

— Mais j'ai des devoirs à terminer avant mon cours d'anglais, ai-je protesté faiblement.

— Oh, serez-vous punie si vous ne les faites pas ? a-t-elle demandé en riant.

Je n'ai pu m'abstenir de rire aussi. Je l'ai regardée en face pour la première fois et sa beauté a réveillé en moi le souvenir de Tomoko. Pas la Tomoko adulte et malheureuse que j'avais connue, mais une autre. Une Tomoko mariée et comblée. Alors, je les ai suivies dans le café.

Elles m'ont attribué la place d'honneur, au milieu. L'une après l'autre, elles se sont présentées. Mme Tanabe, celle qui avait insisté pour que je vienne, s'est assise en face de moi. A ses côtés se sont installées Mme Kobayashi et Mme Watanabe Sayako, toutes deux visiblement issues de très bonnes familles tokyoïtes, qui avaient des filles dans la classe de Haruka. A côté de moi ont pris place Mme Okada et une autre Mme Watanabe. Je ne les connaissais ni l'une ni l'autre car leurs filles étaient plus âgées que Haruka. La serveuse était à peine repartie après avoir pris nos commandes qu'elles se sont mises à me bombarder de questions.

— Votre fille est un génie en mathématiques, m'a-t-on dit, a commencé Mme Watanabe Sayako, en face de moi. Lui avez-vous fait suivre des cours dans une institution privée ?

J'ai secoué la tête.

— Une institution privée ? Je ne savais pas que ça existait pour des enfants aussi jeunes.

— Bien sûr que si. Il y a des *juku* pour tout de nos jours.

— Je l'ignorais, ai-je dit humblement. En fait, je ne savais même pas que ma fille était bonne en mathématiques.

— Il existe des cours particuliers pour toutes les disciplines, est intervenue Mme Okada, avec un hochement de tête approbateur. Mais je n'y ai jamais envoyé mes filles non plus.

Je me suis sentie soulagée. J'avais passé le premier test avec succès.

La Mme Watanabe à côté de moi a ajouté d'un ton ferme :

— Je ne perds pas mon temps avec les *juku*, mais il faut reconnaître qu'il y a beaucoup de choses que l'école n'enseigne pas aux enfants de nos jours. C'est pourquoi j'envoie ma fille prendre des cours de *shamisen*, de calligraphie et de danse classique.

— Haruka n'a-t-elle suivi aucun cours particulier ? s'est enquise Mme Watanabe Sayako.

— Pas vraiment. J'ai l'intention de lui faire étudier le piano et la danse classique, ai-je menti.

L'idée ne m'en avait jamais traversé l'esprit avant cet instant précis. Mais soudain, au milieu de ces mères si distinguées, j'ai eu l'impression que c'était exactement ce que Haruka devait faire. D'une façon ou d'une autre, je trouverais l'argent nécessaire.

— Comment Haruka a-t-elle pu intégrer l'école dans ce cas ? a finalement demandé Mme Kobayashi.

J'ai alors compris pourquoi j'avais été invitée. J'ai pris une longue inspiration. A ce moment-là, j'étais tentée de mentir, mais quelque chose m'a arrêtée. Les mensonges finissent toujours par être découverts. J'ai inspiré profondément et, aussi humblement que j'ai pu, j'ai expliqué la relation entre mon mari et la famille de son *senpai* et tout ce que ce dernier avait fait pour nous. J'ai parlé avant autant de naturel que possible, et quand j'ai eu fini, un bref silence est retombé. Le silence peut être négatif ou positif. Cette fois-là, il s'est révélé positif. Mme Okada était une parente de la femme du *senpai* de Ryu et Mme Kobayashi connaissait également la famille. Elles ont exprimé leur assentiment d'un hochement de tête. Mais elles hésitaient à parler. Je me suis aperçue que Mme Tanabe, la plus jolie du groupe, n'avait toujours pas dit un mot et qu'en fait, elles attendaient toutes qu'elle prenne la parole. Pendant mes explications, elle avait fait mine de s'absorber dans sa tasse de café. Finalement, elle a relevé la tête et m'a regardée droit dans les yeux. Son visage était si grave que j'ai pris peur. Mais j'ai refusé de détourner la tête. Après avoir soutenu mon regard pendant quelques secondes, ses yeux fouillant les miens comme si elle lisait dans mon âme, elle a souri. C'était un sourire différent de ceux qu'elle affichait d'habitude, plus petit.

— Haruka est une petite fille très bien élevée, a-t-elle dit. J'espère qu'elle aura une bonne influence sur ma petite Eriko.

Dans ses yeux brillait une minuscule lueur de malice.

Les gens vraiment beaux sont attirés par des individus tout à fait quelconques, de la même façon que ceux-ci sont séduits par la vraie beauté. Lorsque Mme Tanabe Kyoko a plongé dans mon regard, j'ai décelé dans le sien la même solitude que j'avais perçue dans les yeux de Tomoko. Sauf que la solitude de Mme Tanabe, qui avait une famille, était moins visible. Si je ne l'avais pas déjà vue chez Tomoko, je ne l'aurais pas reconnue. Toutefois, Tanabe Kyoko n'était pas Tomoko. J'ai senti en elle une cruauté qu'elle s'efforçait de dissimuler derrière une obligeance particulièrement consciencieuse envers tout le monde. Ce qui est, sans doute, la raison pour laquelle elle a décidé à ce moment-là de me traiter avec bonté. Visiblement, je n'étais pas digne de faire partie de leur groupe, mais en résistant à son désir naturel de se moquer de moi et de me rejeter, Mme Tanabe montrait combien elle savait dominer sa propre nature.

Par la suite, je me suis jointe à elles tous les jours. C'était la première fois que j'appartenais à un cercle. Même à l'école, il n'y avait que Tomoko et moi. Mais à présent, je faisais partie d'un groupe de huit mères, dont trois avaient des enfants dans la classe de Haruka. Elles avaient toutes suivi des études supérieures et reçu une bonne éducation. Elles avaient des parents fortunés qui leur avaient trouvé des maris riches et elles habitaient des appartements ou des maisons dans le centre de Tokyo ou à proximité, non loin de l'endroit où elles étaient nées. Elles possédaient toutes de multiples colliers de perles de chez Mikimoto, que leur avaient offerts leurs parents d'abord puis leurs maris cousus d'or. Elles portaient de minuscules diamants à leurs mignonnes oreilles et celles qui étaient catholiques arboraient aussi une petite croix en diamants. Elles étaient jeunes, jolies et habillées avec goût. J'étais très fière d'être des leurs, de marcher à leurs côtés dans la rue et de voir les hommes se retourner à notre passage, de m'asseoir au milieu d'elles au café et de voir les autres femmes nous regarder avec envie.

J'étais si heureuse que je pouvais à peine me retenir de sourire toute la journée. Et chaque soir, il me tardait d'être au lendemain – au moment de retrouver Mme Tanabe et les autres.

De toutes les mères du groupe, Mme Kobayashi était la plus âgée et la plus riche. Son second mari avait douze ans de moins qu'elle et elle avait adopté la fille qu'il avait eue d'un précédent mariage. C'était une femme très élégante, la plus élégante que j'aie jamais rencontrée. Elle ne s'habillait qu'en noir et portait un sac noir en crocodile de chez Hermès. Elle parlait anglais comme une authentique Britannique, car ses parents l'avaient envoyée faire des études à Oxford. « Votre anglais est excellent, m'a-t-elle félicitée un jour. Je ne peux croire que vous l'ayez appris ici, au Japon. » Je pense que c'était pour ma maîtrise de la langue anglaise qu'elle faisait toujours preuve de bienveillance envers moi. Mme Okada, un peu plus jeune que Mme Kobayashi et beaucoup moins fortunée, était tout son contraire. Dès l'instant où j'ai rejoint leur groupe, elle s'est appliquée à me faire sentir que je n'avais vraiment rien à voir avec elles. C'est elle qui m'a forcée à avouer que je n'avais jamais assisté à une représentation de kabuki. Je me suis sentie extrêmement humiliée sur le coup, mais ensuite, lorsque Mme Watanabe Sayako, la plus silencieuse et la moins jolie de toutes, m'a invitée à aller au théâtre de kabuki dans Ginza, cela m'a tellement remplie de joie que j'ai presque voulu remercier Mme Okada pour sa méchanceté.

Je n'ai pas vraiment suivi la pièce avec attention, j'étais beaucoup plus fascinée par le public. Jamais je n'avais vu tant d'élégance ! Toutes les femmes étaient habillées de façon traditionnelle – mais quels splendides kimonos ! J'avais toujours considéré qu'avec son kimono d'hôtesse, ma mère était la femme la plus chic du monde. Mais ces kimonos-là étaient d'un style dix fois plus recherché et portés avec une grâce naturelle qui m'a coupé le souffle. Il y avait quelques hommes également, vêtus de kimonos tout aussi superbes. Mon regard s'est arrêté sur un couple assis sur l'un des tatamis du premier rang, ceux qui coûtaient vingt mille yens la place. L'homme tenait à la main un éventail avec lequel il battait solennellement l'air au rythme de la musique. La femme était assise de biais, si bien que je ne voyais que son profil, mince comme une tige de riz ployée par le vent, son cou gracieux mis en valeur par la courbure du col de son kimono. Bien qu'elle ne fût qu'une silhouette, c'était la femme qui retenait véritablement mon attention. Je ne la quittais pas des yeux. Elle a ouvert une boîte à bento laquée traditionnelle à huit compartiments, les gestes de ses mains ressemblaient à des mouvements de danse, lents et paisibles. Il m'est venu à l'esprit que je contemplais un autre monde, deux mondes en réalité, celui de la scène et celui du public. Et que ces deux univers avaient quelque chose d'important en commun : la beauté, une beauté du geste et du temps dont je n'avais jamais soupçonné l'existence. J'ai jeté un coup d'œil à Mme Watanabe à côté de moi. On aurait dit qu'une lumière s'était allumée en elle et embellissait brièvement son visage. Elle aussi appartenait à ce monde, car elle le comprenait. De même que les autres mères. Mais moi, je n'y avais pas ma place. Et c'était pour cela que Mme Okada n'était pas aimable avec moi. Mais alors, pourquoi les autres étaient-elles si gentilles ?

En sortant, j'ai regardé les bâtiments familiers de Ginza, avec l'impression de rentrer d'un long voyage. Mme Watanabe Sayako, la femme la plus affable que j'aie jamais connue, m'a demandé si le spectacle m'avait plu. J'ai répondu oui, absolument. « Tant mieux, ça me fait très plaisir », m'a-t-elle dit avec sincérité. Pourtant, si j'essaie de me rappeler son visage maintenant, je n'y arrive pas. Car la gentillesse, au contraire de la beauté, est un goût qui s'estompe rapidement dans l'esprit. La seule qui demeure vraiment vivante dans ma mémoire, c'est Tanabe Kyoko.

Tanabe Kyoko était la plus jolie mais aussi celle qui s'habillait avec le moins de recherche, ses vêtements venant visiblement du coin des bonnes affaires des grands magasins. Elle allait rarement chez le coiffeur, préférant garder le noir naturel de ses cheveux. Elle ne portait presque aucun bijou, à l'exception de deux perles de taille moyenne à ses petites oreilles parfaites. Quant à son maquillage, il était si léger qu'il en était presque inexistant. Pourtant, comme je n'ai pas tardé à l'apprendre, elle était mariée à un cardiologue très réputé, un génie dont tout le monde affirmait qu'il recevrait un jour le prix Nobel. Ils habitaient dans l'un de ces immeubles flambant neufs d'Ichibancho. Ils avaient deux enfants, un garçon et une fille, appelés Katsuhiro et Eriko. Le premier fréquentait l'école Gyosei pour garçons et Eriko était la meilleure amie de Haruka à Shirayuri. Je n'ai jamais compris l'amitié entre les deux filles, de même que je n'ai jamais compris la mère d'Eriko. Parfois, pendant le dîner, je me surprenais à regarder fixement Haruka, brûlant d'envie qu'elle me confie le secret de son pouvoir sur les autres. Car la petite Eriko était tout simplement en adoration devant ma fille, à dire vrai, elle la vénérait. Alors que je ne savais jamais comment sa mère allait me traiter. Certains jours, elle était très prévenante avec moi, trop même je crois, si bien qu'à force de prévenance, elle me faisait sentir mon insignifiance. D'autres fois, elle se montrait franchement méchante, me ridiculisant devant les autres et faisant ainsi la joie de gens comme Mme Okada. A d'autres moments encore, elle me raccompagnait jusqu'au métro après notre café et en chemin m'affirmait que j'étais la seule femme du groupe un tant soit peu intéressante. Un jour, elle me dit que j'étais sa meilleure amie et me fit jurer un dévouement éternel à notre amitié. Mais le jour suivant, au café, elle m'ignora si ostensiblement que toutes les autres le remarquèrent. Le pire, c'était que je ne savais jamais, au moment où je la saluais humblement le matin, comment elle se comporterait avec moi. Au bout d'un certain temps, je me suis aperçue que les autres aussi la craignaient, mais elle était si jolie qu'elles se cramponnaient à elle comme de la mousse sur un rocher. Voilà pourquoi elle était seule. J'ai donc fini par décider de ne pas me soucier de ses humeurs et de rester bienveillante quoi qu'il arrive. Au bout d'un certain temps, j'en suis venue à attendre avec impatience le moment où elle m'accueillerait, car l'incertitude quant à son attitude envers moi donnait du piment à ma vie.

Si vous m'aviez vue avec mes amies, vous nous auriez sans doute trouvées ennuyeuses. Mais ça ne me dérangeait pas du tout de paraître ennuyeuse en ce temps-là. C'est le privilège des riches. Eux seuls n'ont pas à se soucier de quoi ils ont l'air ni de ce que les autres pensent d'eux. Je m'appliquais à porter exactement les mêmes couleurs et les mêmes styles ternes que les autres. Et je ne quittais plus la Burberry noire de Tomoko, une compagne silencieuse et fidèle. Mais quand il s'agissait de faire la conversation, je me sentais toujours mal à l'aise et dès que quelqu'un s'adressait directement à moi, je me mettais à transpirer à grosses gouttes.

La plupart du temps, la conversation démarrait sur le sujet de la nourriture – comment confectionner le meilleur gâteau, où acheter le meilleur pain à l'occidentale. Puis elle bifurquait sur les enfants – où se procurer le meilleur uniforme scolaire ou la meilleure raquette de tennis, qui était le meilleur professeur de l'école, valait-il mieux prendre des cours en plus de piano ou de violon ? Sur tous ces sujets, je pouvais sans mal participer à la discussion, car j'étais bonne cuisinière et je lisais de nombreux magazines. Mais dès qu'on en venait au sport et aux loisirs, je me taisais. Toutes les autres mères étaient des membres actifs de clubs de tennis et de golf où elles jouaient chaque week-end avec leurs maris. Pendant la semaine, elles suivaient des cours d'ikebana, apprenaient à jouer du *shamisen* ou du *koto* et allaient voir des spectacles de kabuki l'après-midi. J'étais la seule à ne pas jouer d'un instrument traditionnel, à ne pas appartenir à un club de tennis, à n'avoir jamais mis les pieds dans un théâtre de kabuki, et à ne pas passer mes week-ends sur les terrains de golf de Chiba.

Il y a des moments dans la vie qui ressemblent à des carrefours. On prend une décision et c'est toute notre vie qui change soudain de direction. Mais parce que la vie est pareille à une forêt s'étirant dans tous les sens, on ne sait même pas qu'on a bifurqué. Si seulement j'avais été occupée ce jour-là, si seulement Haruka ou Akira, probablement Akira, car il était le plus fragile, était tombé malade… Alors je ne serais pas allée à l'école et je n'aurais pas dit oui pour le déjeuner. Ce n'est que bien plus tard que m'est apparu le prix de ce simple mot, prononcé avec une telle joie et un tel empressement dans mon cœur.

Le restaurant s'appelait *Enchantement* et il était français. Mais le chef était japonais. Quelque temps auparavant, *Kateigaho*, le magazine qu'elles lisaient toutes et qui était le plus cher du marché, avait publié un long article sur la cuisine française de chefs japonais à Tokyo. L'article avait mis en lumière ce restaurant car son chef avait remporté un prix en France l'été précédent. Du fait de sa popularité, il était difficile de réserver, il fallait s'y prendre des mois à l'avance. Mais Mme Okada, qui avait beaucoup de relations, avait réussi à nous obtenir une table pour quatre. Son mari et elle jouaient au golf avec le propriétaire de l'immeuble. Je me trouvais là quand le nom du restaurant a été mentionné pour la première fois et aussi quand Mme Okada, les yeux brillants, nous a parlé de ses « relations » et nous a annoncé qu'elle avait pu réserver pour la fin du mois de mai. Comme elle ne m'aimait pas, je ne prêtais jamais beaucoup d'attention à ses propos. Il ne me serait pas venu à l'idée d'être invitée à me joindre à elles.

Comme vous pouvez l'imaginer, j'ai été très surprise. Je n'arrivais pas à comprendre pourquoi j'avais été choisie.

— Mais, s'il vous plaît, n'en dites rien aux autres, m'a avertie Tanabe-san, pour bien me faire sentir que je bénéficiais d'un privilège. Voyez-vous, j'ai dû batailler ferme pour vous. J'ai persuadé Okada-san en lui disant qu'elle pourrait choisir la quatrième à sa guise.

Immédiatement, je me suis demandé qui ce serait. J'espérais qu'il s'agirait de la gentille Watanabe

Sayako. Mais mon esprit me soufflait que ce serait probablement Mme Kobayashi car elle était la belle-sœur du petit-neveu de la tante de l'empereur et, bien sûr, elle était également très riche.

— Merci infiniment, ai-je répondu respectueusement. Je vous suis très reconnaissante.

— *Tondemo nai*, a-t-elle dit, la mine réjouie. Ce n'est rien. J'ai une idée, si vous voulez, nous pourrons demander à la même dame de nous aider à mettre nos kimonos. Je connais la personne qu'il faut, c'est une voisine et elle sait aussi coiffer.

D'enthousiasme, elle m'a saisi le bras.

— Oh, s'il vous plaît, dites oui. Ce sera tellement amusant de nous faire habiller ensemble.

Comment aurais-je pu refuser ? Même quelqu'un de coriace n'aurait pas repoussé une telle requête.

La réservation était pour le 29 mai, ce qui nous donnait un peu moins de sept semaines à attendre. Mais à partir du moment où Tanabe Kyoko m'a invitée, je n'ai pratiquement plus pensé à rien d'autre. A quoi ressemblait l'intérieur d'un restaurant français chic ? me demandais-je. Que porteraient les autres ? Je n'avais jamais goûté à la cuisine française. Allais-je aimer ça ? J'imaginais une vaste pièce toute blanche, comme une salle de bal, avec des portes-fenêtres et des lustres en cristal. Je voyais notre table décorée de roses blanches. Je rêvais que nous passerions un moment merveilleux et que nous deviendrions les meilleures amies du monde.

Puis, un matin, comme j'ouvrais les yeux, une pensée nouvelle et terrible s'est présentée à mon esprit. Je n'avais pas de kimono. Pas un seul.

Normalement, une jeune fille japonaise hérite de sa mère plusieurs kimonos soigneusement conservés, en reçoit un tout neuf et magnifique pour ses vingt ans et un autre pour son mariage. Puis, au fil des ans, elle en acquiert encore quelques-uns qu'elle transmet à son tour à sa fille. Mais ma mère ne m'en avait donné aucun car les siens étaient des kimonos de geisha dont elle se servait au travail. Quant à mon mariage, elle n'avait pas voulu en entendre parler et j'avais dû louer mon kimono. J'ai songé avec nostalgie au million et demi de yens qu'elle m'avait donnés la seule fois où elle m'avait rendu visite : pourquoi ne les avais-je pas gardés ou confiés à mon mari au lieu de les dépenser inutilement en soldes de grandes marques ? J'ai pensé un instant à louer de nouveau un kimono mais j'ai aussitôt abandonné cette idée. Les kimonos loués étaient immédiatement repérables à leur odeur – et bien sûr à la petite étiquette rouge cousue dans l'ourlet qui indiquait le nom et le numéro de téléphone de la société de location. Je me suis représenté le visage de mes amies digérant le fait que j'étais venue déjeuner avec elles en kimono de location. Puis je me suis souvenue que j'avais promis à Tanabe-san de me faire habiller avec elle et que le coût de ce service plus celui du coiffeur me reviendrait à vingt-cinq mille yens. J'ai fermé les yeux et me suis mise à gémir. L'idée m'a traversé l'esprit d'emprunter un kimono à l'une de mes voisines, l'*obaachan* qui parfois nous gardait les enfants, mais j'ai bientôt écarté cette idée. Je savais que rien de ce qu'elle possédait ne serait assez luxueux pour mon déjeuner. *Et que dirais-tu d'un kimono neuf ?* m'a chuchoté une petite voix. Je me suis tournée vers Ryu, profondément endormi à côté de moi, et l'ai poussé avec force.

— Ryu, réveille-toi, il faut que je m'achète un kimono !

Il a mis plusieurs minutes à revenir complètement à lui.

— Un kimono ? Quelqu'un que nous connaissons va se marier ?

— Non, mais je n'en ai pas un seul. Quelle Japonaise ne possède pas un kimono ? Qu'est-ce que je ferais si jamais je devais me rendre à une réception officielle ?

— Inutile de t'inquiéter. Je travaille pour une société américaine maintenant. Tu n'as pas besoin de kimono.

— Mais tout de même, quand je sors avec mes amies ? me suis-je écriée, consciente d'être en train de perdre la partie.

— Mets autre chose, a grommelé Ryu en s'installant confortablement pour encore une heure de sommeil.

Mais Ryu n'a pas oublié mon histoire de kimono. Le lendemain, en arrivant chez sa mère à Kyushu, il lui a demandé si elle n'avait pas un kimono pour moi.

— Notre Kayo a besoin d'un kimono pour sortir avec ses nouvelles amies bcbg.

Elle a paru surprise.

— Sa mère ne lui en a pas donné ?

Depuis le premier jour de notre mariage, ils parlaient toujours de moi comme si je ne me trouvais pas dans la même pièce qu'eux. Au début, cela m'exaspérait mais maintenant j'y étais tellement habituée que je ne le remarquais plus.

— Tous les kimonos de ma mère ont brûlé dans un incendie, ai-je menti.

Le jour de notre départ, ma belle-mère m'a remis un paquet soigneusement emballé et, pendant un temps, jusqu'à ce que je l'ouvre et voie les taches, je me suis sentie sincèrement reconnaissante.

Ainsi, les vacances ont passé puis l'école a repris. Il ne restait plus que trois semaines avant le déjeuner tant redouté. Comme j'arrivais à l'école, Tanabe Kyoko m'a prise à part.

— J'ai un grand service à vous demander, a-t-elle dit. Pourriez-vous m'accompagner jeudi pour m'acheter un nouveau kimono ? Tous ceux que j'ai sont terriblement démodés. Et vous avez si bon goût !

Le mot « kimono » m'a fait remonter un frisson dans tout le corps. Kyoko avait-elle lu dans mon esprit ? Savait-elle que je ne possédais pas de kimono ? Faisait-elle exprès de me tourmenter ? Me voyant hésiter, elle a redoublé ses supplications.

— Oh, je vous en prie, dites oui. Vous êtes ma seule amie. Je voudrais vraiment, vraiment y aller avec vous.

Je ne pouvais pas refuser.

Dans le café, Mme Watanabe, celle qui était gentille, m'a murmuré à l'oreille :

— J'ai entendu dire que vous alliez au restaurant français avec Tanabe-san et Okada-san. J'en suis très heureuse pour vous.

Des larmes me sont montées aux yeux. Mme Watanabe les a vues, l'inquiétude a envahi ses traits.

— Vous le méritez, vraiment, a-t-elle dit.

L'espace d'une seconde, j'ai été tentée de lui demander de me prêter un kimono. Puis j'ai imaginé l'expression de son visage et chassé bien vite cette idée.

Le mardi et le mercredi, j'ai prétexté mon indisposition mensuelle pour demander à mon mari d'accompagner Haruka à l'école. Je me sentais réellement malade, mais c'était un malaise de l'esprit. Je suis restée toute la journée enfermée à la maison à faire du ménage jusqu'à ne plus pouvoir bouger un doigt de fatigue. Dans l'après-midi du mercredi, j'ai reçu un coup de fil de Tanabe-san.

— Vous allez bien, Kayo-san ? m'a-t-elle demandé en m'appelant par mon prénom.

J'étais si stupéfaite que je n'ai rien trouvé à répondre. C'était la première fois que quelqu'un du groupe m'appelait à la maison.

— J'ai été un peu souffrante, mais je vais mieux maintenant, ai-je menti. Ce devait être à cause des vacances.

— Oui, les vacances sont toujours fatigantes, n'est-ce pas ? a-t-elle convenu. Eh bien, viendrez-vous à l'école demain ?

— Je suppose, ai-je répondu, le cœur lourd.

— Merveilleux, nous pourrons donc aller à Ginza juste après notre café. Les grands magasins ouvrent tous à dix heures.

— Bien sûr.

— Mais votre cours d'anglais ?

— D'anglais ?

J'avais complètement oublié mon cours. Pour économiser un peu d'argent, j'avais cessé d'aller en classe peu après avoir rejoint mes nouvelles amies.

— Je peux manquer un cours, ne vous inquiétez pas.

— Merci beaucoup. *Mata ne.*

Et elle a raccroché.

Dans la maison redevenue silencieuse, je me suis dit que les dieux m'offraient peut-être l'occasion de dire à Tanabe-san que je ne serais pas en mesure de me rendre à ce déjeuner.

Une autre chose étrange s'est produite cet après-midi-là. J'ai trouvé une épaisse enveloppe à mon nom dans la boîte aux lettres. Je l'ai ouverte. A l'intérieur était la nouvelle carte de crédit que m'envoyait la banque. Je l'ai fixée d'un œil dégoûté. Pourquoi m'envoyaient-ils une carte alors que je leur avais déjà dit l'année dernière que je n'en voulais plus ? J'ai décidé d'aller à la banque leur rendre la carte en personne juste après l'achat du kimono.

Le lendemain, bien que je n'aie pas réussi à m'endormir avant minuit, mes yeux se sont ouverts à quatre heures et demie. Un poids me pesait sur le cœur. Je n'avais pas envie de sortir. Le regard fixé au plafond bas de notre chambre, j'ai songé que la maison était ma coquille et j'étais, moi, un oisillon à peine né. Comment pouvais-je survivre hors de ma coquille ? Mais le temps s'écoule implacablement et bientôt j'ai entendu les oiseaux chanter et un radieux soleil printanier s'est faufilé entre les fentes des rideaux. Cette sensation de lourdeur dans mon cœur, toutefois, m'est restée jusqu'à ce que je sorte du métro à Kudanshita. Ce n'est que lorsque j'ai vu le portail du sanctuaire de Yasukuni devant moi et le Budokan et le cimetière de Chidorigafuchi sur ma gauche, qu'elle a disparu et que mon cœur guéri est redevenu léger. C'était comme si ces deux journées passées à la maison m'avaient vidé l'esprit et que les spectacles et les bruits familiers de la grande ville le remplissaient de nouveau petit à petit. Le temps que je retrouve les autres mères et que nous accomplissions notre pèlerinage quotidien au café, je me sentais déjà transformée. La ville m'avait manqué, voilà la vérité.

Laissant les autres repartir une à une, Tanabe-san et moi, nous nous sommes attardées dans le café. Nous avons commandé du jus d'orange fraîchement pressé, une nouveauté qu'elles avaient inaugurée au retour des vacances.

— Ça nous donnera des forces pour notre shopping, m'a-t-elle dit avec un clin d'œil.

Je me sentais à la fois mal à l'aise et excitée. Tanabe-san était particulièrement ravissante ce jour-là. Son tailleur bleu marine était dans un tissu de très bonne qualité et si bien coupé qu'il devait être italien. Elle portait un gros collier à double rang de perles. Ses cheveux dénoués encadraient son visage en forme de cœur, qu'elle avait visiblement maquillé avec soin. Sur le fond sombre de la paroi en bois du box, elle semblait briller comme une luciole.

J'ai jeté un coup d'œil à mon reflet dans la vitre. Je n'étais pas trop mal non plus. De l'autre côté de la fenêtre, les derniers salarymen se pressaient vers leurs bureaux et plusieurs nous ont lancé des regards chargés de désir. Tout à coup, l'idée d'aller faire du shopping avec Tanabe Kyoko a suscité en moi une telle euphorie que j'ai eu l'impression d'avoir été frappée par la foudre.

Nous avons réglé la note puis nous sommes parties vers le métro. Kyoko, de bonne humeur, babillait gaiement, me parlait de la cuisine française en France, de la semaine qu'elle avait passée dans la maison de campagne de ses beaux-parents à Karuizawa, du temps qu'il faisait. On aurait dit un oiseau exotique. Nous avons pris la ligne de Yurakucho et sommes descendues à Ginza-Itchome, juste en face du Matsuya. Une foule de souvenirs ont resurgi en moi, de ma première rencontre avec Tomoko surtout. Au coin de chez Chanel, nous avons tourné dans une petite rue et rejoint un secteur plus tranquille de Ginza. Là, le passé collait encore à la rue. Les boutiques étaient plus petites, les devantures plus modestes, entrecoupées de restaurants traditionnels de *soba.* Kyoko me précédait d'un pas assuré.

— Où allons-nous ?

Elle s'est arrêtée, retournée.

— Vous voulez dire que vous ne connaissez pas Echigoya ?

— Oh, ce magasin, j'ignorais qu'il existait toujours, ai-je menti.

— Où allez-vous pour acheter vos kimonos ?

— Moi ? Oh, je préfère le Matsuya.

— Le Matsuya ? Ils ont des kimonos ?

Elle a jeté un regard en direction du grand magasin et hésité.

— Mais Echigoya est la boutique la plus ancienne et la plus connue de Ginza. La famille de mon mari y va depuis toujours.

Sur ce, elle m'a tourné le dos et s'est remise en route. Je l'ai suivie, contente de moi. J'avais réussi à la faire douter d'elle-même. Elle croyait désormais que je connaissais quelque chose qu'elle ignorait. Nous sommes passées devant une galerie d'art, un magasin de vêtements occidentaux bon marché, une librairie, un magasin de chapeaux et enfin chez Echigoya.

L'entrée était de très modeste apparence pour un magasin si réputé : une porte vitrée à l'ancienne, avec une de ces poignées qu'il faut abaisser pour ouvrir, pas même une porte automatique, une petite vitrine garnie de quatre bandes étroites de tissu, deux pour les kimonos et deux pour les obis. Lorsque je suis entrée, Kyoko s'entretenait déjà avec le vendeur au comptoir, dans le fond du magasin. J'ai promené un regard curieux autour de moi et j'ai été encore plus déçue par l'intérieur de la boutique. Sur le mur de gauche, il y avait trois rouleaux de tissu pour kimonos et obis : un gris, un beige et un pourpre. Quelles couleurs fades ! ai-je pensé. Une antique vitrine au milieu de la pièce abritait plusieurs rouleaux d'obis. Et de l'autre côté, contre le mur, était exposé un kimono, rien de spécial, excepté qu'il était blanc et de toute évidence très ancien.

— Nous avons confectionné ce kimono pour l'impératrice Showa, a dit une voix derrière moi.

J'ai fait volte-face. Je n'avais pas remarqué qu'un second homme était sorti sans bruit de l'arrière-boutique. Il était habillé de façon très classique : costume noir et cravate bordeaux. Mais j'ai deviné à sa manière de parler que j'avais affaire au propriétaire du magasin ou à son fils. Je me suis sentie impressionnée, à la fois par lui et par ce qu'il venait de me dire.

— Est-ce un kimono de printemps que vous cherchez ?

J'ai secoué la tête, m'apprêtant à dire que je ne faisais qu'accompagner mon amie, lorsque Tanabe-san, qui se tournait vers moi pour me demander mon avis, a entendu la question et répondu à ma place :

— Elle veut un nouveau kimono, bien sûr.

Puis, s'approchant de moi, elle a salué le propriétaire (car c'était bien lui) et me l'a présenté. Ils ont bavardé pendant quelques minutes, le propriétaire lui demandant des nouvelles de sa famille et de ses beaux-parents. Il s'est ensuite retourné vers moi, ses manières encore plus polies et respectueuses.

— Puis-je vous montrer quelques-uns de nos derniers modèles ? Je crains de ne plus avoir autant de kimonos qu'autrefois pour les jolies jeunes femmes.

La plupart de mes clientes sont plus âgées. Mais je pense avoir quelques modèles qui pourraient vous plaire.

J'étais incapable d'articuler un mot. Personne ne m'avait jamais parlé aussi courtoisement. A petits pas compassés, il a gagné le comptoir derrière lequel un immense placard tapissait le mur du fond. Il a ouvert les portes coulissantes pour découvrir des milliers de rouleaux de tissu. D'un geste rapide et efficace, il en a sorti quatre ou cinq. Mais avant qu'il ait pu les dérouler devant moi, Tanabe-san a créé une diversion en nous demandant ce que nous pensions de son choix, un tissu d'un brun éteint, avec un splendide motif d'hortensias bleus aux pétales emportés par le vent. Pour l'obi, elle avait sélectionné un brocart couleur d'or terni rehaussé de fils bleus et argent. Elle a esquissé une pirouette puis une autre, un peu plus rapide.

— Qu'en pensez-vous ?

— Sur vous, tout est magnifique, a répondu le propriétaire du magasin.

— Et vous ? a demandé Kyoko en se tournant vers moi. A votre avis ?

— Je trouve ça très joli, mais…

Je me suis interrompue, essayant de trouver des mots qui ne la vexeraient pas.

— Mais quoi ? s'est-elle impatientée, avec un minuscule froncement de sourcils.

— C'est juste que les couleurs sont un peu démodées. Vous n'aimeriez pas des teintes plus vives ?

— Mais madame est si jeune que toutes les couleurs font jeunes sur elle, s'est empressé de dire le vendeur.

Nous nous sommes tous tournés vers le propriétaire qui semblait réfléchir et nous avons attendu qu'il donne son opinion.

Il a frotté son petit menton grassouillet puis, avec un regard dans ma direction, il a déclaré :

— Madame a l'œil observateur. C'est la ceinture qui donne un air suranné à la robe. Il en faut une plus colorée, plus jeune. Je crois savoir exactement ce qui ira à la perfection.

Il a virevolté en direction de la vitrine à obis et ouvert un tiroir.

— Voilà ! s'est-il exclamé en se tournant vers nous d'un air triomphant.

La ceinture était ornée d'un superbe motif de vagues or et argent. Il l'a tenue contre le tissu marron, qui aussitôt s'est animé, le motif extrêmement traditionnel de l'obi formant un joli contraste avec les couleurs et le dessin plutôt modernes du kimono. Kyoko l'a considérée d'un œil critique.

— Je ne sais pas, ça me semble un peu trop brillant.

— Pas du tout, ai-je répliqué. Ça donne de l'éclat au kimono.

J'étais sincère. La ceinture, comme par magie, transformait le brun éteint du kimono en quelque chose d'insolite, digne d'être admiré de plus près.

— La terre et l'eau, a déclaré le propriétaire. C'est équilibré maintenant.

Kyoko a regardé l'étiquette et poussé un petit cri.

— 398 000 ! Je ne peux pas !

— Ne vous inquiétez pas pour le prix, s'est hâté de dire le propriétaire. La ceinture va si parfaitement avec votre kimono que je vous offre un rabais de trente pour cent.

Mon amie s'est mordu la lèvre et a feint l'indécision.

— Prenez-le, l'ai-je pressée. Sinon, vous le regretterez.

Nous avons attendu sa réponse avec une certaine appréhension. Elle a finalement hoché la tête et nous l'avons tous félicitée en même temps.

Le vendeur l'a emmenée dans l'arrière-boutique pour prendre ses mesures et le propriétaire du magasin s'est tourné vers moi. Pendant une longue minute, il a gardé le silence, et j'ai attendu, de plus en plus gênée. Enfin, il a dit :

— Vous avez le physique idéal pour porter le kimono.

Surprise, j'ai regardé du coin de l'œil mon profil dans le miroir. J'étais sceptique. Avais-je vraiment la silhouette parfaite pour un kimono ?

— Vous ne me croyez pas ? Tenez, laissez-moi vous montrer.

Il s'est approché de moi avec un rouleau de tissu bleu et l'a fait adroitement passer par-dessus mon épaule gauche. Puis il a fait la même chose sur mon épaule droite. Le tissu a coulé comme de l'eau à mes pieds et le même motif de vagues est apparu. Sauf que celles du kimono n'avaient rien à voir avec celles de l'obi. Ces vagues-là étaient brodées en blanc, gris et argent, et elles bondissaient sauvagement, pareilles à de jeunes étalons. Je suis restée bouche bée. Le tissu avait l'air vivant. L'homme a apporté une ceinture écarlate et l'a plaquée contre le tissu bleu foncé.

— Voilà, un modèle exceptionnel… pour une femme exceptionnellement belle.

J'ai contemplé mon image dans le miroir. Le rouge de l'obi donnait au bleu du kimono l'éclat étincelant d'une eau profonde. La soie bleu foncé mettait en valeur la forme de ma poitrine, tout en la faisant paraître moins forte et plus élégante. Plus bas, les vagues jaillissaient du tissu, comme des hippocampes impatients d'atteindre le rivage. J'ai levé les bras et mon geste a fait danser les vagues sur les manches. Comment exprimer par des mots ce que j'ai ressenti alors ? C'est un sentiment que je n'avais jamais éprouvé avant et que je n'ai jamais retrouvé depuis. C'était comme si je rentrais chez moi. Sauf que ce chez moi-là, je ne l'avais jamais connu, il se trouvait à l'intérieur de moi. La soie tombait sur mes bras naturellement, les allongeant et leur donnant un tour plus gracieux. Soudain, je me suis rappelé le couple que j'avais vu au théâtre de kabuki dans Ginza, j'ai revu la délicatesse des bras de la femme au moment où elle avait ouvert le bento pour son mari. J'ai senti cette grâce pénétrer mes bras tandis que lentement je les laissais retomber le long de mes hanches.

— Ce tissu est fait pour vous, a dit le propriétaire de la boutique d'une voix douce, en venant se poster derrière moi.

Mon regard a croisé le sien dans le miroir et j'ai vu qu'il disait la vérité.

Au bout du compte, tout s'est déroulé avec une étonnante facilité. J'ai sorti la carte de crédit de mon sac et l'ai donnée au vendeur. J'ai signé le petit morceau de papier bleu portant le chiffre *787 000* écrit dessus. Puis tout le monde m'a félicitée comme si j'avais gagné à la loterie, et en effet, c'était l'impression que j'avais. Kyoko-san leur a fait promettre d'avoir nos commandes prêtes dans moins de trois semaines et m'a même proposé de prendre mon kimono quand elle viendrait chercher le sien et de le garder chez elle jusqu'au jour du déjeuner.

Le déjeuner ? Que pourrais-je vous en dire ? Je me souviens à peine du restaurant et presque pas de la cuisine. Je suis incapable de vous dire le nom d'un seul plat que j'ai mangé ce jour-là. Tout ce que je me rappelle, c'est le poids de cette nouvelle dette sur mes épaules et le lourd parfum de la laque sur mes cheveux richement ornés. Mais je n'ai pas oublié comment les autres dames étaient habillées. Mme Okada portait un kimono argent décoré d'éventails sur le devant. A son obi en brocart bordeaux enrichi d'un motif géométrique des plus complexes, elle avait épinglé une exquise broche sertie de rubis et de perles. Le kimono de Mme Kobayashi était vert pâle, agrémenté de grues brodées et d'un obi en brocart couleur or. Toutes deux étaient déjà installées lorsque nous sommes arrivées, mais elles se sont levées pour nous accueillir avec de tels accents de joie qu'on aurait dit que nous ne nous étions pas vues depuis un an. La salle était pleine de femmes et j'avais conscience de leurs regards rivés sur mon kimono. Mais je n'en tirais aucun plaisir. (Il y avait un homme dans la salle, mais il était attablé seul dans un coin, le visage enfoui dans un livre, si bien que je ne l'ai remarqué que plus tard.) Le maître d'hôtel, très distingué dans son habit noir et blanc, est venu à notre table et nous a distribué des menus, comme un professeur distribue des copies d'examen. J'ai jeté un coup d'œil sur les prix et tendu la main vers le verre d'eau posé devant moi.

— Prendrons-nous du vin ? a demandé Mme Okada.

— Bien sûr, j'adore le vin, a acquiescé Kyoko. L'an dernier, mon mari m'a emmenée à un congrès en

Autriche et nous avons bu beaucoup de vin, car il est très bon marché là-bas.

— Dans ce cas, je commande du blanc ? a repris Mme Okada.

— Je préfère le rouge, a dit Kyoko-san.

— Le vin rouge est trop lourd. De plus, c'est du blanc qu'ils boivent en Autriche, a objecté Mme Okada avec un brin de raideur.

— Pourquoi ne pas prendre les deux ? a suggéré Mme Kobayashi, se posant en conciliatrice.

— Cela fera trop, me suis-je hâtée d'intervenir, en pensant à l'addition. Nous risquons d'avoir la tête qui tourne.

— Alors commandons au verre, comme ça, nous pourrons prendre les deux, a proposé Mme Kobayashi.

Finalement, nous avons commandé une bouteille de vin blanc pour faire plaisir à Mme Okada, et un verre de vin rouge chacune pour accompagner la viande.

Elles ont accueilli chaque plat en racontant à tour de rôle – d'abord, Mme Okada, puis Kyoko, et enfin Mme Kobayashi – un autre repas fantastique qu'elles avaient fait dans un *ryokan* de luxe ou dans un restaurant étoilé du guide Michelin en Europe, décrivant chaque plat dans les moindres détails. Je regardais mon amie avec étonnement. Kyoko-san semblait avoir voyagé dans le monde entier, mais elle préférait l'Allemagne et l'Autriche. Mme Okada, elle, allait en France deux fois par an. Mme Kobayashi préférait les *ryokan* d'Izu. Quand mon tour est venu, j'ai parlé modestement du cours de cuisine française que j'avais suivi et dit combien j'avais été sidérée par les quantités de beurre et de crème utilisées. Tout le monde a ri, avec un confortable sentiment de supériorité, puis la conversation a bifurqué tout naturellement sur le vieux, très vieux sujet de la santé et des problèmes de poids. Mon esprit vagabondait, se rejouait la scène dans le magasin de kimonos et imaginait d'autres scénarios où j'aurais réussi à dire non.

Aujourd'hui, je pense à ce déjeuner comme à un repas d'adieu. Elles ont toutes les trois été pleines d'attentions pour moi. Mme Kobayashi a fait l'éloge de mon magnifique kimono et de ma coiffure ; Mme Okada s'est dit heureuse que j'aie pu me joindre à elles. Quant à Kyoko, elle a raconté combien nous nous étions amusées à nous faire habiller ensemble, en soulignant bien le fait que j'étais son amie très chère. Les autres l'ont écoutée, impressionnées, et de nouveau nous ont complimentées sur nos toilettes et nos coiffures. Les plats arrivaient, en minuscules portions sophistiquées, disposées avec goût sur les assiettes. Tout était parfait. Pourtant, je n'ai aucun souvenir de la nourriture, car la personne assise à ma place était déjà une ombre. Il y a cependant un détail qui me revient parfaitement : j'ai payé avec la carte de crédit de mon mari et, bien que l'addition se fût montée à quinze mille yens par personne, il ne m'a fait aucun commentaire.

Après cela, je n'ai plus emmené Haruka à l'école. Nous allions toujours ensemble jusqu'à Kudanshita, mais à la sortie du métro, je m'arrêtais et la laissais continuer toute seule. Au début, elle pleurait et faisait des histoires, mais ensuite elle s'éloignait sans un regard en arrière. Je restais devant la bouche de métro et la regardais jusqu'à ce que sa petite silhouette courageuse franchisse le torii de fonte du sanctuaire de Yasukuni.

## *Lotus dans un étang de lotus*

Quand je pense à l'argent, je vois un étang plein de lotus. Le lotus a beau pousser dans la boue, sa fleur est merveilleusement belle. Quel miracle ! Un miracle de la Nature. Bien que le lotus naisse dans la vase, s'en nourrisse et y meure, il reste la chose la plus pure que l'on puisse imaginer. Car le lotus s'élève au-dessus de la fange, si parfait de forme et de couleur qu'en le voyant, personne ne songe à ce qui s'étend à ses pieds. C'est pourquoi dans le bouddhisme on voue un culte au lotus. L'argent, c'est pareil. D'où qu'il provienne, quelles que soient les mains entre lesquelles il se trouve, l'argent c'est de l'argent. Il ne montre pas par où il est passé ni ce qu'il a fallu faire pour l'obtenir. Il a toujours la même apparence et sa vue rend heureux.

Je n'avais jamais désiré posséder de l'argent. Même dans ma jeunesse. En réalité, peu de Japonais le veulent. C'est pourquoi nous ne sommes pas vraiment bons en affaires. Pour un Japonais, l'argent ne saurait être un but en soi. Mais, pour certains d'entre nous, il arrive un moment où l'argent devient un objectif. Quand on se rend compte qu'on est prêt à tout pour de l'argent, alors on est en passe de devenir pareil au lotus – pur et d'une beauté exquise dans sa partie visible, mais les pieds fermement enfoncés dans la fange.

Après l'achat du kimono, je me trouvais devoir de l'argent et à la banque et à la Sun Rise Loan and Investment Company. Le kimono m'avait coûté sept cent quatre-vingt-sept mille yens. Une fois payés les accessoires et la confection, le total s'élevait à près d'un million. Je n'avais d'autre choix que de retourner à la Sun Rise Company leur demander un autre prêt afin de pouvoir rembourser la banque.

L'esprit vous joue parfois de ces tours... La première fois que j'étais allée à la Sun Rise Company, je m'étais juré de ne jamais remettre les pieds dans cet horrible bureau. Maintenant, j'avais hâte de revoir le terrible M. Yamashita. Penser à lui me procurait même un certain soulagement, car je savais que le yakuza ne me trahirait pas. Les yakuzas, étant humains, comprenaient les êtres humains et savaient comment les traiter. La banque, je n'en étais pas sûre. Les banques avaient leurs propres règles et des livres de comptes en guise de dieux. Je tirais même un étrange réconfort du fait que mon père, quand ses dettes étaient devenues trop lourdes pour lui, avait préféré s'adresser aux yakuzas plutôt qu'aux banques.

La seconde fois, il pleuvait. La même femme est venue m'ouvrir la porte et m'a fait entrer. Elle ne semblait pas me reconnaître. On m'a fait attendre dans le même fauteuil que la fois précédente. M. Yamashita était encore au téléphone. Mais ce jour-là, il n'a pas abrégé sa conversation en me voyant. Il avait l'air irrité et fronçait les sourcils en regardant la pluie par la fenêtre. Il faisait chaud et moite dans la pièce. L'humidité embuait les vitres et les gouttes de pluie formaient de petites rivières de lumière sur les carreaux. J'étais si occupée à les observer que je n'ai pas remarqué que M. Yamashita avait raccroché et me regardait fixement.

— Pourquoi êtes-vous venue ici, comment avez-vous eu cette adresse ? a-t-il demandé d'un ton brusque.

— Je… Vous ne vous rappelez pas, je suis venue pour un emprunt, il y a un peu plus d'un an, monsieur Yamashita, ai-je balbutié. C'est M. Maruyama de la banque Sumitomo qui m'avait envoyée.

Son visage s'est éclairé, ses yeux sont venus se poser sur ma poitrine, il a souri.

— Ah oui, M. Maruyama, bien sûr. Comment va-t-il ?

— Je n'en ai aucune idée. Je n'ai pas de contact avec la banque.

— Je vois.

Il a attendu que je continue.

— Je viens vous voir parce que j'ai besoin d'un autre prêt, ai-je déclaré carrément.

Avec M. Yamashita, je savais que je n'avais pas à prendre de gants.

— Un autre prêt ? Est-ce que vous avez encore trop dépensé ?

— Je n'ai pas pu faire autrement.

— Ne me dites pas que votre enfant a été malade. J'ai entendu ça trop souvent.

— J'ai besoin d'un million, ai-je lâché.

— Un million ! La dernière fois, c'était cinq cent mille. Qu'est-ce qu'il a, votre mari, pour vous traiter aussi mal ?

— Ça n'a rien à voir avec mon mari, ai-je rétorqué sèchement. Tout est ma faute et je vous rembourserai.

Et c'était quatre cent mille l'autre fois, pas cinq cent mille, ai-je rectifié.

A ma surprise, il a éclaté de rire.

— Je vous aime bien, madame Nakayama, ou quel que soit votre nom. Je vous aime bien parce que, même si vous refusez de me dire comment vous vous appelez, je vois que vous êtes une personne d'honneur. Alors, je vais vous prêter votre argent, bien que normalement je ne consente jamais un second prêt avant que le premier m'ait été remboursé. Mais dans votre cas, je ferai une exception. Vous savez pourquoi ?

Il s'est penché par-dessus le bureau et a approché son visage à quelques centimètres du mien.

— Parce que j'ai confiance en vous. Ce qui veut dire que j'attends de vous que vous ne me trahissiez pas.

J'ai hoché la tête, incapable de détourner le regard.

Et voilà comment, une fois de plus, je suis sortie de chez Sun Rise Loan and Investment avec de l'argent dans mon sac. Ce n'était pas beaucoup, seulement vingt-huit mille yens, le reste ayant été transféré directement à la banque, mais la sensation était agréable. Je me sentais de nouveau légère et insouciante. Comme je descendais l'avenue en direction de la station Gotanda, une veste en dentelle a attiré mon regard. Elle était exposée dans la vitrine d'un petit magasin, vous savez, une de ces minuscules boutiques comme il y en a des millions, tenues par des femmes seules vivant chez leurs parents, et qui regorgent de toutes sortes d'objets de pacotille. Mais cette veste était différente. Elle se détachait du lot. Elle était blanche, raffinée et paraissait venir d'Europe. Je l'ai jaugée du regard et j'ai su qu'elle irait parfaitement avec bon nombre de mes vêtements. J'ai le temps, ai-je songé, les enfants ne rentreront pas à la maison avant une heure, je vais juste l'essayer, histoire de voir si je ne me trompe pas. Bien sûr, je n'avais aucunement l'intention de l'acheter.

Dès l'instant où je suis entrée dans la boutique, la vendeuse (qui n'était pas, comme je l'avais imaginé, une célibataire vieillissante, mais plutôt une jeune fille branchée de Shibuya, en short, faux cils et longs cheveux châtains soigneusement bouclés) m'a accueillie comme une amie perdue de vue depuis longtemps. Elle m'a tendu la veste et aussi une jolie robe jaune à fleurs blanches pour l'essayer en même temps. Elle connaissait son métier car la robe et la veste allaient ensemble à la perfection. J'ai contemplé mon image dans le miroir, je ne me reconnaissais pas. Quelques minutes plus tôt, je ressemblais encore à une ménagère insipide et voilà que je redevenais une jeune fille. La vendeuse a frappé et demandé si elle pouvait jeter un œil. J'ai ouvert le rideau et me suis avancée dans la boutique.

— *Subarashi !* s'est-elle exclamée. Je ne vous aurais pas reconnue. Pour être franche, quand vous êtes entrée dans la cabine d'essayage, j'ai eu des doutes. Je me suis dit que je m'étais trompée pour la robe, qu'elle ferait trop jeune pour vous. Mais maintenant je vois que mon instinct avait raison. Toutes deux vous vont à ravir.

Je me suis alors regardée à travers ses yeux. C'est tellement étrange : quand une jolie femme dit à une autre qui, elle, est tout à fait ordinaire, que quelque chose lui va bien, cette dernière la croit invariablement. Même quand il est évident que la jolie femme ment, l'autre ajoute foi à ses paroles. Parce qu'elle est tombée sous le charme de la beauté. La femme ordinaire confond beauté et bonté et croit ce qu'on lui dit. Ce qui fait que j'ai aussitôt rejeté toutes les excuses qui auraient pu me retenir d'acheter et que je me suis demandé comment j'allais pouvoir les payer toutes les deux, la veste et la robe jaune.

L'odeur des vêtements neufs, pour qui ne l'a pas sentie depuis longtemps, est comme de l'alcool pour un alcoolique. Elle sature le cerveau de bulles de joie, trouble la raison, fait croire à l'impossible. Mon mari disait toujours qu'il fallait être très prudent en sortant avec des clients. « La prudence se dissout dans un verre d'alcool, répétait-il. Tu n'as pas idée du nombre de prêts douteux qui ont été consentis à cause de ça. »

Mon alcool à moi, c'était et c'est toujours l'odeur des vêtements neufs. Ce jour-là, je ne l'avais pas sentie depuis que j'avais contracté ma première dette. J'étais donc impuissante à lui résister. J'ai acheté la robe et la veste, en en payant une partie avec la carte de crédit de Ryu, le reste avec l'argent du prêt et celui du ménage.

Le dîner de ce soir-là a mis tout le monde de mauvaise humeur. Haruka est celle qui a exprimé le plus énergiquement son mécontentement.

— Du riz et des légumes ? C'est tout ce que tu nous donnes ? Comment est-ce que je suis censée étudier en ne mangeant que du riz et des légumes ?

Mais, curieusement, Ryu a pris ma défense.

— Ne parle pas comme ça à ta mère ! a-t-il dit d'un ton sévère.

Haruka, qui était la préférée de son père, a eu l'air abasourdie.

— Les légumes sont bons pour la santé. Il n'y a que les Américains pour manger de la viande à tous les repas. Et tu vois où ça les mène. Ils deviennent gros et gonflés comme des radis géants.

— Oui, je vois, a répliqué Haruka. Ils sont plus grands et plus forts que nous. C'est pour ça qu'ils nous ont battus pendant la guerre.

— Demain, vous aurez des steaks, d'accord ? suis-je intervenue, terriblement mal à l'aise.

Haruka m'a gratifiée d'un sourire reconnaissant.

Ce soir-là, Ryu a dit quelque chose qui m'a prise de court.

— Tu as l'air heureuse aujourd'hui.

J'étais assise devant le miroir, en train de me brosser les cheveux et de penser à ma jolie robe jaune et à la veste blanche encore dans leur enveloppe de cellophane.

Me sentant coupable, j'ai sursauté au son de sa voix.

— A qui tu pensais ? a-t-il demandé.

J'aurais dû dire que je pensais à lui, mais il aurait su que je mentais. Nous étions mariés depuis trop longtemps. Alors, j'ai haussé les épaules.

— A personne.

A ma grande surprise, ce sentiment de bonheur m'a habitée pendant presque une semaine. Chaque fois que je voyais la robe jaune dans mon placard, j'avais l'impression qu'une fenêtre s'était ouverte pour moi sur un monde nouveau et merveilleux et qu'il me suffisait d'enfiler la robe pour que ce monde m'appartienne. Mes dettes, l'horrible nourriture que je donnais à mon mari et mes enfants jour après jour, rien de tout cela n'exerçait la moindre emprise sur moi. Mais pour finir, le parfum de la nouveauté s'est estompé et a été remplacé par une vieille odeur trop familière, quelque chose d'un peu fétide comme du chou et des oignons avariés. Après cela, j'ai porté la robe jaune et blanche de moins en moins souvent, car chaque fois que je la mettais, je me trouvais un nouveau défaut. Bientôt, je me suis mise à tellement détester la veste et la robe que je les ai vendues dans une boutique de vêtements d'occasion de Shinjuku pour deux mille yens. Elles m'en avaient coûté près de cinquante mille. Mais la pensée de l'espace vide laissé dans mon placard m'a rassérénée. Je me suis promis de ne jamais recommencer.

Seulement, quelques jours plus tard, en marchant vers la station Kichijoji, j'ai vu cette autre robe, une robe de cocktail noire très chic, d'une simplicité trompeuse et pourtant terriblement élégante. Ce n'était pas un vêtement de marque, mais d'une certaine manière elle en avait l'allure et le toucher. Une fois de plus, la délicieuse sensation de désirer quelque chose aveuglément s'est épanouie en moi. C'est un sentiment plus agréable que l'amour. Peut-être est-ce de l'amour, je ne sais pas vraiment. Je n'ai pas pu résister. Le prix était bien plus élevé que ce que je pouvais me permettre, mais il fallait absolument que j'aie cette robe. Alors, de nouveau, j'ai utilisé la carte de crédit de Ryu et une partie de l'argent du ménage pour la payer. A ce moment-là, je n'ai eu aucun remords, je n'y ai même pas songé, je savais seulement que je devais avoir cette robe et il n'y avait pas de place dans ma tête pour une autre pensée. J'étais heureuse de l'avoir vue et d'avoir pu l'acheter avant que quelqu'un d'autre la prenne. J'étais le port, la robe était un navire perdu. J'étais soulagée que nous nous soyons trouvées.

Quelques jours plus tard, chez le coiffeur, je suis tombée sur un article dans un magazine. Il prétendait que le meilleur moyen pour rester jeune était de ressentir la joie intérieure. L'article, écrit par un médecin américain et traduit en japonais par une célèbre écrivaine, suggérait que, même jeune, une femme devait faire chaque jour une chose qui lui procurait du plaisir – hobby, sport, yoga ou nourriture – car elle pourrait ainsi conserver sa jeunesse plus longtemps.

Normalement, un tel article ne m'aurait pas du tout intéressée, mais, comme j'allais tourner la page, j'ai relevé la tête et vu mon visage dans le miroir. Sous la lumière impitoyable de l'éclairage au néon du salon de coiffure, avec mes cheveux dans les rouleaux enveloppés d'un bonnet en plastique et presque pas de maquillage, j'ai vu tous les changements qui allaient s'opérer sur mon visage. L'âge, je m'en apercevais, commençait déjà à miner mes joues, mon cou et mon front et à dévorer ma bouche. En voulant détourner les yeux, j'ai remarqué une autre cliente dans le miroir, assise derrière moi de biais. Elle était vieille, son visage ridé, totalement irrécupérable. Mais ça ne l'empêchait pas de sourire avec coquetterie au beau jeune homme qui lui séchait les cheveux. J'ai été choquée. Que faisait une femme aussi vieille dans un salon de beauté ? Pourquoi ne restait-elle pas cachée chez elle ? Au même instant, une pensée m'a frappée : aucune des femmes dans ce salon avec moi n'était vraiment une beauté. Alors je me suis regardée de nouveau, réellement regardée, je veux dire. Et j'ai vu que mes yeux n'étaient plus aussi brillants et que la peau de mon cou était barrée de trois lignes minces. Deux rides avaient commencé à apparaître autour de ma bouche, dans le pli entre mon nez et les coins de mes lèvres.

Ce jour-là, j'ai su que je venais enfin de voir l'ennemi en face. Et ma vie a changé. Je suis devenue une guerrière. J'allais lutter contre l'âge, ai-je décidé. J'allais être heureuse quel qu'en soit le prix, parce que c'était le seul moyen de rester jeune. Les grands tournants dans la vie ne sont pas censés intervenir dans un salon de coiffure, pendant la lecture d'un magazine. Mais ainsi va la vie. Elle vous surprend, vous entraîne à l'improviste dans des directions dont vous n'auriez jamais rêvé. C'est ainsi que ça s'est passé pour moi. Après ce jour, j'ai décidé de ne plus jamais rester sans faire de shopping. Car le plaisir que cela me donnait était plus grand que n'importe quel passe-temps, sport ou nourriture. Et parce qu'il durait plus que quelques heures, il revenait moins cher qu'un club de sport, un hobby ou une sortie au restaurant.

Une fois cette décision prise, il me restait un gros problème : trouver de l'argent. Ryu ne m'avait jamais interdit d'utiliser sa carte de crédit, mais je ne voulais pas m'en servir. J'ai donc décidé de trouver un travail à temps partiel et de gagner mon propre argent. Comme les enfants ne rentraient de l'école qu'à sept heures du soir les jours de semaine, je disposais de beaucoup de temps libre. Le genre de travail m'importait peu, mais je pensais que je ferais une bonne vendeuse. Je savais m'habiller, je parlais bien et je savais ce que les femmes aimaient. Alors, je suis allée dans un grand magasin, j'ai rempli un long formulaire en trois exemplaires, j'y ai attaché une photo et j'ai attendu la réponse. Finalement, elle est arrivée. Elle était brève, allait droit à l'essentiel et portait une signature imprimée. « Nous vous remercions de votre intérêt pour notre société, mais dans l'immédiat nous n'avons pas de poste correspondant à vos qualifications. » J'ai ensuite essayé les cafés branchés autour de Jiyugaoka et Den-en-Chofu. Mais là, le problème était que je n'avais aucune expérience car ils voulaient tous quelqu'un qui avait déjà travaillé dans un café. Pour finir, j'ai tenté ma chance dans les cabinets de médecins et de dentistes, mais personne ne souhaitait embaucher à temps partiel, tous préféraient quelqu'un de jeune et à plein temps.

Un jour, alors que je revenais une fois de plus bredouille de mes recherches d'emploi, je suis passée comme d'habitude devant *Le Pélican Rose*, avec ses faux palmiers de part et d'autre de la porte. Mais cette fois, au lieu de traverser la rue ou de détourner la tête, je me suis arrêtée. Deux hommes fumaient des cigarettes devant l'entrée. Ils étaient aussi différents que possible. L'un était un jeune punk bardé de chaînes en acier et aux longs cheveux bizarrement coupés et méchés de violet. L'autre avait la soixante bien tassée, des cheveux grisonnants et clairsemés et un visage anxieux. Tous deux m'ont regardée passer ; j'ai aussitôt redressé les épaules et bombé la poitrine, juste un peu. Je suis montée directement au bureau du premier étage et entrée sans frapper.

Après le vacarme des machines, chacune beuglant son petit air idiot sur un rythme et un tempo différents, le silence à l'intérieur du bureau était assourdissant. Dans l'aquarium, les mêmes poissons rouges nageaient sans but en cercles paresseux. Et sur les mêmes écrans en noir et blanc de surveillance, on voyait les bien lotis et les infortunés tenter leur chance au jeu. Il y avait trois personnes dans la pièce : les deux Coréennes que je connaissais déjà et un homme. Il était petit et mal habillé, le genre d'homme qu'on ne remarque pas, même quand il se tient juste sous votre nez. Mon attention s'est concentrée sur les deux filles. Tout d'abord, elles ne m'ont pas reconnue.

— Bonjour, vous vous souvenez de moi ? ai-je demandé avec assurance.

Elles ont échangé un regard inquiet.

— J'avais failli me faire écraser par votre patron, alors vous m'avez offert du thé ici même et ensuite vous m'avez permis de jouer.

Puis, me tournant vers l'une des deux, j'ai ajouté :

— C'était à la fin de l'hiver, vous avez admiré ma veste noire Burberry.

Leurs visages se sont éclairés et elles ont affiché leur sourire professionnel.

— Je me rappelle, vous aviez beaucoup de chance, vous avez gagné, a dit la plus petite des deux.

— Oui, ai-je répondu en les dévisageant, en général, j'ai pas mal de chance. Je cherche du travail. Vous croyez que vous pourriez m'aider ?

Les filles m'ont fixée d'un œil vide. Puis ont coulé un regard alarmé vers la droite, en direction de l'homme.

— Vous vous souvenez, vous m'avez dit que j'étais élégante et que j'attirerais beaucoup de clients. Je pourrais travailler avec vous, qu'est-ce que vous en dites ? ai-je repris avec désespoir en m'approchant d'un pas.

Silence. Les poissons rouges s'agitaient dans leur bocal, ouvrant et fermant la bouche, affolés.

La plus grande des deux filles est soudain revenue à elle et, s'avançant vers moi, a dit :

— Ecoutez, c'est très gentil de votre part de nous proposer de travailler avec nous, mais vous savez, c'est très bruyant ici et ce serait peut-être trop éprouvant pour vos nerfs.

— J'ai les nerfs solides.

— Mais nous ne cherchons personne pour le moment. Si vous voulez descendre jouer, je peux vous montrer une machine gratuite.

La plus petite a fait aussi un pas en avant, formant avec sa collègue un mur humain en face de moi.

Alors, brusquement, mon courage m'a abandonnée. J'ai reculé, le corps ratatiné par la défaite.

— Un moment !

L'homme, qui pendant tout ce temps nous avait observées en silence, s'est soudain levé et a contourné le bureau. Je me suis tournée vers lui comme une fleur en quête de soleil. Il avait une voix si agréable, si calme et amicale.

— Quel genre de travail cherchez-vous ?

— N'importe quoi. Je suis prête à faire n'importe quoi. Mais seulement à temps partiel.

Les filles se sont esclaffées nerveusement, et la plus petite, qui ne cachait plus son envie de se débarrasser de moi, a dit :

— Dans ce cas, il n'y a rien pour vous ici. Nous n'embauchons qu'à plein temps.

L'autre a ri, mal à l'aise, et a approuvé d'un hochement de tête.

— Taisez-vous ! a ordonné l'homme. C'est moi qui commande ici.

Docilement, elles ont reculé, la tête basse.

— Descendez et rendez-vous utiles, a-t-il continué. Et apportez du thé pour cette dame.

Et voilà comment j'en suis venue à faire le travail que je fais maintenant. Après le départ des deux filles, l'homme s'est excusé pour leur grossièreté et m'a invitée à m'asseoir sur le canapé.

— Vous savez, vous avez de la chance que je sois là aujourd'hui. On ne trouve plus tellement de travail au Japon, surtout à mi-temps. Il y a trop de jeunes qui en cherchent, depuis la crise, vous comprenez.

Il a sorti une carte de visite et me l'a tendue.

— Permettez que je me présente. Je m'appelle Park. Je suis le directeur général du groupe Pélican.

Il était si poli que j'étais presque certaine d'avoir affaire à un Japonais qui avait simplement choisi un pseudonyme coréen. Il doit être nippo-coréen, ai-je pensé.

— Heureuse de faire votre connaissance, ai-je murmuré timidement. Pensez-vous avoir quelque chose pour moi ?

— Ça dépend du genre de travail que vous voulez, a-t-il répondu avant de se pencher vers moi et d'ajouter : Ça ne vous ennuie pas que je vous pose une question ? Pourquoi cherchez-vous du travail ?

Je l'ai regardé, paniquée. Personne ne me l'avait encore demandé.

— Vous feriez mieux de me dire la vérité, a-t-il ajouté avec douceur. Je suis très doué pour détecter les mensonges.

Alors, je lui ai avoué la vérité, mais aussi laconiquement que possible.

— J'ai des dettes.

— Envers la banque ?

— Oui.

J'avais menti, mais il n'a pas semblé s'en apercevoir.

— Vous voulez les rembourser avant que votre mari l'apprenne.

J'ai hoché la tête.

— Très bien.

La première fois. Evidemment, vous voulez savoir comment s'est déroulée la première fois. Mais dans ce genre de travail, avant de faire ses débuts, il faut passer une audition.

— Enlevez votre chemisier, a dit M. Park.

J'étais si abasourdie que je suis restée figée.

— Retirez votre chemisier, je veux voir vos seins, a-t-il répété.

Oter mon corsage a été la chose la plus atroce de toute ma vie. Vous voulez savoir comment j'ai fait ? Je me suis imaginée redevenue lycéenne, en train de me déshabiller devant Ryu. Ça n'a pas été si difficile que ça, car M. Park était petit et mince, exactement comme Ryu.

Quand il a vu mes seins, j'ai su qu'il était impressionné. J'ai baissé la tête, je les ai regardés, énormes, blancs, gonflés, et j'ai ressenti une sorte de fierté distante. Puis j'ai songé aux vêtements que je pourrais acheter, et je n'ai plus pensé à rien d'autre jusqu'à ce que M. Park me dise de remettre mon soutien-gorge et mon chemisier.

— Comme vous n'êtes plus toute jeune, nous allons devoir fixer votre tarif assez bas pour commencer, a-t-il dit en me raccompagnant à l'entrée du *Pélican Rose*. Mais avec de telles merveilles, vous n'aurez aucun mal à vous faire des clients. Bientôt, vous gagnerez tellement d'argent que vous ne saurez plus comment le dépenser. Je vous appellerai pour vous donner un rendez-vous à votre convenance. Seulement, n'oubliez pas de m'envoyer cinquante pour cent tous les mois. Et n'essayez pas de tricher parce que nous tenons une comptabilité très rigoureuse.

— Vous pouvez compter sur moi, ai-je répondu d'une voix hésitante.

M. Park ne m'a pas appelée pendant une semaine. Je commençais à croire qu'il m'avait oubliée. La sensation de ses mains froides comme des poissons sur mes seins s'est effacée et je me suis dit que je l'avais échappé belle. J'allais rembourser ma dette petit à petit. Je ne m'achèterais plus jamais de robe. Je serais une épouse obéissante et une mère exemplaire.

Puis un jour, le téléphona a sonné. C'était M. Park.

— C'est Park, a-t-il dit abruptement. Vous voulez toujours le faire ?

J'ai eu de nouveau l'impression de sentir ses mains sur ma poitrine, aussi vivement que si cela s'était passé la veille. J'ai hésité. Combien d'autres mains laisseraient leur empreinte sur moi si je disais oui ? J'étais sur le point de refuser lorsque je me suis vue entrer dans une boutique avec de l'argent à dépenser ; le désir a failli me dévorer. Comme je ne répondais pas, M. Park s'est impatienté.

— Ecoutez, vous êtes venue me supplier de vous donner du boulot, alors vous voulez le faire ou pas ? Je suis un homme très occupé, vous savez…

— Ou… oui, l'ai-je coupé au milieu de sa phrase. C'est d'accord.

Alors, abandonnant le ton professionnel qu'il avait employé jusque-là, M. Park a dit :

— Brave petite. Je savais bien que vous entendriez raison. Bon, je vous ai trouvé un très bon client. L'un de nos meilleurs, en fait. Jeune, bel homme, grand. Un vrai *shyacho*, pas un de ces stupides salarymen qui n'ont que l'argent de poche que leur donnent leurs femmes, vous voyez ce que je veux dire ?

Pendant qu'il parlait, mon esprit s'était envolé vers Tokyo – vers Ginza, Marounouchi, Omotesando

Dori. Je m'imaginais en train de déambuler dans ces rues, élégante et insouciante, ma main posée sur le bras d'un séduisant homme d'affaires.

— Hé, pourquoi vous ne dites rien ? Vous ne voulez pas d'argent ? Vous allez devenir riche, a dit M. Park, se mettant brusquement à parler anglais avec un fort accent.

— Mmm mmm, ai-je acquiescé en revoyant Tomoko la première fois où nous nous étions retrouvées, resplendissante dans son tailleur Chanel *murasaki*.

D'une voix charmeuse, M. Park a poursuivi :

— Il est de Kitakyushu et vient à Tokyo une ou deux fois par mois. Il est très classe, il veut une Tokyoïte de luxe.

— Et je suis une Tokyoïte de luxe ? ai-je demandé, sceptique.

— Maintenant, oui.

Quelques heures plus tard, il a rappelé.

— Tout est arrangé. Retrouvez-moi à Shibuya près de la statue de Hachiko, mardi 11 à quatorze heures trente.

Lorsque je suis arrivée au lieu du rendez-vous, l'endroit grouillait de jeunes, et j'ai eu l'impression d'être une extraterrestre. En voyant leurs tenues ridicules et leurs coiffures extravagantes et coûteuses, j'ai ressenti de la colère. Pensaient-ils seulement à leurs mères ? Se demandaient-ils parfois ce que ces pauvres femmes faisaient dans leurs pavillons de banlieue ? Leur arrivait-il de songer à quelqu'un d'autre qu'à eux-mêmes ? Puis une nouvelle pensée m'a frappée. Et si mon fils se trouvait parmi eux ? S'il était là, en train de me regarder en cet instant ?

Je m'apprêtais à faire demi-tour et à redescendre dans le métro quand M. Park m'a trouvée. Je l'ai salué avec un enthousiasme feint et il m'a pressé le bras d'un geste rassurant.

— Ne vous inquiétez pas, m'a-t-il murmuré. Tout se passera très bien.

C'étaient des paroles stupides, mais curieusement, comme elles venaient de sa bouche, j'y ai cru.

Me tenant toujours par le bras, M. Park m'a guidée d'un pas assuré à travers le labyrinthe des rues de Dogenzaka et s'est arrêté devant un immeuble de trois étages recouvert de stuc blanc et bleu. Le love hôtel avait un nom français dont j'ai appris plus tard la signification : *Au Clair de Lune*. C'était une belle journée, claire et ensoleillée, sauf qu'à Dogenzaka le soleil ne pénètre jamais, si bien que le jour n'est qu'une version atténuée, plus grise, de la nuit, et tous les love hôtels gardent leurs enseignes au néon allumées vingt-quatre heures sur vingt-quatre.

M. Park a relâché mon bras.

— Allez à la réception et demandez la clé de la chambre 504. Ensuite, montez. Il vous attend.

Tous mes doutes m'ont assaillie de nouveau. Je l'ai regardé craintivement, le suppliant des yeux de me laisser partir. Mais c'est lui qui a fait demi-tour.

— Combien… combien de temps est-ce que ça va durer ? ai-je demandé derrière son dos.

Il s'est arrêté mais ne s'est pas retourné.

— Ça dépend de vous.

*Au Clair de Lune* était un love hôtel tout à fait agréable. Il possédait une réception digne de ce nom et un ascenseur et, comme dans les hôtels ordinaires, un arrangement floral dans le hall d'entrée et un petit restaurant. Les chambres n'étaient pas bon marché – dix mille yens les cinq heures pour les moins chères. Je me suis avancée vers la femme qui tenait la réception et je lui ai demandé la clé. Elle était étrangère, elle m'a tendu la clé sans un mot. J'ai pris l'ascenseur jusqu'au quatrième niveau. Vous vous demandez peut-être comment il était possible qu'il y ait un quatrième niveau alors que je vous ai dit que l'immeuble n'en comptait que trois. Eh bien, la raison en est que l'un des étages se trouvait en sous-sol. La plupart des love hôtels aujourd'hui ont deux niveaux souterrains, mais *Au Clair de Lune* était un établissement chic et il n'avait qu'un étage de ce type. Je déteste les chambres en sous-sol. Les hommes qui les prennent sont toujours les pires.

— Vous êtes une femme très distinguée, a remarqué l'homme dès que je suis entrée.

Je portais ma robe noire Dolce & Gabbana. On peut toujours compter sur cette grande marque pour avoir l'air élégante et sexy. L'homme se tenait debout près du téléviseur, en train de fumer. Il avait un fort accent de Kyushu.

J'étais trop terrifiée pour le regarder en face, alors, à la place, j'ai baissé les yeux sur ses chaussures. Et constaté avec surprise qu'elles n'étaient pas italiennes, ni même françaises, mais de vulgaires imitations japonaises. Je me suis sentie tout de suite réconfortée. Il avait beau être un *shyacho* menant ses employés à la baguette, c'était moi qui portais des Louis Vuitton.

— Déshabillez-vous et allez vous brosser les dents, a-t-il ordonné.

Me rappelant les paroles de M. Park, j'ai aussitôt obtempéré.

— Et laissez la porte de la salle de bains ouverte !

Tandis que je me lavais les dents, j'essayais de l'apercevoir dans le miroir. Mais la chambre était si sombre que je ne pouvais distinguer l'expression de son visage. Ce qui me rendait encore plus nerveuse.

J'ai fini tant bien que mal de retirer mes vêtements et je me suis allongée sur le lit, priant le ciel pour que cela se termine rapidement. J'étais si crispée que l'homme n'a pu me pénétrer ; il s'est emporté.

— J'ai demandé une femme mûre, et vous êtes aussi coincée qu'une vierge.

Ses propos m'ont choquée. Aucun homme ne m'avait jamais parlé de cette façon. Je crois que j'ai dû me fermer encore davantage car après plusieurs tentatives, il m'a repoussée avec dégoût et s'est levé pour partir.

— Non, je vous en prie, ne vous en allez pas, me suis-je écriée.

M'ignorant, il a commencé à enfiler son pantalon.

J'ai bondi hors du lit et me suis cramponnée à ses jambes, bégayant quelque chose comme « non, non, s'il vous plaît ! » à n'en plus finir.

Finalement, il a laissé retomber son pantalon, m'a agrippé la tête pour la lever vers son sexe qui se ramollissait lentement. Il m'a forcée à le prendre entre mes lèvres et à le sucer jusqu'à ce qu'il durcisse de nouveau, puis, au moment où j'allais m'écarter, il m'a attrapé la tête et l'a maintenue en place pendant qu'il commençait à bouger, à s'enfoncer dans ma bouche encore et encore. J'avais l'impression que mon crâne enflait comme l'intérieur d'un tambour. J'étais totalement hors d'haleine. Puis, soudain, il m'a relâchée et moi, cherchant désespérément à reprendre mon souffle, j'ai reculé la tête, si bien qu'il a éjaculé sur mes cheveux et mes oreilles.

— Je suis désolée, je suis désolée, ai-je haleté en me précipitant à quatre pattes vers la boîte de mouchoirs en papier près du lit.

Il a éclaté de rire, m'a tapoté la tête comme si j'étais son animal favori, et a dit :

— Ça, c'était une première.

J'ai gagné cinquante mille yens cette première fois. Et il m'en a donné dix mille de plus en guise de pourboire et fait promettre de me tenir à sa disposition chaque fois qu'il reviendrait en ville. J'ai accepté sans réserve. J'étais tellement soulagée de ne pas avoir échoué.

A quoi ressemblait-il ? me demandez-vous. Il était... beau, jeune. Non. La vérité, c'est que je ne m'en souviens pas. Bien que je l'aie revu à plusieurs reprises, je ne me rappelle pas son visage. Ni le visage d'aucun des hommes avec lesquels j'ai couché. Je me souviens des choses que certains d'entre eux m'ont demandées. Oui, ça, je ne l'ai pas oublié. L'important, c'était que je sois capable de faire ces choses et que je sois payée en échange. Je donnais satisfaction. J'avais du succès. J'étais utile.

Peu m'importe les visages des hommes avec qui j'ai couché ou les mains qui m'ont touchée. Ni les uns ni les autres ne peuvent laisser leur empreinte sur moi car mon esprit est assez fort pour les effacer. Vous savez pourquoi ? Parce que quand je suis avec eux, je pense à l'argent que je vais gagner et immédiatement une image prend vie dans mon esprit : je vois un étang au milieu de rizières. L'étang est couvert de lotus et je suis l'un d'eux. Je sens le vent me caresser de ses mains rugueuses et le froid de la vase où mes racines ont trouvé leur point d'ancrage. Et je sens mon corps prendre la forme de cette fleur superbe et délicate, ouverte au vent et à la pluie. Mes bras s'enroulent autour de leur dos et mes jambes autour de leurs cuisses, pareils à des racines plongeant dans un sol glissant. Je deviens le lotus, pur et indestructible. Puis je pousse un cri et les serre encore plus fort.

## *La sagesse de l'huître*

Maintenant que vous savez comment j'en suis arrivée à être ce que je suis, êtes-vous satisfait ? Mon récit vous fait-il bander ?

Quoi ! Vous voulez voir si je vous ai tout dit ? Je vais me fâcher. Je vais m'en aller. Je n'aime pas qu'on m'insulte.

Pourtant, vous avez raison. J'ai omis une partie importante de mon histoire, car elle ne vous concerne pas. Cela touche à quelqu'un d'autre. Mon cœur saigne chaque fois que j'y pense. Mais peut-être est-il temps de raconter cet épisode aussi. Peut-être cela me mettra-t-il du baume au cœur. Je vais essayer…

Cela faisait quatre ans que je travaillais et je savourais chaque minute de ma vie. Vue de l'extérieur, j'étais la femme la mieux habillée de Tokyo. Quand j'allais faire les magasins, les autres femmes me jetaient des regards envieux. Tout le monde, de mon coiffeur au patron de mon mari, faisait des remarques sur mon élégance. Et à l'intérieur, je me sentais très forte. Car au cours de ces rencontres avec des hommes inconnus, j'avais appris une chose importante sur moi-même. Je savais comment satisfaire les hommes. Je pouvais faire n'importe quoi avec eux, ils en tiraient du plaisir. Grâce à eux, j'avais découvert mon pouvoir, et il les attirait à moi comme des mouches sur du sirop. Quand je marchais dans les rues de Ginza ou sur Omotesando, ils me regardaient et me désiraient, plus qu'ils n'avaient jamais regardé et désiré Tomoko. Même mon mari le remarquait ; je le surprenais de nouveau à me dévorer des yeux, la tête légèrement inclinée sur le côté, comme lors de notre première rencontre.

Et donc, j'étais heureuse tout le temps. Les jours et les semaines, je les évaluais à l'aune des vêtements que j'avais achetés et des hommes que j'avais contentés. Parfois, j'allais directement dans les magasins après un rendez-vous avec un client, l'argent tout chaud dans mon sac à main et le corps encore las. Dans le salon d'essayage, je me déshabillais, m'examinais des pieds à la tête pour voir si j'avais changé, puis j'enfilais mes somptueux nouveaux vêtements. Quand je ressortais, je me sentais de nouveau pure et virginale. Les jours où je ne travaillais pas, j'utilisais ma carte de crédit si quelque chose me plaisait. Le seul point noir dans ma vie par ailleurs parfaite, c'était que M. Park n'était plus mon contact. Un autre jeune homme avait pris sa place. Il s'appelait Crocodile.

Crocodile était l'opposé de M. Park.

M. Park était doué d'intelligence et de bienveillance. Je n'ai jamais compris comment un homme aussi doux s'était retrouvé à travailler avec des criminels. Une fois par mois, nous nous rencontrions dans un café de Tokyo et après qu'il avait perçu sa part de mes gains, nous bavardions. Il me racontait des histoires amusantes sur les autres femmes avec qui il travaillait et il me faisait rire. J'avais l'impression que nous étions des collègues aussi bien que des amis, mais pendant tout ce temps, il me formait, il m'apprenait à être prudente, à penser en criminelle.

Il terminait toujours ses récits en disant : « Les femmes qui font votre métier se font rarement assassiner par leurs clients, ce sont leurs maris qui les tuent. »

Il m'avait fait jurer de ne rien révéler à mon mari et de ne travailler que trois ou quatre fois par semaine au maximum. Cela devait maintenir mes tarifs à un niveau élevé et empêcher mes voisins d'avoir des soupçons. M. Park m'avait aussi fait promettre de ne pas me changer à la maison mais dans les toilettes des gares. D'autres femmes avaient commis l'erreur de dire à leur mari qu'elles travaillaient à mi-temps dans un bar ou un restaurant. « Ça ne marche jamais, le mari finit par demander des détails, un numéro de téléphone, une adresse, et tôt ou tard il vient voir ce que fait sa femme », disait-il.

Crocodile ne m'a jamais dit son vrai nom, et je ne le lui ai jamais demandé. Tout ce que je savais, c'est qu'il était japonais, beaucoup plus jeune que moi (probablement à peine plus âgé que mon fils) et vêtu comme un dandy, d'un costume gris à rayures et d'un chapeau haut-de-forme. Ses cheveux longs, il les teignait aussi en gris argent pour aller avec sa caravane de la même couleur, la passion de sa vie. La première fois qu'il m'a appelée, j'ai compris que M. Park était mort mais j'ai eu trop peur de poser la question. A la maison, je prenais soin de ne rien changer à ma routine habituelle. De moi-même, j'aurais sans doute servi du bœuf à mes enfants tous les jours, mais M. Park m'avait raconté l'histoire d'une femme qui avait éveillé les soupçons de son mari en préparant chaque jour ses plats favoris, et cela m'avait retenue de commettre la même erreur.

Je vous parle de ça, car si M. Park était encore en vie aujourd'hui, je n'aurais pas à vous raconter ce que je vais vous dire. C'est Crocodile qui a tout gâché. Un an après avoir pris la relève de M. Park, il s'est mis à faire pression sur moi pour que je travaille davantage, le matin et l'après-midi, parfois le soir aussi. Au début, il a accepté mes refus, puis il a commencé à me menacer. « Si vous ne prenez pas celui-là, je vous appellerai au beau milieu de la nuit. Peut-être que votre mari décrochera. Peut-être que je viendrai rendre visite à votre fille pendant que vous êtes sortie. » Alors, pour ne pas le fâcher, je cédais tous les mois à une de ses exigences.

Par un bel après-midi d'automne, alors que j'étendais ma lessive dehors, le téléphone a sonné. C'était Crocodile. Il semblait ivre.

— Pourquoi vous ne décrochez pas ? m'a-t-il demandé d'une voix irritée. Vous voulez que tous vos voisins soient au courant de ce que vous faites ?

— Je viens de rentrer, ai-je menti. Je faisais des courses.

— Vous mentez ! Ça ne prend pas aussi longtemps pour ouvrir une porte.

Je n'étais pas douée pour le mensonge.

— Qu'est-ce que vous voulez ?

— Un client veut vous voir demain, à quatre heures.

Le lendemain était un vendredi. Je ne travaillais jamais le vendredi, car parfois les enfants rentraient à la maison plus tôt.

— Vous savez bien pourquoi je ne peux pas.

— Allez, juste pour cette fois. C'est un type vraiment très important. Normalement, il ne touche pas aux femmes qui ont plus de dix-sept ans, mais il a entendu parler de vous.

— J'irai la semaine prochaine.

— Il n'attendra pas. Il est tellement dingue de vous qu'il vous veut maintenant. J'ai déjà eu assez de mal à le persuader de patienter jusqu'à demain. Je suis avec lui en ce moment.

L'imbécile ! M. Park ne m'aurait jamais promise à qui que ce soit sans me le demander d'abord. Je l'ai maudit tout bas.

— D'accord, mais c'est la dernière fois, ai-je capitulé.

« Il ne faut jamais dire *c'est la dernière fois*, répétait toujours M. Park. Il n'y a qu'une dernière fois, et c'est la mort. *Dernier* est un mot qui porte malheur. »

Le lendemain, je suis rentrée tard. Il était plus de sept heures du soir ; la maison était la seule tache sombre au milieu de toutes les fenêtres éclairées de la rue. En voyant cela du bout de la rue, je me suis sentie soulagée. Malgré les sacs dont j'étais chargée, j'ai parcouru le reste du chemin au pas de course. Mais comme j'étais pressée, je n'ai pas regardé dans la boîte aux lettres.

Quand je suis entrée, Ryu était assis dans le noir, sur le banc. Il n'avait pas enlevé ses chaussures, mais j'ai tout de suite compris qu'il était là depuis longtemps. Le courrier était à côté de lui, en une pile bien rangée.

— Que… qu'est-ce que tu fais là ? ai-je bredouillé.

— Je réfléchis.

Il faisait trop sombre pour voir son visage, et sa voix semblait presque normale. Ma première pensée a été qu'il avait perdu son travail. La banque licenciait du personnel tous les jours.

— Où étais-tu ? a-t-il demandé avec gravité.

— J'ai fait des courses, ai-je répondu, remerciant le ciel pour les sacs de provisions que je tenais encore à la main. Depuis combien de temps tu es assis comme ça ?

— Deux heures. Peut-être plus.

— Je suis désolée, ai-je dit sincèrement en prenant place à côté de lui.

C'était agréable d'être assise dans la pénombre, le dos contre la fraîcheur du mur de pierre. Je me suis sentie plus proche de Ryu que je ne l'avais été depuis bien longtemps. Dans l'obscurité, j'ai essayé de prendre sa main, mais il s'est aussitôt dérobé.

— Tout va bien à la banque ? ai-je demandé avec douceur, pensant toujours qu'il avait été renvoyé.

— Je suppose. J'étais juste fatigué, alors j'ai pris mon après-midi et je suis rentré. Je ne pensais pas qu'il n'y aurait personne à la maison.

Je n'ai rien dit, mais en mon for intérieur, je maudissais Crocodile.

Ryu et moi sommes restés ainsi dans le noir pendant encore quelques minutes. Puis j'ai dit :

— Je ferais mieux d'aller préparer le dîner. Les enfants vont arriver d'une minute à l'autre. Tu n'as qu'à rentrer, je vais te servir un verre.

Surpris, il a relevé brusquement la tête et m'a regardée avec sévérité. J'ai réalisé mon erreur au moment même où les mots sortaient de ma bouche. Car Ryu ne buvait jamais à la maison. Mais il était trop tard et j'ai essayé de faire comme si de rien n'était. Ryu a accroché mon regard dans le sien et, malgré l'obscurité, la tristesse qui l'imprégnait m'a brûlé l'âme. Finalement, quand j'ai eu l'impression qu'il ne me restait plus d'âme à brûler, il a détourné les yeux et hoché la tête. « Du whisky, a-t-il dit d'une voix rauque. Il devrait y en avoir dans le placard de la cuisine. » C'était à mon tour de m'étonner. Je ne savais pas qu'il lui arrivait de boire seul.

L'arrivée des enfants nous a tirés d'embarras. Sauf qu'ensuite, la soirée est devenue surréaliste. J'avais l'impression de regarder ma vie de l'extérieur, de la même façon que je regardais parfois la télévision en faisant du repassage. Tout se déroulait comme d'habitude. Ryu, toujours aussi silencieux, s'est plongé dans son journal pendant que je préparais le dîner en écoutant le bavardage incessant de Haruka à propos de l'école et de ses amies. Mon Akichan, aussi taciturne que son père, a allumé la télévision et l'a regardée à travers le rideau de ses longs cheveux en bataille. J'ai coupé les oignons et le gingembre, les ai fait frire. Quand ils ont bruni, j'ai ajouté le saké, le shôyu et la viande. Seulement, je ne pouvais rien sentir ni goûter, car j'étais à l'écart de tout cela, guettant le moment où quelque chose se briserait.

C'est arrivé après le repas. Ryu a soudain reposé son journal.

— Je monte, a-t-il annoncé.

Puis il m'a tendu une enveloppe blanche et a ajouté :

— C'était dans la boîte aux lettres. Ta banque veut t'offrir une carte Gold. Félicitations. Ils estiment que tu es une cliente très précieuse.

L'assiette m'a échappé des mains et est tombée par terre, mais étrangement, elle ne s'est pas cassée. Ryu est monté calmement dans notre chambre. Les enfants avaient l'air ahuris mais ils n'ont pas pipé mot. Ils se sont dépêchés de terminer leur repas et ont demandé à sortir de table.

Je suis restée un long moment en bas. J'ai fait la vaisselle deux fois, essuyé la table à trois reprises, puis j'ai balayé le sol de la cuisine. Pendant tout ce temps, l'enveloppe blanche, sur son coin de table, me fixait d'un regard accusateur. Je mourais d'envie de fumer une cigarette mais je n'avais pas le courage de sortir en acheter. Finalement, j'ai sorti la lettre que la banque m'avait envoyée. Ce n'était pas vraiment une lettre, juste un de ces courriers en nombre invitant leurs clients à prendre une carte de crédit. Mais au bas de la feuille, le directeur de la banque, M. Maruyama, avait écrit un mot. Un mot aimable, très gentil, mais qui a anéanti la dernière bribe d'espoir qui restait en moi : « Félicitations, votre compte est en très bonne santé. Je suis très heureux que mes amis aient pu vous aider à sortir de vos difficultés financières. » Ryu était banquier, il savait ce que ces mots signifiaient. Peut-être avait-il déjà appelé la banque Sumitomo et interrogé M. Maruyama à mon sujet.

J'ai imaginé mille mensonges et les ai tous rejetés. Puis, comme le sommet d'un volcan émerge de sa couverture nuageuse dans la lumière d'un soir d'été, la vérité m'est apparue. Je ne pouvais pas mentir à Ryu. Même si, dans notre mariage, les paroles s'étaient faites de plus en plus rares, il n'y avait aucun mensonge entre nous. Cela, je ne pouvais pas le changer. Je ne le voulais pas. Car la paix et le bonheur, ai-je réalisé, étaient deux choses différentes. Le bonheur ressemblait aux bulles à la surface de l'eau de vaisselle. La paix, c'était l'eau elle-même. L'eau emportait toute la saleté, elle rendait aux choses leur pureté et leur intégrité. Si je laissais s'échapper l'eau de ma vie, il n'y aurait plus de bulles. Et que resterait-il alors ?

J'ai donc décidé de ne rien dire.

Les jours ont passé avec une lenteur mortelle. J'ai appelé Crocodile pour lui dire que mon mari me soupçonnait et qu'il ne devait plus me téléphoner jusqu'à nouvel ordre. « D'accord, a-t-il grommelé. Mais n'attendez pas trop longtemps, sinon vous perdrez tous vos clients. »

Chaque jour, Ryu attendait patiemment que je m'explique. Il mettait un point d'honneur à rentrer avant huit heures le soir et à dîner avec toute la famille. Après son bain, il s'asseyait dans le séjour et ses yeux me suivaient comme des chiens affamés. C'était affreux. Je mourais d'envie de passer aux aveux, de tout lui expliquer et de me faire pardonner. Mais chaque fois que je m'imaginais en train de le faire, je voyais ses yeux se détourner avec dégoût. Alors, mes paroles me restaient sur l'estomac, chaque jour un peu plus lourdes. Je m'imaginais pareille à une huître, mon silence était une perle. Si j'attendais assez longtemps, peut-être ma perle deviendrait-elle si grosse et si précieuse que Ryu pourrait la vendre et que nous deviendrions riches. Alors, je n'aurais plus à m'inquiéter de mes envies d'acheter de nouveaux vêtements. Ce qui détruisait ma vie deviendrait si petit et si insignifiant que nous en ririons ensemble, Ryu et moi.

Les jours se sont transformés en semaines et plus d'un mois s'est écoulé. J'attendais toujours le moment où il comprendrait mon silence et où ses yeux se détourneraient de moi. Je me l'étais représenté si souvent en imagination que je me sentais complètement engourdie. Je me raccrochais toujours à l'image de l'huître préparant sa surprise en silence, transformant les impuretés qui l'avaient envahie en quelque chose de formidablement précieux.

Puis un jour, Ryu m'a fait une surprise. Il est rentré du bureau à six heures du soir et m'a agité deux tickets sous le nez. Pour la première fois depuis des semaines, il souriait.

— Fais tes valises, a-t-il dit. Vendredi, nous partons en vacances, toi et moi.

Il n'aurait pu m'étonner davantage.

— Mais... mais ton travail ?

— J'ai pris trois mois de congés.

— Trois mois ? ai-je répété, abasourdie.

— Bien sûr, je pourrai toujours reprendre plus tôt.

Je ne l'ai pas cru. Personne n'accordait trois mois de vacances à qui que ce soit au Japon.

— Tu es sûr que tu n'as pas perdu ton emploi ? ai-je demandé avec méfiance.

Il a ri.

— Bien sûr que non. Je leur ai dit que ma femme était malade et que je devais la soigner.

J'ai froncé les sourcils. Je n'étais pas malade du tout. Je lui aurais tout déballé à ce moment-là, tellement j'étais en colère, mais il ne m'en a pas laissé l'occasion.

— Tout est ma faute, a-t-il dit en me serrant contre lui. Je t'ai trop souvent laissée seule. Tu étais si jeune quand nous nous sommes mariés, alors, naturellement, tu t'es attiré des ennuis. Raconte-moi ce qui ne va pas et je te trouverai un médecin qui pourra régler ton problème. Si tu as des dettes, dis-moi seulement à combien elles s'élèvent et je les rembourserai. Je te promets de ne pas me mettre en colère. S'il le faut, nous vendrons la maison. Nous n'avons pas vraiment besoin de toute cette place.

Et comme je gardais toujours le silence, il a continué :

— Ce n'est pas grave. Ne dis rien maintenant. Nous aurons le temps de parler quand nous serons seuls tous les deux.

— Mais… et les enfants ? ai-je bégayé quand j'ai retrouvé ma langue.

— Ma mère va venir s'occuper d'eux.

Mes traits ont dû se durcir car aussitôt Ryu a ajouté :

— Ne t'inquiète pas. Nous serons partis avant qu'elle arrive.

Le problème avec Ryu, c'était qu'il n'avait rien d'un romantique. Gentil, il l'était, et intelligent. Mais il n'avait aucune imagination et ne pouvait donc être romantique. Je crois que les gens sans imagination sont automatiquement bons. Ils ne sauraient être autre chose. Et ils sont incapables de concevoir les problèmes des autres ni ce qu'il y a de mauvais en eux. Je ne sais pas ce que Ryu s'était raconté à propos de mon compte bancaire secret. Il avait peut-être supposé que l'argent venait de lui, de son salaire que j'avais économisé et détourné vers mon compte personnel. Il avait peut-être cru que j'étais malade ou déprimée et que c'était pour ça que j'avais volé l'argent. Il avait peut-être pensé que j'avais seulement besoin d'un peu de réconfort et qu'alors le problème disparaîtrait et tout redeviendrait normal.

Si Ryu avait eu un tant soit peu d'imagination, il m'aurait emmenée en Europe, à Paris ou à Rome, à Milan ou à Londres. Il m'aurait fait boire beaucoup de vin et m'aurait dit qu'il m'aimait, et les choses auraient été différentes. Au lieu de ça, il m'a emmenée à Yufuin, une ville thermale dans les montagnes, non loin de Beppu où vivait sa mère.

Si vous n'êtes jamais allé dans l'île de Kyushu, inutile de gaspiller votre argent. C'est un enfer vert et brûlant. Tout ce qu'il y a là-bas, ce sont des volcans et de l'eau bouillante chargée de soufre qui suinte des fissures de la croûte terrestre. Au-dessus de ces sources chaudes, des hôtels et des *ryokan* de plusieurs millions de yens ont été construits – offrant eaux rouges, vertes, jaunes ou turquoise, à vous de choisir. Certains de ces bains sont si chauds qu'on ne peut pas y entrer. On les appelle des « enfers ». Les gens s'en servent pour cuisiner. Une fois, pendant notre lune de miel chez sa mère, Ryu m'avait emmenée dîner dans un « enfer » de Beppu. Après nous être baignés, nous avions mis nos kimonos et étions allés dans une élégante salle à manger de style japonais. Les plats étaient déjà sur la table. Tout avait l'air délicieux, aussi bon que tout ce qu'on peut trouver dans un restaurant japonais. Mais cela avait un goût affreux – un goût d'eau, avec une forte odeur d'œuf pourri. Je n'ai rien pu avaler. Tout autour de moi, des familles entières mangeaient de cette nourriture joliment présentée avec leurs baguettes et semblaient se régaler ! C'est la première fois que j'ai regardé le monde autour de moi en me demandant qui, de lui ou de moi, était fou.

Mais les gens de Kyushu ont une confiance quasi mystique dans leurs « enfers » et leurs bains thermaux. Ils croient que les eaux possèdent le pouvoir de guérir toutes sortes de maladies, de l'eczéma aux troubles nerveux – surtout ceux des femmes, tels que l'hystérie ou la dépression. C'est pour cette raison que Ryu m'a emmenée à Kyushu. Il croyait peut-être que les eaux magiques de sa terre natale soigneraient mon mal.

Dès l'instant où nous sommes montés dans l'avion, j'ai éprouvé une appréhension croissante. J'avais le pressentiment que je ne retournerais pas à Tokyo avant longtemps. Et même si je savais que c'était impossible, je ne pouvais me débarrasser de cette impression, si bien que j'étais très agitée. Du coin de l'œil, j'observais mon mari. Il avait l'air détendu et heureux, comme est censé l'être un homme qui part en vacances.

— Nous partons pour combien de temps ? ai-je demandé d'un ton sec.

J'avais déjà posé la question plusieurs fois, mais Ryu ne m'avait toujours donné qu'une réponse vague.

— Je te l'ai dit, aussi longtemps que nous le voudrons, a-t-il répondu, éludant de nouveau ma question.

— Qu'est-ce que ça veut dire ? ai-je ronchonné. Comment veux-tu que je prévoie quels vêtements emporter pour « aussi longtemps que nous le voudrons » ?

— Eh bien, ne prévois rien. Si tu viens à manquer de vêtements, je t'en achèterai d'autres.

Réduite au silence, je me suis repliée dans mes pensées. Mais plus je réfléchissais, plus ma nervosité grandissait.

A l'aéroport de Beppu, Ryu a gagné directement le comptoir de location de voitures Yamada. Le temps que nous accomplissions toutes les formalités et que nous montions dans le véhicule, il était presque une heure de l'après-midi. Une fois de plus, j'ai demandé :

— Où allons-nous ? Nous allons dormir chez ta mère ?

La maison de la mère de Ryu se trouvait dans un village non loin de Beppu, un horrible endroit, sans même un magasin où acheter du café.

— Bien sûr que non. Ce ne serait pas des vacances.

Cependant, il ne voulait toujours pas me dire où nous allions. Tandis que nous sortions de la ville pour rejoindre l'autoroute, je regardais les magasins avec nostalgie. L'envie d'acheter était presque irrésistible. Même sur l'autoroute, Ryu conduisait lentement, avec prudence. Résultat, nous sommes arrivés à Yufuin au coucher du soleil.

Le *ryokan* où Ryu m'a emmenée était l'un des plus anciens de Yufuin. Dès que nous avons franchi le portail de bois, nous avons été engloutis par un autre Japon, le Japon des touristes étrangers et des nantis. Cela coûtait trente et un mille yens par personne et par nuit. Pour nous deux, cela revenait à soixante-deux mille yens ! Mais à quoi pensait donc mon mari ? Devant ma mine consternée, Ryu s'est contenté de sourire calmement, comme si de rien n'était. J'ai pensé à toutes les belles toilettes que j'aurais pu m'acheter pour ce prix-là, même dans une petite ville comme Kumamoto, et je lui en ai voulu de jeter l'argent par les fenêtres.

Mais lorsque j'ai vu la chambre de style japonais, le tatami flambant neuf qui sentait encore le soleil de cette fin d'automne et le *tokonoma* avec son simple vase bleu contenant une branche flamboyante de *momiji* (érable), ma colère s'est évanouie. Ryu a immédiatement pris possession de l'*engawa* et a disparu derrière son journal. Pendant ce temps, j'ai défait les bagages et inspecté la pièce, admirant chaque détail : la texture des cloisons, les boiseries sculptées de grues volant au-dessus d'une prairie d'automne, l'abat-jour en *washi* de la lampe. Soudain, Ryu a émergé de derrière son journal et m'a demandé de préparer du thé. J'ai rangé nos affaires dans le placard – je ne voulais pas détruire la sobre beauté de cette pièce – et j'ai sorti le service à thé, admiré les tasses en céladon et la théière en fonte.

Je vous raconte cela parce que je veux que vous compreniez ce qui s'est passé ensuite. Comme j'attendais que l'eau arrive à ébullition, j'ai brusquement commencé à me sentir plus légère, comme si l'été était revenu et que je m'étais débarrassée de mes épais vêtements de laine. Puis, tout aussi soudainement, j'ai eu l'impression que quelque chose en moi remuait, comme des meubles qui changent de place, ce n'était pas seulement mon esprit, mais mon corps tout entier qui se transformait. Je n'étais plus moi. J'étais devenue quelqu'un d'autre, quelqu'un qui s'accordait avec l'harmonieuse beauté de la pièce. Une autre évidence s'est imposée à moi : la personne assise dans cette pièce exquise aimait vraiment et sincèrement l'homme pour qui elle faisait du thé. L'expression « révéler son cœur dans la préparation du thé » a surgi dans mon esprit. Je l'avais entendue pour la première fois en regardant un documentaire télévisé sur la cérémonie du thé. Sur le moment, elle ne m'avait pas évoqué grand-chose, mais à présent, j'étais frappée par la puissance et la beauté des mots. Tout en versant l'eau bouillante sur les feuilles fraîches, j'ai essayé d'insuffler mes sentiments dans le thé. J'ai alors pris conscience que le seul homme pour lequel j'avais jamais fait du thé était Ryu. J'ai versé le liquide vert parfumé dans la tasse et je me suis juré que, quoi que je fasse et quels que soient les hommes qui toucheraient mes seins, je ne préparerais jamais de thé que pour celui qui était en train de lire le journal dans la véranda couverte.

Ce sentiment de paix a duré jusqu'au dîner. Vêtus des *yukata* de l'hôtel, nous avons rejoint un groupe de vacanciers pareillement vêtus pour le repas du soir. Nous les avons salués poliment et sommes partis tous ensemble en riant à la recherche de la salle à manger. Un homme dans le groupe n'arrêtait pas de se retourner pour me regarder. Il me paraissait étrangement familier et, à l'évidence, il en était de même pour lui car, au pied de l'escalier, il a fait demi-tour et nous a demandé d'un ton courtois :

— Pardonnez-moi si ma mémoire me fait défaut, mais ne nous sommes-nous pas déjà rencontrés ?

Il avait un fort accent de Kyushu.

— Je ne crois pas, a répondu mon mari. Je suis originaire de Beppu, mais nous vivons à Tokyo depuis une vingtaine d'années.

L'homme a hoché la tête et n'a rien ajouté, mais ses yeux se sont posés sur ma poitrine et y sont restés. J'ai dû serrer les poings contre mes hanches pour empêcher mes mains de venir couvrir mes seins. Ce que je les détestais, ces deux grosses citrouilles suspendues à mon buste ! J'aurais voulu les arracher et les faire disparaître.

Nous sommes entrés dans le restaurant où le personnel en kimono nous a immédiatement conduits dans des alcôves séparées. La salle à manger était vraiment superbe – claire et spacieuse, avec du verre partout. A l'extérieur, la forêt était ingénieusement éclairée pour donner l'impression de piqueniquer au milieu des arbres. Je ne devais plus revoir l'homme et son groupe, mais pour moi le charme était rompu. Je n'appartenais plus au monde du *ryokan*. J'étais la feuille tombée de l'arbre, la chaise cassée, le *yukata* souillé, l'étrangère. J'ai mangé le délicieux repas sans pouvoir en goûter la saveur. Cette nuit-là, quand mon mari a tendu les bras pour me prendre, je me suis fait l'effet d'une prostituée, pas d'une épouse. Après, je n'ai pas pu dormir. Je n'arrêtais pas de penser à cet homme d'âge mûr dans l'escalier. Avait-il vraiment été l'un de mes clients ? Et les autres ? Et s'il s'était trouvé parmi eux un collègue de mon mari ? J'ai regardé la tête poivre et sel de Ryu, reposant paisiblement entre mes seins, et je me suis sentie consumée de honte.

Heureusement, nous n'avons pas revu l'homme au petit-déjeuner. N'empêche, j'étais tellement tendue que j'ai transpiré de façon incontrôlable pendant tout le repas. Et s'il venait vers nous et me dénonçait devant mon mari ? Qu'est-ce que je ferais ? Même si je savais qu'une telle chose ne pouvait arriver – car l'homme était probablement accompagné de sa femme –, je ne pouvais m'empêcher de l'imaginer, encore et encore. Peut-être que, dans un coin de mon cœur, je souhaitais que cela arrive. Alors, les mots qui se transformaient en pierres dans mon ventre me quitteraient et je pourrais de nouveau profiter de la vie.

A la lumière du jour, la salle à manger était encore plus belle que la nuit précédente. Une lumière verte tamisée baignait la pièce de sérénité. Soudain, il m'a tardé de partir. J'avais l'impression d'être dans la salle d'attente d'un hôpital et que tous les clients en kimono étaient des patients attendant de voir le médecin. Je ne suis pas malade, avais-je envie de crier. Je veux juste être heureuse. Mais les mots qui se pétrifiaient dans mon estomac me coupaient l'appétit et je ne pouvais rien avaler du délicieux petit-déjeuner que l'hôtel nous avait préparé. Ryu a perçu mon agitation.

— Qu'y a-t-il ? Ça ne te plaît pas ?

— Si, bien sûr, ai-je répondu en baissant la tête et en me forçant à mettre quelque nourriture dans ma bouche.

C'est seulement quand nous nous sommes retrouvés dans la voiture que je me suis détendue. Mais à cause de cet imbécile, je n'ai gardé aucun souvenir du *ryokan*, le seul endroit luxueux où mon mari m'ait jamais emmenée. Et j'ai oublié de demander à Ryu comment il le connaissait et pourquoi il m'y avait invitée. Si je l'avais fait, cette histoire se serait peut-être terminée autrement. Je ne vous raconterais pas tout ça en ce moment, et vous ne seriez pas en train de mourir.

Oui, vous avez bien entendu. Je ne voulais pas vous tuer, car je savais que vous étiez un homme bon et généreux, mais j'y ai été obligée. Je n'ai pas eu le choix. Cet engourdissement dans vos jambes, ces picotements dans vos mains n'ont rien à voir avec le contrecoup du sexe. Si vous essayez de les bouger, vous verrez que c'est désormais impossible.

Votre bouche rit, mais vous jetez des regards inquiets vers la porte. Vous croyez que je plaisante ? Tenez, reniflez votre verre. Vous me croyez maintenant ? Je ne vous ai jamais menti. Je vous ai toujours dit la vérité. Vous n'auriez pas dû me demander de vous parler de moi. Mais vous avez insisté.

J'aimerais réellement être à votre place, sentir la vie me quitter lentement et savoir que demain je n'aurai plus rien à planifier ni à organiser. Alors je connaîtrais véritablement la différence entre la mort et la vie. Je m'y perds parfois, vous savez. Car n'est-ce pas au moment où tout le monde vous croit mort que l'on est le plus vivant ? Et n'est-il pas possible d'être mort alors que tous les autres pensent que vous êtes en vie ? C'est exactement l'expérience que j'ai faite. Quand vous aurez entendu le reste de mon histoire, vous comprendrez. Il n'y en a plus pour longtemps.

# *Aso-san*

Pendant cinq jours, Ryu, mon mari, nous a conduits à travers les paysages désolés du parc national d'Aso-Kuju. Nous étions à la mi-novembre et la nature se préparait pour l'hiver. Toutes les nuits, le gel transformait les feuilles mortes en argent, et le matin, quand nous remontions en voiture, le brouillard qui recouvrait le sol était si épais et si blanc qu'on avait l'impression de rouler dans de la ouate. Le brouillard semblait un mur si réel que je baissais la vitre pour essayer de le toucher. Mais tout ce qui arrivait, c'était que ma main disparaissait. Je la sentais encore au bout de mon bras, mais je ne la voyais plus.

Vers neuf heures et demie ou dix heures, un vent se levait, un vent fort qui secouait les branches des arbres. Le brouillard se dissipait et les couleurs de l'automne, le brun, l'or et l'argent, se révélaient. La terre était nue et sombre car tout le riz avait été récolté. Le givre avait changé les tiges de riz coupées en aiguilles d'argent qui tintaient sous les pieds comme du verre brisé quand on marchait dessus. A midi, le soleil faisait son apparition ; le ciel était d'un bleu cru éclatant et, par miracle, les prairies étaient encore vertes. C'était reposant de rouler parmi ces collines sans fin. La soudaine disparition du brouillard était toujours un choc, et chaque jour je l'attendais, pour redécouvrir le monde.

Chaque soir, nous nous arrêtions dans un nouveau *ryokan* et nous nous baignions dans les sources chaudes cachées dans la nature, parfois deux ou trois fois par jour. Les villes d'eaux où nous séjournions étaient toutes plus belles les unes que les autres, mais nous ne passions jamais devant le moindre magasin de vêtements. Voilà comment il est, ce pauvre Ryu. Mais le troisième jour, quelque chose d'étrange m'est arrivé : j'ai cessé de chercher une boutique dans chaque village que nous traversions. Je ne dirais pas que je ne pensais plus aux vêtements, mais le feu qui s'allumait en moi chaque fois que je songeais à un magasin s'était éteint. Que cela ait été un effet des sources chaudes ou de la beauté des paysages, je ne saurais le dire. En tout cas, je me sentais différente. Ryu était très attentionné. Il ne parlait toujours pas beaucoup, mais j'étais impressionnée par l'efficacité avec laquelle il avait organisé le voyage et le soin qu'il prenait de moi. Il avait, par exemple, même songé à emporter une petite couverture pour me couvrir les jambes, car dans la voiture, le matin, il faisait vraiment froid. Et toutes les nuits, malgré la fatigue de la conduite, il me prenait dans ses bras, me serrait fort contre lui et m'embrassait avec sa langue. Il s'enfonçait en moi de toutes ses forces, comme s'il cherchait quelque chose. Ou peut-être jouait-il seulement au pompier essayant d'éteindre le mal qui brûlait en moi.

En parlant de pompiers, je vais vous raconter une anecdote qui va vous plaire. Vous vous souvenez que vous m'avez demandé si j'avais des clients un peu particuliers ? Eh bien, il y en a un, appelons-le X, que je n'ai pas pu oublier. Il était vieux, soixante-dix-huit ans, un de mes clients les plus âgés. Mais il était en très bonne forme et faisait de l'escalade une fois par semaine. Au bout de plusieurs rendez-vous, il m'a invitée chez lui. L'immeuble dans lequel il habitait – un immeuble de logements sociaux en plein cœur de Tokyo, dans le secteur de Bancho – faisait aussi très moderne et jeune : murs en béton gris foncé percés de tuyaux argentés. J'ai commencé à aller le voir régulièrement, deux fois par mois le mardi matin, dans son petit studio de Yonbancho.

Si je vous dis ça, c'est parce que mon client avait été pompier et qu'il aimait jouer à des jeux, particulièrement des jeux en rapport avec le feu. Il m'a confié que tout ce que les pompiers lisaient en attendant que des incendies se déclarent, c'étaient des mangas pornos. Ils s'échangeaient leurs revues et discutaient des histoires. Et ils racontaient leur version personnelle de ce qui était publié. C'étaient les histoires qui lui manquaient le plus, me disait-il tandis qu'il se mettait en devoir de me ligoter avec une lance à incendie, les jambes largement écartées. Ensuite, il me lisait son manga préféré et me faisait prendre les positions de ses illustrations favorites. Mais il se montrait toujours gentil et drôle, et il me donnait l'impression d'être une grande actrice. Cette chambre unique, avec son lit et sa petite table à manger, se transformait en toutes sortes de choses – un navire ou une tour en flammes – et quand je repartais, la pièce était inondée. Je me suis rendue chez lui deux fois par mois pendant un an, et pour parler franchement, j'attendais nos rendez-vous avec impatience. Et puis un jour, un jour brûlant du mois d'août, il y avait une ambulance devant l'immeuble et quatre voitures de pompiers quand je suis arrivée. J'ai levé la tête vers son appartement. La fenêtre était ouverte et l'on voyait encore quelques volutes de fumée éparses. J'aurais voulu assister à ses obsèques, histoire de voir tous les autres pompiers en uniforme rassemblés là.

Le quatrième jour, Ryu m'a conduite au mont Aso, le plus grand volcan en activité de Kyushu. D'abord, il m'a montré la caldeira – ses flancs escarpés tombant à pic dans la vallée en contrebas. J'ai regardé en haut, de la vapeur s'élevait de la bouche du volcan sur la gauche. Un frisson m'a parcouru l'échine. Un jour, il entrerait en éruption et toutes les maisons et les champs alentour disparaîtraient, ensevelis sous la cendre.

— Comment peuvent-ils vivre là, me suis-je écriée, alors qu'ils ne savent pas à quel moment ils vont perdre tout ce qu'ils ont ?

— Tu parles comme une étrangère, a dit Ryu en me regardant froidement. Dans la vie, ce qui compte, ce n'est pas ce qu'on peut acheter, mais ce qu'on fait. Ce sont deux choses très différentes.

Ainsi, il sait, me suis-je dit. Quelque chose a explosé en moi.

— Je ne parle pas d'acheter, ai-je rétorqué, mais c'est de la folie pure que de faire pousser une rizière sous un volcan encore en activité.

— Le volcan fait partie du cycle naturel des cultures, a dit Ryu calmement. Ce n'est que lorsque le champ a été détruit qu'on peut le replanter. En tant que Japonaise, tu devrais comprendre ça.

— Et toi ? Tu travailles pour une société américaine, tu me fais apprendre l'anglais et préparer des brownies pour tes collègues américains. C'est japonais, ça ?

Brusquement, j'étais incapable de m'arrêter. J'ai dit des choses horribles. J'ai changé mes paroles en pierres et je les ai lancées, en visant soigneusement tous les endroits sensibles du corps et du cœur de mon mari. Je lui ai parlé du kimono. Mais j'en ai rejeté la faute sur l'avarice de sa mère qui m'avait donné un kimono taché qu'elle avait essayé de faire passer pour neuf en le pliant soigneusement. Je lui ai avoué le cadeau de ma mère et comment je le lui avais caché. Je lui ai raconté les ventes privées et la carte de crédit. Je lui ai reproché de ne jamais être là, de ne jamais me parler. De me laisser seule dans une petite rue minable, entourée de maisons dont les murs avaient des yeux et des oreilles mais ne renfermaient pas un seul cœur bienveillant. Je ne lui ai rien dit à propos de Park ni des hommes. Cela, je savais que je ne pourrais jamais en parler.

Pendant tout ce temps, Ryu, impassible, n'a pas quitté les rizières des yeux, refusant de croiser mon regard, et quand je me suis enfin arrêtée, il a dit calmement :

— On y va ?

— Où ?

J'étais assommée, épuisée. J'aurais voulu me glisser dans un lit et dormir pendant une semaine. Mais je tenais aussi à entendre Ryu, à savoir ce qu'il pensait. Sauf que Ryu était très doué pour faire attendre les gens. Il savait comment les user à force d'attente, exactement comme sa mère.

— A Aso-san, a-t-il répondu avec un geste du menton en direction du volcan.

Nous avons descendu la route sinueuse jusqu'aux rizières puis remonté, à travers les prés qui se paraient de teintes jaunes et brunes, vers le sommet de la montagne. Autour du volcan, la terre avait la couleur du sang séché et l'air empestait. Rien ne poussait. Chaque jour, des gaz toxiques s'échappaient du cratère. J'inspirais profondément, inhalant les gaz nocifs dans mes poumons. En regardant le lac d'émeraude au centre du cratère, j'ai songé qu'il ferait bon de tomber dedans. L'eau avait une si belle couleur. Deux colonnes de vapeur s'élevaient comme des tornades du milieu du lac, s'élargissant à mesure qu'elles atteignaient le ciel. Si je me laissais tomber, le lac engloutirait ma misérable vie, me disais-je, et transformerait les non-dits qui pesaient en moi comme des pierres en diamants précieux. Mon âme monterait au ciel sur un nuage de gaz toxiques pour être jugée et expédiée en enfer pour l'éternité. Mais un jour, quelqu'un trouverait les diamants et deviendrait riche.

Sans que je m'en rende compte, mes yeux se sont posés sur mon mari. Il serait le seul à me regretter, ai-je soudain pris conscience. Je ne manquerais pas aux enfants, ils avaient leur vie maintenant. Mais la vie de Ryu, c'était moi et notre maison. Je me suis tournée vers lui, j'ai ouvert la bouche pour lui dire ce que je venais de comprendre, mais je me suis aperçue avec surprise qu'il était en train de parler.

— Quand j'avais huit ans, disait-il, mon père m'a amené ici. Il était en train de mourir à l'époque. Le cancer qui avait commencé dans sa prostate s'était propagé partout. Je ne sais pas s'il était conscient de mourir ou s'il avait seulement des doutes. Mais il m'a dit que nous autres, humains, étions comme des volcans. De temps en temps, nous explosons et toutes sortes de choses mauvaises sortent de nous et essaient de détruire la vie autour de nous. Mais l'amour est plus fort que le volcan. L'amour est comme la pluie qui emporte la cendre et la transforme en source de vie. Il m'a dit de ne jamais au grand jamais oublier que l'amour était plus fort que la mort.

— Et quel rapport avec nous ? ai-je répliqué sèchement.

Je ne voulais pas comprendre.

— Cela signifie que je ne te quitterai jamais, a-t-il répondu simplement. Quoi qu'il arrive.

Nous sommes remontés en voiture et avons pris le chemin du retour. Cette nuit-là, nous sommes restés à Kurokawa, à la limite du parc national d'Aso-Kuju. C'était une jolie ville thermale ancienne, avec de nombreuses sources chaudes et de charmants *ryokan*. Le nôtre s'appelait *Ikoi*, comme le poisson. Pour la première fois depuis un mois, j'ai pu manger. Ryu m'a regardée vider mon assiette et a souri. Cette nuit-là, nous avons fait l'amour comme si c'était la première et la dernière fois – comme deux êtres sans passé et sans futur – follement, sauvagement, sans retenue. Puis le sommeil, qui m'avait fuie pendant des semaines, a pris possession de mon esprit et de mon corps et j'ai dormi profondément, sans rêves, jusqu'à neuf heures du matin. Quand j'ai ouvert les yeux, Ryu était déjà habillé et me regardait.

— Il y a quelqu'un que je voudrais te faire rencontrer aujourd'hui, a-t-il annoncé. Quelqu'un qui a été pour moi comme un père quand le mien est mort. Il a un caractère un peu particulier, mais n'aie pas peur, je serai avec toi.

Je me suis redressée d'un seul coup, agrippant le drap pour recouvrir mon corps nu.

— Il est là ? Je ne suis pas habillée !

Ryu a ri.

— Non, il n'est pas là. Il ne se déplace presque jamais. Aujourd'hui, nous irons le voir.

Nous avons roulé, roulé, nous enfonçant toujours plus dans la campagne de Kyushu, vers une terre où il n'y avait ni magasins ni FamilyMart ni immeubles d'habitations, juste des rizières aux tiges desséchées et brisées et de vieilles maisons effondrées, entassées les unes sur les autres. Les arbres étaient ce qu'il y avait de plus grand. J'ai dû m'endormir car lorsque j'ai rouvert les yeux, nous ne roulions plus et Ryu avait disparu. La pensée m'est venue qu'il m'avait abandonnée. Affolée, j'ai ouvert la portière et crié son nom.

La voiture était arrêtée dans l'allée d'un temple ancien. A ma droite, il y avait un jardin zen, tout de sable et de pierres, et à ma gauche un pin géant gardait l'entrée du vieux sanctuaire en bois.

— Ryuchan ! Où es-tu ?

Pas de réponse. La maison semblait dormir et le jardin zen était aussi immobile qu'un tableau.

Connaissez-vous les jardins zen ? Je les trouve horribles, surtout quand on est seul. Ils n'ont rien de vivant. En regardant les trois pierres noires et blanches, le cerisier dénudé et les lignes parallèles soigneusement tracées dans le sable, j'ai eu l'impression de me retrouver au purgatoire, à l'endroit où les âmes attendent leur jugement. Au même instant, l'idée m'a traversé l'esprit que l'inconnu que Ryu voulait me faire rencontrer était déjà en train de me juger et de me trouver indigne.

J'aurais peut-être dû m'enfuir en courant à ce moment-là. Je dois admettre que je l'ai envisagé, mais où aurais-je pu aller dans ce pays désertique ?

# *Invisible*

Mon mari est enfin sorti du temple, suivi d'une vieille femme toute voûtée.

— Ah, te voilà ! me suis-je exclamée, soulagée. Je te cherchais.

— Tu dormais si bien, a dit Ryu, un brin intrigué par la chaleur de mon accueil. Je n'ai pas voulu te déranger. Je te présente Okaasan.

La vieille femme qui s'avançait vers moi paraissait assez âgée pour être la grand-mère de Ryu plutôt que sa mère. Elle était menue et courbée comme un arc, et ses cheveux, dans son foulard de paysanne, avaient la blancheur de la neige. Comme tous les gens de la campagne, elle portait un tablier par-dessus ses vêtements, ce qui ne m'a pas empêchée de voir que ceux-ci étaient usés et rapiécés. Puis j'ai examiné son visage et je suis restée médusée. Sa peau, bien que fripée, était pure et sans taches, incroyablement jeune en fait.

— Vous aviez l'air si fatiguée, m'a-t-elle dit. Vous vous sentez mieux, maintenant ?

Elle m'a souri avec bonté, et aussitôt je l'ai aimée.

— Mon mari a dû se rendre au temple principal à Shikoku aujourd'hui. Mais il reviendra après-demain. Vous allez rester ici tous les deux jusqu'à son retour ?

Nous nous sommes tournées vers Ryu. Il regardait sa montre ; j'ai tout de suite su ce qu'il allait faire. J'ai jeté un coup d'œil vers la vieille femme pour voir si elle l'avait aussi remarqué. Oui, et le sourire qu'elle m'a adressé était plein de compassion.

— Okaasan, je suis désolé, il faut que j'attrape l'avion du soir, a répondu Ryu en la regardant, elle, et pas moi. Une prochaine fois.

— Quel dommage ! me suis-je exclamée spontanément. C'est si beau ici.

La seconde d'après, je regrettais les paroles qui m'avaient échappé. Ryu m'a regardée d'un air distrait, comme s'il était déjà dans l'avion, et a souri. J'ai alors compris qu'il m'avait manipulée depuis le début.

— Bien sûr, il faut que tu restes. Tu pourras tenir compagnie à Okaasan jusqu'au retour de son mari.

Sur ce, il a regagné la voiture et en a sorti ma valise.

— Ryuchan, quand reviendras-tu me chercher ? ai-je murmuré avec inquiétude en lui emboîtant le pas.

Il n'a pas répondu.

J'ai reposé la question, un peu plus fort cette fois.

— Bientôt, dès que… j'aurai fini mon travail, a-t-il répondu sans me regarder.

— Mais tu vas revenir ? ai-je insisté.

— Naturellement, a-t-il dit fermement en m'attirant contre lui pour une étreinte brève et vigoureuse.

Et il a rapidement dit au revoir à Okaasan et il est parti.

Je n'en veux pas à Ryu de m'avoir abandonnée ainsi. Ni maintenant, ni à ce moment-là. Il avait une famille et un travail à assumer. A sa place, j'aurais fait la même chose. Mais après son départ, je me suis sentie terrifiée, j'étais persuadée que je ne le reverrais jamais. Autour de moi, tout me semblait étrange et inconnu, comme si j'avais été transportée sur une autre planète.

Je ne sais pas comment c'est en Amérique, mais au Japon, la ville et la campagne sont deux univers très différents. Autrefois, ils ont pu appartenir au même monde, mais à présent, ils ressemblent davantage à deux univers séparés, reliés par le plus ténu des fils. Un rien suffirait à rompre ce lien, et alors les deux mondes s'éloigneraient l'un de l'autre.

Prenez, par exemple, l'espace. Au premier abord, on dirait que l'espace est le même partout. Il est le ciel, l'air que vous respirez, l'endroit où vous vivez, les nuages, tout ce qui est vide et pourtant vous entoure. Vous pensez peut-être que le ciel est le ciel, l'espace est l'espace, vous en avez plus ou moins à votre disposition, mais au fond, il ne change pas beaucoup – que vous soyez à Tokyo ou à Kyushu. Mais je vous le dis, vous vous trompez. Le ciel n'est pas le même à Tokyo et à Kyushu. Les nuages, l'air, les couleurs, les odeurs, la façon dont le paysage épouse le ciel – tout est différent. Une chose encore : l'espace ou le manque d'espace peuvent changer votre cœur. C'est pour cela que la campagne et la ville sont devenues deux mondes totalement distincts.

L'espace à la campagne n'a aucune valeur, ou si peu. C'est une question de solitude, de pauvreté et de froid. En ville, c'est le contraire. Les gens vivent les uns sur les autres, si bien que la valeur d'une personne se mesure à l'espace dont elle dispose. Le directeur d'une société ou d'une banque, par exemple, bénéficie d'un vaste bureau tandis que ses subordonnés n'ont que des petits box et ceux qui sont encore en dessous n'ont que des tables de travail. Le *shyacho* sait qu'il est important parce que, où qu'il aille, l'espace autour de lui demeure constant et les gens se tiennent à distance respectueuse. Mais pour les autres, il n'y a jamais assez d'espace, surtout dans une ville comme Tokyo. Cependant, nous autres, humains, pouvons très vite nous habituer à vivre dans peu d'espace et il vient même un moment où trop d'espace nous effraie.

C'est exactement ce qui m'est arrivé la première nuit que j'ai passée au temple.

Okaasan m'avait donné leur meilleure chambre d'amis, une pièce de vingt-quatre tatamis aux *fusuma* magnifiquement décorés, à droite de l'entrée du temple principal. C'était un vaste espace, rendu encore plus immense par le fait que son plafond coïncidait avec la voûte surplombant le temple. Allongée sur le futon, je me suis demandé comment un seul être humain pouvait occuper tout cet espace vide. J'ai fermé les yeux, mais le sommeil se refusait à moi. Tout autour du temple, la nuit était d'un noir impitoyablement uniforme, dense et solide comme une montagne ou un mur de ciment. J'ai regardé là-haut les vieilles poutres de bois noircies par le temps et je me suis sentie réduite à la taille et à l'insignifiance d'un ver de terre. L'espace pesait sur moi, lourd et oppressant. J'avais l'impression qu'on m'avait mise dans un coffre et que j'aurais beau crier et crier, personne ne m'entendrait. La colère est montée en moi. Comment était-il possible de supporter autant d'espace vide ? Pourquoi n'était-il pas rempli de bruits et de lumières comme en ville ? Pourquoi ne pouvait-on au moins combler cette obscurité par d'autres corps vivants et chauds ? J'aurais voulu que

Ryu soit à côté de moi, comme il l'avait toujours été, et de désespoir, j'ai fini par le maudire, lui et tous ses ancêtres. J'ai ouvert et fermé les yeux, sans percevoir la moindre différence dans la qualité des ténèbres. Alors, j'ai commencé à avoir vraiment peur. La nuit était absolument silencieuse, nul bruit, nul mouvement – aucune feuille ne tombait, aucun animal sauvage ne rôdait alentour. C'était comme si j'avais été le seul être vivant au monde.

Comme les heures s'écoulaient lentement et que je n'arrivais toujours pas à m'endormir, le sentiment d'être réellement seule est devenu une certitude. La vieille femme était si âgée et si frêle qu'elle pouvait mourir à tout moment dans son sommeil, ai-je raisonné. Peut-être qu'elle était déjà morte et c'était pour ça que tout était si silencieux. Allais-je mourir de faim avant qu'on me retrouve ? Etait-ce là le châtiment que Ryu m'avait réservé ? A mesure que la nuit s'avançait, des dents de glace se sont mises à pousser dans la pièce. Malgré le futon, le froid commençait à me paralyser. Je songeais avec nostalgie à ma douillette chambre de huit tatamis à Chofu. J'ai fermé les yeux et prié pour me retrouver, en les rouvrant, dans mon lit, avec les pieds de Ryu plantés dans mes côtes et les murs de ma chambre à portée de main. Mais au matin, quand j'ai ouvert les paupières, il m'est apparu que c'était le sol dur qui s'enfonçait dans mes côtes, pas les pieds de Ryu.

Je me suis assise, décidée à appeler Ryu et à insister pour qu'il me ramène à Tokyo. Mais la pièce paraissait différente à la lumière du jour. Le soleil filtrait à travers les *shoji*, se déversait sur les tatamis, faisait chatoyer les couleurs cachées dans la paille. La scène peinte sur le *fusuma* – un paysage de montagne, avec un lac tranquille au bord duquel une femme était assise, pinceau à la main, tandis que deux enfants jouaient au cerf-volant – avait l'air différente elle aussi, plus vivante en quelque sorte. Sur la cloison adjacente, deux faisans conversaient près d'une touffe d'herbe d'automne. Derrière eux, un aigle était perché sur une corniche surplombant un prunier. Après avoir contemplé ces peintures pendant un certain temps, je me suis aperçue que la pièce avait cessé de me paraître vide. En fait, c'était tout le contraire – elle était emplie des émotions des personnages qui habitaient les paysages, et peut-être même des mains qui les avaient peints.

Je me suis rapidement habillée et j'ai fait mon lit. Mon petit sac avait l'air d'une créature extraterrestre au milieu de cette grande pièce d'un autre âge. Je l'ai poussé dans un coin derrière la table. Puis, incapable de supporter le vide des lieux, j'ai ouvert le *fusuma* qui donnait dans le corridor.

Une autre surprise m'attendait.

Le jardin n'était pas très large mais il s'étirait sur toute la longueur du bâtiment. Il y avait là tout ce que l'on trouve d'ordinaire dans un jardin : un assortiment de rochers biscornus noirs et blancs, une cascade, un lac aux îles couvertes de mousse, une grande lanterne de pierre. La cascade rebondissait en minuscules gouttelettes d'argent sur trois pierres brunes et lisses puis ruisselait tranquillement autour des touffes d'herbe et des îles moussues. Au-delà de l'eau et des rochers, les arbres de la forêt s'étageaient, allant du jaune à l'orange et au vert foncé.

Je ne saurais vous nommer tous les arbres et les plantes de ce jardin, à l'exception de l'érable aux feuilles flamboyantes à cinq pointes que j'ai reconnu.

Et même si j'étais capable de vous donner leurs noms, cela ne vous permettrait pas de voir ce que j'ai vu. Car ce matin-là, j'ai eu de la chance. Peut-être parce que les dieux me souriaient ou parce que je n'avais pas dormi, je n'ai pas seulement regardé le jardin avec mes yeux, mais avec mon esprit et mon corps. Oui, mon corps aussi, car un véritable jardin ne parle pas uniquement à l'esprit mais au corps également. Avec mon esprit, j'ai vu le jardin comme un espace doué de vie et de respiration – un lieu immobile et mouvant. J'ai vu que le mouvement de l'eau commençait sous forme d'énergie, jaillissait dans tous les sens, puis s'apaisait, comme une pensée qui pénètre dans le cerveau, l'agite puis s'abîme en lui, laissant le calme revenir en surface. J'ai vu une feuille frémissant dans la brise s'animer d'une vie et d'une signification propres. Et quand j'ai levé les yeux vers la montagne et pris conscience que le jardin faisait autant partie de la montagne que du temple, j'ai senti de nouveaux espaces s'ouvrir en moi aussi. J'ai compris que je faisais partie intégrante de ce que je voyais. La tension dans mon corps a commencé à se relâcher, à céder la place à une sensation de légèreté. Mon corps s'est senti libéré, comme si les cordes qui l'avaient ligoté et réduit à l'état de petit paquet avaient soudain disparu.

Pour dire les choses franchement, avant cela, je n'avais jamais été une passionnée de jardins. Je ne voyais la beauté que dans les vêtements. A la différence des autres mères dont les filles fréquentaient l'école de Haruka, je n'avais jamais fait de visites guidées des jardins de Tokyo ni étudié la cérémonie du thé dans les maisons de thé qui s'y trouvent. Je n'avais pas non plus pris de cours d'ikebana. Les seuls jardins que je connaissais étaient les terrains de jeux en béton où j'emmenais mes enfants quand ils étaient petits. Mais en regardant celui-là, j'ai été frappée par deux choses. D'abord, ce n'était pas simplement un jardin car il évoquait plutôt un être vivant, ou peut-être un itinéraire de vie, avec ses moments de beauté et de laideur, d'agitation et d'immobilité. Ensuite, la vie dont parlait le jardin était belle car tout y avait une raison d'être. Il n'y avait rien en trop dans ce jardin, rien qu'on aurait pu enlever sans détruire l'harmonie de l'ensemble. Chaque élément avait sa place, un espace pour respirer et être soi-même.

J'ai dû passer près de vingt minutes ainsi, dans une sorte de transe, avant de prendre conscience des bruits de vaisselle non loin de là. En imaginant le délicieux petit-déjeuner que l'on était en train de préparer pour moi, je me suis enfin arrachée au jardin. Dans la grande salle du temple, la vieille dame, douchée de frais et habillée avec soin, disposait du riz cuit et des fruits sur l'autel.

— *Ohaiyoogosaimasu*, m'a-t-elle saluée, tout en allumant de l'encens dans un bol. Je viens juste de faire les offrandes. Votre petit-déjeuner vous attend dans votre chambre. Je vous rejoins dans un petit moment.

— Non, je vous en prie, prenez votre temps, ai-je dit poliment. Je peux attendre que vous ayez terminé et nous déjeunerons ensemble.

— Non, non, mon enfant, a-t-elle répliqué gentiment. Vous devez avoir faim. Je dois encore réciter les prières.

— Vous voulez dire que vous êtes nonne aussi ? ai-je demandé, surprise.

— Non, non. Seulement quand mon mari n'est pas là, a-t-elle répondu en riant. Il faut nourrir les divinités et leur parler tous les jours. Pour qu'elles sachent qu'on ne les oublie pas.

J'ai contemplé la statue entourée de nourriture, de fleurs et d'encens, puis je me suis agenouillée à côté d'Okaasan. « *Hanya Shingyo Mita Hara…* » Comme Okaasan se mettait à psalmodier, j'ai joint les mains, comme une petite fille sur les genoux de sa mère. Mes yeux se sont fermés.

J'ai rouvert les yeux au tintement du gong. Okaasan s'est relevée lentement et m'a aidée à me remettre debout car mes jambes s'étaient ankylosées. Elle m'a raccompagnée dans ma chambre où m'attendait un somptueux petit-déjeuner composé de riz, de tofu frais, de gâteaux de sésame et de légumes cuits à la vapeur. C'était absolument délicieux et je l'ai rapidement terminé. Elle est revenue avec une théière et m'a préparé un thé si exquis qu'il faisait passer le personnel des *ryokan* pour des amateurs. Quand je l'ai complimentée, elle a haussé les épaules en disant :

— Ce qui rend le thé si exceptionnel, c'est l'eau de la source sacrée qui coule derrière le temple.

— Une source sacrée ? ai-je répété, intriguée.

— Oui, en fait, elle est plus ancienne que le temple lui-même qui date de six cent cinquante ans. D'ailleurs, la source est probablement à l'origine de la construction du temple.

— Je peux aller la voir ? ai-je demandé avec empressement.

— Bien sûr, je vous montrerai le chemin plus tard, a-t-elle répondu en souriant.

Je l'ai remerciée avec effusion et lui ai proposé de faire la vaisselle mais elle n'a rien voulu entendre.

— Aujourd'hui, vous vous reposez. Demain, vous pourrez m'aider, a-t-elle dit avec un petit rire.

Je suis donc retournée au jardin et suis restée assise dans la véranda pendant un moment, à profiter du soleil, sans penser à grand-chose, consciente de la nourriture qui se transformait dans mon estomac au fur et à mesure de la digestion. Le soleil me procurait une merveilleuse sensation, et je me suis brusquement surprise à penser qu'il ne serait pas si désagréable que ça de passer un peu de temps ici à ne rien faire. Quand j'en ai eu assez d'être seule, Okaasan a réapparu et s'est installée à côté de moi. Elle avait apporté un panier de galettes de riz, légères et encore toutes chaudes du wok où elles avaient frit, et des kakis séchés. Nous avons mangé les galettes en silence, les yeux fixés sur le jardin.

— C'est bon d'être là assises devant un spectacle comme celui-ci, n'est-ce pas ?

— Oui, c'est vrai, ai-je répondu.

— J'aime ce jardin chaque jour davantage.

J'ai gardé le silence. Je savais exactement ce qu'elle éprouvait, mais cela m'effrayait. Je n'étais pas chez moi ici. L'idée d'aimer quelque chose qui ne m'appartenait pas ne me plaisait pas.

— J'espère que vous serez heureuse avec nous, a dit Okaasan, interrompant le cours de mes pensées. Avez-vous été malade pendant longtemps ?

— Malade ?

Je l'ai dévisagée avec stupeur. C'était la première fois que j'entendais parler de moi comme d'une malade.

— Je ne suis pas malade. Est-ce que j'en ai l'air ?

— Non, non, bien sûr que non. Mais votre maladie… c'est pour ça que vous êtes là, non ?

— Oui, naturellement. Mais je vais tout à fait bien maintenant, ai-je affirmé avec force.

Comment osait-on me traiter de malade !

— Oui, évidemment, a aussitôt convenu la vieille femme. Vous avez l'air en forme, reposée. Je crois que notre maison vous convient.

Je me suis relevée brusquement.

— Je vais faire un tour.

Okaasan a semblé un peu effrayée mais elle a hoché la tête.

— Tournez à droite après le portail, et une fois que vous aurez dépassé le pré avec la barrière bleue, tournez à gauche près du bosquet de bambous. Il y a un joli sentier à travers les champs qui s'arrête chez Nakada. Si vous la voyez, faites-lui mes amitiés. A partir de chez elle, la route vous ramènera directement ici. Si vous vous perdez, vous n'aurez qu'à demander à n'importe qui le temple de Myorinji, on vous l'indiquera.

— Merci, je n'y manquerai pas, ai-je dit avec un peu plus de chaleur, honteuse de ma démonstration de mauvaise humeur.

Je n'ai rencontré personne en chemin, à mon grand soulagement d'ailleurs, car les mots *malade* et *maladie* ne cessaient de me narguer. Qu'avait donc raconté Ryu à la vieille femme ? S'il était apparu devant moi à ce moment-là, je crois que je l'aurais frappé. Toutes ses belles paroles, toutes ses attentions, alors, c'était du vent ? J'étais tellement furieuse que je crois que j'aurais pu m'en prendre à quiconque se serait présenté devant moi. Mais ce qui fait le charme de la forêt, c'est qu'on y est presque toujours seul et que donc il n'y a personne après qui se fâcher. Aussi, le temps que je parvienne aux rizières en terrasses, une partie de mon indignation s'était dissipée. Moi qui suis une citadine, je n'avais jamais vu de rizières en terrasses et leur vue m'a remplie de stupeur. Il y en avait des centaines, soigneusement découpées à flanc de colline, comme des marches. Le riz de cette fin d'automne poussait encore dans certains champs, dans d'autres des arbres fruitiers ployaient sous les oranges. Entre les cultures, les bambous poussaient en bouquets vert pâle et de loin en loin le toit noir d'une grande ferme affalée tranchait sur les diverses nuances de jaunes.

Un petit banc de bois à côté d'une plaque portant l'inscription *Rizières historiques* a attiré mon regard. Je suis allée m'y asseoir et j'ai commencé à lire. Puis j'ai contemplé les « rizières historiques » qui, d'après la plaque, existaient depuis plus de mille ans. Je me suis sentie toute petite. Je me suis remémoré mon délicieux petit-déjeuner et l'odeur du riz cuit dans le temple, et un poids en moi s'est soulevé d'un seul coup. Tokyo a commencé à me paraître petit et lointain. Les magasins semblaient bien loin, de même que l'argent et les vêtements dans mon placard secret. Ce paysage, en revanche, ces rizières étaient réels. Peut-être avais-je été malade, finalement, ai-je admis. Mais cette pensée m'a à peine troublée.

Quand je suis rentrée au temple, un autre repas copieux m'attendait. J'étais fatiguée, j'avais faim, mais une fois rassasiée, je n'ai pu m'empêcher de poser les questions enfouies en moi. Qui habitait au village ? Où étaient les jeunes ? Comment les personnes âgées s'en sortaient-elles ? Okaasan s'est d'abord animée puis est devenue triste à mesure qu'elle racontait comment les jeunes étaient tous partis pour la ville, il y avait cinquante ou soixante ans de cela.

— Maintenant, ils ne viennent plus que pour célébrer *Obon* ou pour aider leurs vieux parents durant les moissons, a-t-elle conclu.

— Ça a dû être dur pour vous tous, quand les enfants sont partis.

Okaasan a haussé les épaules.

— Les enfants sont comme les oiseaux, il faut qu'ils prennent leur envol. Un jour, ils reviendront. Ce que je crains, c'est que s'ils tardent à revenir, ils ne trouveront plus rien.

Les paroles d'Okaasan me hantaient encore tandis que, somnolant dans la véranda devant ma chambre, je faisais semblant de lire. Il était difficile d'imaginer la disparition de la campagne, mais quand je songeais aux champs laissés en friche et aux maisons aux toits affaissés que j'avais vus, je savais qu'Okaasan avait raison. Et si les vieux mouraient avant le retour des jeunes ? Que deviendrait le Japon ? Malgré tout, mes yeux n'ont pas tardé à se fermer et l'après-midi a filé comme l'éclair. Avant que j'aie eu le temps de m'en apercevoir, le soleil s'était couché et je me suis réveillée, grelottante. Okaasan est arrivée avec une théière brûlante et des *waraabi mochi* enrobés de sirop de sucre brun. Je n'avais jamais été aussi dorlotée de toute ma vie. Puis elle est repartie allumer le feu dans la cuisine et préparer notre dîner. Je me suis retirée dans ma chambre, mais il faisait si froid que je me suis hâtée de la rejoindre dans la cuisine. Elle a souri en me voyant entrer et m'a conduite dans une petite alcôve protégée par un rideau. Un bain fumant m'y attendait.

Et les jours ont passé rapidement.

Dès mon réveil, j'allais aider Okaasan à nettoyer le temple. Puis je prenais mon petit-déjeuner (seule, car

Okaasan avait mangé le sien bien plus tôt) et je travaillais dans le jardin ou j'aidais à l'entretien du temple et du cimetière. Un peu avant le déjeuner, j'allais à la cuisine donner un coup de main à Okaasan pour préparer le repas.

Okaasan, évidemment, ne faisait que de la *shojin ryori*, la sobre cuisine végétarienne des moines. Mais il n'y avait rien de simple dans la façon dont elle la préparait. En fait, c'est la cuisine la plus compliquée que j'aie jamais vue. Les ustensiles dont elle se servait étaient aussi assez magiques et quand je la regardais travailler, j'avais l'impression de voir une fée composer des philtres miraculeux pour guérir les humains. Parfois, elle confectionnait des plats auxquels j'avais déjà goûté – mais elle y mettait tellement de délicatesse et d'amour qu'ils n'avaient pas du tout la même saveur que ceux que je connaissais. D'autres fois, elle faisait cuire des légumes et des céréales que je n'avais jamais vus de ma vie. Lorsque j'ai été familiarisée avec les ustensiles et leur maniement, j'ai commencé à l'aider pour les choses qui requéraient de la force physique – piler le riz pour en faire de la farine, râper le daikon, éplucher les châtaignes ou broyer le sésame pour le réduire en pâte – car la vue de ses pauvres doigts gonflés et déformés s'acharnant à pétrir la pâte me faisait mal. Tandis que nous travaillions ensemble, elle me parlait des gens du village et de la famille de Ryu. Elle m'a raconté que le père de Ryu et sa grand-mère, qui avait été une chanteuse célèbre, se disputaient si bruyamment que tout le village pouvait les entendre. Elle m'a parlé du grippe-sou du village qui était mort parce qu'il refusait de se séparer de son argent qu'il cachait dans son matelas et qu'il n'avait pas pu retirer à temps quand sa maison avait pris feu. Okaasan était une formidable conteuse et se débrouillait toujours pour rendre drôles les histoires les plus sombres. J'ai souvent songé à me confier à elle car le poids des non-dits pesait lourd sur mon cœur. Mais je savais qu'elle ne comprendrait pas et je ne voulais pas voir de la distance s'insinuer dans ses yeux. Alors, je la laissais parler, et un jour la pensée m'est venue que peut-être mon histoire aussi avait un côté amusant. L'après-midi, je lisais ou restais assise à contempler le jardin, à regarder la lumière changer et à surveiller les différents mouvements des plantes, jusqu'au moment de retrouver Okaasan dans la cuisine.

A la différence d'Okaasan, son mari parlait à peine. Même à sa femme et à ceux qui venaient lui demander conseil, il ne disait que le strict nécessaire. Mais un homme n'a pas besoin de parler pour qu'une femme se prenne d'affection pour lui. Au début, je l'évitais et il faisait de même. Puis un jour, il m'a trouvée assise dans un coin du jardin. Nous nous sommes dévisagés pendant un long moment et j'ai eu le sentiment qu'il regardait au plus profond de mon âme. Enfin, il a fait demi-tour et m'a laissée seule. Après son départ, je me suis sentie mal à l'aise, comme si on m'avait soumise à une épreuve et que je n'avais pas donné satisfaction. Puis, un autre jour, il est arrivé près de moi avec un sécateur et m'a dit : « Venez ! » J'ai pris l'outil et je l'ai suivi. Il m'a conduit vers le *momiji* et m'a montré où je devais tailler. « Celui-là est vieux. Coupez tout ce qui n'est pas nécessaire et ne gardez que ce qui est indispensable pour que l'arbre ne meure pas », a-t-il ordonné.

Mais comment saurais-je ce qui est nécessaire et ce qui ne l'est pas ? ai-je voulu demander. Je ne connaissais rien au jardinage. Mais il avait déjà tourné le dos et j'ai compris que je n'obtiendrais pas de réponse de lui. Alors, j'ai regardé l'arbre et essayé d'imaginer de quoi il aurait besoin pour survivre à l'hiver. De très peu, ai-je conclu avec étonnement. Et j'ai su que j'avais ma réponse.

J'ai commencé à couper les branches les plus longues, celles dont je pensais qu'elles seraient les plus susceptibles de casser sous le poids de la neige. J'ai aussi enlevé les quelques feuilles qui restaient car elles empêchaient l'arbre de s'endormir convenablement. J'étais si occupée à imaginer la vie de l'arbre que je n'ai pas entendu le prêtre s'approcher.

— C'est bien, a-t-il dit en me gratifiant de l'un de ses rares sourires.

On dit que la dépendance est difficile à guérir. Mais pendant mon séjour chez Okaasan, les magasins ne m'ont quasiment jamais manqué. Au début, il arrivait qu'au milieu de la nuit me prenne une envie irrésistible d'acheter, et je maudissais alors Ryu et songeais aux pires choses que je pourrais lui dire quand il reviendrait. Mais à mesure que les jours passaient, c'est arrivé de moins en moins souvent. Parfois, les enfants ou Ryu me manquaient, mais comme il m'appelait tous les week-ends, ce n'était pas trop grave, l'absence ne s'est jamais transformée en inquiétude. Une fois que Ryu m'avait parlé au téléphone, il me passait les enfants, qui en disaient encore moins que leur père. Malgré tout, cela me faisait du bien de les entendre, même si ce n'était que le bruit si familier de leur respiration. Il me tardait d'être de nouveau auprès d'eux. La mère de Ryu ne me parlait jamais, mais je savais qu'elle était là car de temps en temps je percevais un bruit derrière eux, un rire vite étouffé ou de la vaisselle qu'on lavait bruyamment quelque part. Au début, chaque fois que Ryu appelait, je lui demandais quand il viendrait me chercher. Il disait toujours, bientôt, bientôt, mais ne me donnait jamais de date. Quand janvier est arrivé, j'ai cessé de lui poser la question.

J'espère que cela ne vous embête pas que je mette si longtemps à vous raconter mon histoire. Mais je tiens à ce que vous compreniez que je ne suis pas complètement mauvaise. En vivant dans cette maison, entourée d'un Japon que je n'avais jamais vu auparavant, je suis devenue une autre. Même mon corps semblait transformé – plus ample et plus délié –, comme si de l'espace avait pénétré dans toutes mes articulations pour les assouplir. Le vide en moi, comme une bouche hurlante, était comblé – de quoi, je ne sais pas, de bonne nourriture, de bon air, de nouvelles pensées peut-être, en tout cas il était rempli et je me sentais en paix. Je n'étais plus une ombre noire. J'avais gagné de la consistance et du poids. J'avais désormais des racines, dans le jardin.

J'aurais voulu pouvoir vous le montrer, ce jardin. Quand je mourrai, j'aimerais que mes restes y reposent pour que mes ossements et mes cendres connaissent la beauté des saisons, année après année. Et peut-être qu'avec le temps les racines des arbres deviendront mes bras, la source sacrée purifiera mon âme, et la mousse fraîche et souple sera ma peau et mes cheveux.

Mais quand la neige a commencé à fondre à la fin du mois de février, Ryu est revenu.

Je me rappelle très bien cette journée. Assise dans une flaque de soleil, je regardais le jardin recouvert de neige. La seule chose qui bougeait, c'était l'eau, mais même elle semblait couler moins vite, se mouvoir avec indolence, gros serpent noir dans un paysage tout blanc. Je sentais mon corps devenir immobile et silencieux comme une pierre. Mes pensées s'engourdissaient et s'étaient presque entièrement dissoutes lorsque la main de Ryu s'est abattue lourdement sur mon épaule. De surprise, j'ai failli tomber de la plateforme de bois. Personne ne m'avait touchée depuis des mois et brusquement il y avait la main de Ryu, si étrangère, et pourtant si chaude et vivante. Il s'est assis près de moi, il sentait encore l'avion.

— Tu as grossi, ça te va bien.

Ce furent ses premiers mots. Ils m'ont fait l'effet d'une bombe. Pendant tout ce temps, je ne m'étais pas souciée de mon apparence car il n'y avait pas de miroir dans la maison, excepté dans la salle de bains. Je me suis levée d'un seul coup, j'ai porté les mains à mon visage nu.

— Tu aurais dû me dire que tu venais, ai-je dit brusquement. Je… je me serais mieux arrangée.

Ryu s'est levé à son tour. Il avait l'air déçu.

— Tu n'es pas heureuse de me voir ?

Une fois de plus, j'étais prise au dépourvu.

— Bien sûr que si, mais… mais je me serais faite belle si tu m'avais prévenue.

Du regard, je l'implorais de comprendre, mais évidemment, il n'en a rien fait.

— Tu te préoccupes toujours de ton apparence, a-t-il remarqué, en détournant le regard vers le jardin.

Sur ces entrefaites, Okaasan est arrivée avec du thé chaud et une assiette de *waraabi mochi* au sirop de sucre brun qu'elle venait de faire cuire.

— Tenez, mes petits, a-t-elle dit en posant le plateau. Je vais voir ce que je peux vous préparer pour le dîner.

Nous avons mangé nos *mochi* sans un mot, le regard rivé sur le jardin silencieux. Comme je m'apprêtais à m'éclipser, Ryu a repris la parole.

— Quand j'étais enfant, pendant les vacances scolaires, ma mère, qui ne prenait jamais de congés, m'amenait ici.

Un sourire mélancolique a retroussé les coins de ses lèvres minces et austères.

— Quand je faisais une bêtise, le vieux prêtre me grondait et parfois même me battait. Mais Okaasan me préparait des *waraabi mochi* et je me sentais mieux. Ça a été la période la plus heureuse de ma vie.

Je savais qu'il essayait de s'excuser, mais quelque chose de dur s'était formé en moi. Et moi, voulais-je lui dire, quand tu me léchais les seins jusqu'à ce que les mamelons soient à vif, je ne te rendais pas heureux ?

Le lendemain, nous sommes rentrés à Tokyo.

## *La cité des géants*

Cela a été très dur de dire au revoir à Okaasan, et encore plus au jardin. Lorsque j'ai ouvert les yeux le matin de notre départ, j'ai senti une lourdeur dans ma poitrine, comme si on allait m'arracher quelque chose. Je me suis faufilée par l'ouverture du *shoji*. Il n'était pas encore six heures, mais le ciel était d'un bleu limpide, légèrement teinté de pourpre. Une belle journée s'annonçait. Bientôt la neige étincellerait sous le soleil, comme un million de diamants ou comme un feu d'artifice éclatant dans un ciel laiteux. Mais pour l'instant, le soleil n'était pas encore levé et la neige paraissait endormie et immobile, avec une légère touche de bleu. Les arbres et les rochers ressemblaient à des plaies noires dans la neige, suintant le froid de la nuit.

Pieds nus, j'ai marché dans la neige immaculée jusqu'au bord de l'eau. Sous la neige, la mousse me chatouillait les pieds, moelleuse et étonnamment vivante. Le seul bruit perceptible était celui de l'eau s'écoulant doucement. Mais même ce son étouffé donnait une impression de somnolence. Comment vais-je survivre à Tokyo ? ai-je demandé au ruisseau. Ce que je voulais dire, bien sûr, c'était, comment pourrai-je continuer à vivre sans le jardin pour rétablir l'harmonie dans mon cœur indiscipliné ? C'est alors que j'ai entendu un bruit, un étrange son creux. Je n'avais jamais rien entendu de pareil avant. D'instinct, j'ai levé la tête, persuadée, sans savoir pourquoi, que ça venait des arbres.

Alors, je l'ai vu. Juste au-dessus de ma tête, à un mètre à peine, dans les branches du *momiji* que j'avais moi-même taillé et préparé pour l'hiver, perché la tête en bas, il y avait un oiseau. Il était noir sur le dessus, avec quatre taches blanches au bout des ailes, la queue rouge vif et la tête noire, blanche et rouge. Je l'ai fixé d'un regard ébahi. C'était le premier oiseau que je voyais de si près, le premier oiseau réel, je veux dire. Naturellement, j'avais vu des pigeons et des corbeaux en ville. Mais cet oiseau-là n'avait rien à voir avec eux. C'était un oiseau véritable et, pour une raison ou une autre, il avait l'air différent, comme s'il n'avait ni haine ni amour à mon égard et qu'il était content de partager son espace avec moi. Et ces couleurs ! Et ces motifs ! Aucun styliste n'aurait pu dessiner une robe aussi belle. L'oiseau s'est retourné brusquement et j'ai aperçu son ventre, d'un brun pâle mêlé d'une touche de gris et de beige. Je n'avais jamais au grand jamais vu une couleur pareille. Rien que de la regarder, j'en ressentais la douce chaleur et le velouté. Près de la queue, le rouge, pourtant si vivant et si plein d'assurance, ne servait qu'à souligner la douceur des autres couleurs. L'oiseau a bougé et j'ai pris conscience de sa force, de la façon dont son bec frappait sans relâche le bois dur à la recherche de nourriture. La blanche quiétude de la neige mettait parfaitement en valeur l'intensité de ses mouvements, et j'ai eu soudain la certitude que si ce petit oiseau pouvait survivre sans manger à des hivers aussi rudes, je pourrais moi aussi survivre à Tokyo.

Il m'est alors arrivé quelque chose, quelque chose que j'ai du mal à décrire. C'est entré en moi par les orteils, cela m'a traversé la plante des pieds, les chevilles, les jambes. Je me tenais absolument immobile, et pourtant chaque cellule de mon corps s'était embrasée et dansait. Pas une seule fois dans ma vie je ne m'étais sentie aussi vivante, même après une séance de shopping. Je suis restée là, debout, jusqu'à ce que l'oiseau s'envole. Je ne sentais plus mes jambes mais j'avais l'impression d'être reliée à la terre d'une façon que je n'ai jamais éprouvée depuis. Avec précaution, je suis repartie à reculons pour préserver mes empreintes dans la neige. J'espérais que le jardin se souviendrait de moi même quand les traces de mes pas seraient effacées.

Tout est allé très vite après cela. Quand je suis revenue, Ryu m'attendait. Nous avons dit au revoir à Okaasan et à Otoosan qui nous a bénis, et ensuite je me rappelle très peu de chose jusqu'à ce que nous soyons sortis de l'aéroport de Haneda. C'était comme si, pendant mon absence, quelqu'un avait discrètement modifié les dimensions de la ville que j'avais tant aimée, agrandissant les immeubles, élargissant les routes, transformant la ville en une cité pour géants.

Sauf que les géants n'étaient pas venus. A la place, il n'y avait que des êtres humains, minuscules et perdus dans l'immensité qu'ils avaient créée. En même temps, je n'ai pu m'empêcher de remarquer combien les femmes étaient élégantes avec leurs hauts talons et leurs manteaux bien coupés… et combien les hommes aussi étaient bien habillés. Leurs vêtements de prix les faisaient assurément paraître plus grands et plus forts que les paysans, à croire qu'en réalité ils appartenaient presque à une race supérieure. Mais il suffisait de scruter leurs visages pour voir qu'il manquait quelque chose – comme si leur esprit était ailleurs, attendant que leur corps le rattrape.

J'ai reçu le deuxième choc lorsque nous sommes montés dans le métro et qu'au lieu d'aller vers le sud, nous avons pris la ligne Keihin Tohoku en direction du nord.

— Que… où allons-nous ? ai-je demandé à Ryu d'une voix hésitante.

— A la maison, a-t-il répondu calmement.

Mais son visage le trahissait.

— Comment ça ? Nous n'habitons pas dans le nord. Tu plaisantes ?

Ryu a regardé autour de lui, gêné, mais personne ne nous regardait.

— J'ai oublié de te le dire. Nous avons déménagé.

Tout d'abord, je suis restée interdite. Puis, d'un ton accusateur, j'ai lancé :

— Tu as vendu la maison sans m'en parler !

— Hum. J'en ai tiré un bon prix, a-t-il répondu, évasif. Tu as toujours dit que tu voulais habiter dans Tokyo et pas en banlieue.

Seulement, pour moi, Tokyo, c'était Omotesando, Roppongi et Ginza. Nous sommes descendus à la station d'Oji, tout au nord. Ma première impression a été qu'on m'avait projetée dans le décor d'un film des années 1960. L'endroit avait quelque chose de bâclé, d'inachevé. Au-dessus des modestes maisons et boutiques à un étage, passaient l'autoroute et la ligne du Shinkansen sur ses hauts piliers de béton. Autour de la gare, à l'exception de la supérette et des salles de *pachinko*, les bâtiments étaient vieux et décrépits, et même les plus récents réussissaient à avoir l'air aussi sales et fatigués que leurs voisins. Par contraste, les couleurs des panneaux d'affichage étaient vulgaires et criardes. Trois rues partaient du parvis de la gare : l'une était commerçante, les deux autres serpentaient parmi des îlots de maisons serrées les unes contre les autres. Tout cela était terriblement familier, ça me rappelait les minables quartiers ouvriers où j'avais vécu enfant. Je me suis tournée vers Ryu, le suppliant du regard de me dire qu'il s'agissait d'une erreur, d'une plaisanterie. Mais il s'est détourné et promptement engagé dans la rue à gauche de la gare.

— Suis-moi, a-t-il dit par-dessus son épaule. Ce n'est pas loin.

Nous avons emprunté une rue pleine de ces petits commerces vieillots et poussiéreux qui vendent de tout – téléviseurs et lave-vaisselle d'occasion, peintures, fils électriques et sous-vêtements à bas prix. Tout était moche et bon marché et révélait la misère de vies passées à surveiller chaque yen. Au bout de quelques minutes, nous avons rejoint la voie ferrée, l'avons longée sur environ cinq cents mètres avant d'arriver à un escalier qui permettait de la traverser. En haut des marches, j'ai eu pour la première fois une vue d'ensemble de mon nouveau quartier : une multitude de maisons à un étage et aux toits identiques.

— Tu seras contente d'apprendre que c'est un quartier très sûr, a fait remarquer Ryu en posant une main sur mon épaule. Ce grand bâtiment là-bas appartient aux forces d'autodéfense.

J'ai regardé par-dessus les toits dans la direction qu'il me montrait du doigt. A part le vaste terrain de sport qui s'étendait à côté, l'immeuble de trois étages en ciment gris ne se différenciait en rien des autres bâtiments scolaires ou hospitaliers du gouvernement.

J'ai pointé le doigt vers une masse verte au sommet d'un monticule.

— Et là-bas, qu'est-ce que c'est ?

— Ce doit être le parc d'Asukayama, a-t-il répondu en plissant les yeux face au soleil couchant. C'est un quartier entièrement japonais, tu sais, il n'y a pas d'étrangers ici, a-t-il continué fièrement. Mais on a tout ce qu'il faut, le collège et le lycée là-bas sont tout neufs, et il y a deux hôpitaux à proximité et un centre pour le troisième âge. Vraiment très commode.

J'ai regardé les modestes petites maisons et imaginé leurs intérieurs sombres et exigus. Aucune ne possédait de jardin ; c'était purement un quartier populaire. Tout à coup, une main géante m'a agrippé la poitrine et a entrepris d'en expulser l'air. J'ai saisi la balustrade devant moi, comme si j'allais m'évanouir.

— Ça va ? a demandé Ryu.

Il semblait vraiment inquiet, mais je ne le voyais pas. Il n'y avait que du gris devant mes yeux.

— Oui, ce n'est rien, ai-je répondu faiblement.

Ryu m'a aidée à descendre l'escalier. Nous avons traversé la rue, tourné à droite et enfilé une petite rue étroite. Je me cramponnais à mon mari, j'avais peur de me perdre. Un souvenir de mon enfance a soudain surgi dans ma mémoire avec une telle force que je me suis arrêtée net. Un très vieil homme traversant prudemment la rue, dans un quartier exactement semblable à celui-ci. Il était courbé en deux sur sa canne, je voyais encore sa peau parcheminée et le jaune de ses yeux. Et je me suis rappelé la haine qui était montée en moi à l'égard de sa vieillesse et de sa laideur, et la peur que j'avais ressentie à l'idée qu'un jour je lui ressemblerais. Le souvenir était enveloppé d'une odeur de naphtaline. Sauf que cette odeur était réelle, elle s'échappait discrètement de chaque maison devant laquelle nous passions. Je ne voulais pas que l'odeur s'empare de moi, je ne voulais pas vieillir et sentir la naphtaline. Mais même si je refusais de l'admettre, je savais que la vieillesse m'avait retrouvée et qu'elle ne me lâcherait plus.

— Dépêche-toi, nous sommes presque arrivés, s'est impatienté Ryu.

Je me suis forcée à avancer, consciente des yeux qui nous surveillaient derrière les rideaux des fenêtres.

Ryu s'est enfin arrêté devant une maison. Elle était beaucoup plus petite que notre ancienne demeure et elle ressemblait à toutes celles que nous venions de voir, un peu plus petite peut-être et un peu plus récente, mais identique par ailleurs. Au rez-de-chaussée, il y avait une entrée et un garage où j'ai été si contente de revoir notre vieille Honda que j'ai failli l'embrasser. Ryu a ouvert la porte et attendu que j'entre. Mais j'hésitais. Ce n'était pas ma maison, quelqu'un avait commis une terrible erreur. Jamais je ne pourrais appeler cette misérable baraque ma maison.

La première chose que j'ai remarquée, c'étaient les meubles.

— Qu'est-ce que tu as fait de nos anciennes affaires ?

— Quelles affaires ? a répliqué Ryu en fronçant les sourcils. Tu veux dire, les meubles ? Je les ai vendus avec la maison. Et j'ai fait une bonne affaire parce que la femme de l'acheteur les a adorés. Cela aurait coûté plus cher que ce qu'ils valaient de les faire transporter jusqu'ici et ils n'auraient pas tenu dans la maison, sans parler du fait que ça aurait excité la jalousie des voisins. Avec l'argent qu'ils m'ont donné, je nous ai acheté de nouveaux meubles. J'ai pensé que nous devions commencer une nouvelle vie.

Excepté que la maison qu'il avait choisie pour notre nouvelle vie était vieille, sale et mangée aux mites et que les meubles étaient d'occasion. Une autre pensée affreuse m'est venue, et je me suis précipité dans l'étroit escalier qui montait aux chambres. Il y avait trois portes, j'en ai ouvert une au hasard. En voyant l'ordinateur et les affiches de ninjas, j'ai tout de suite compris que ce n'était pas la bonne pièce. J'ai poussé les deux autres portes, et suis enfin entrée dans notre chambre. Le placard était petit, moitié moins grand que l'ancien, de même que la pièce. J'en examinais l'intérieur, en quête de mes affaires, quand Ryu est entré derrière moi.

— Tu cherches tes vêtements ? a-t-il demandé tranquillement.

Je me suis tournée vers lui avec indignation.

— Où sont-ils ?

— Tu avais tellement de choses, nous ne savions pas quoi en faire, alors ma mère a empaqueté ce qu'elle a pu et vendu le reste.

— Quoi ? Tu l'as laissée vendre mes affaires sans me le demander ? ai-je hurlé.

— On n'a pas pu faire autrement. Tu vois bien qu'il n'y a pas assez de place pour tous tes trucs dans une maison aussi petite.

Ryu a reculé. Il affichait son visage de banquier, lisse et trompeur comme une feuille de papier blanc. C'était le visage que je détestais le plus, ma main me démangeait de le gifler. Ces vêtements étaient mes amis, avais-je envie de crier, comment as-tu osé les jeter ? Mais je savais qu'il ne comprendrait pas, alors j'ai ravalé ma colère et dit :

— J'ai soif.

Et je suis redescendue.

— Il y a quelques trucs à toi dans le placard devant la salle de bains et d'autres dans une valise au sous-sol, a-t-il crié dans mon dos.

Je n'ai pas répondu. J'avais le sentiment d'avoir trahi mes petits protégés.

— Et mes chaussures ? Où est-ce que tu les as mises ?

— A la cave.

J'étais outrée. Seul un paysan stupide mettrait des Prada et des Ferragamo à la cave !

Mais avant que je puisse aller à leur rescousse, une autre surprise m'attendait sur la table au milieu de la cuisine, une enveloppe blanche à l'aspect officiel, avec mon nom écrit dessus. Voyant qu'elle venait de ma banque, je me suis dépêchée de l'ouvrir. C'était une lettre m'informant que, puisque nous déménagions, mon compte avait été fermé à la demande de mon mari et l'argent transféré sur son compte. Je regardais encore fixement la lettre, avec l'impression que le ciel m'était tombé sur la tête, lorsque Ryu m'a appelée : « Kayochan, viens voir, j'ai quelque chose pour toi. » Je me suis ruée à l'étage pour lui demander une explication.

Il était allongé sur le lit, nu. Sur la couverture du futon était posée un soutien-gorge en dentelle noire synthétique et un slip assorti, le genre de trucs que portent les prostituées de bas étage. Je les ai regardés sans comprendre.

— Mets-les, a-t-il ordonné.

Sous le futon, j'ai vu sa main s'agiter de haut en bas à un rythme régulier.

— Allez, dépêche-toi !

Je ne disais toujours rien, une partie de moi refusait d'accepter ce qui allait arriver. Si j'avais été maligne, j'aurais éclaté de rire et dit : « Pas maintenant, j'ai mes règles » ou quelque chose comme ça. Mais au lieu de ça, je suis restée silencieuse.

— Allez, tu sais comment faire, a dit Ryu d'une voix rauque. Tu l'as déjà fait souvent, tu es une pro, non ? Tu veux que je te paie, c'est ça ?

Alors, j'ai compris. Qui le lui avait dit ? Je n'avais pas besoin de chercher très loin. Ce devait être sa mère. Elle m'avait toujours réprouvée, détestée même.

Comme dans un rêve, j'ai commencé à retirer mes vêtements un à un. Une fois nue, j'ai voulu entrer dans le lit, mais il m'a donné un coup de pied dans le ventre.

— Mets-les. Je veux voir si j'ai pris la bonne taille.

— Il fait froid, s'il te plaît, Ryuchan, arrête, ai-je supplié. Je regrette. Je ne le ferai plus. Je te promets. J'étais malade, mais maintenant, je suis guérie.

— Tu es peut-être guérie, mais tu n'as pas encore été punie, a-t-il dit calmement.

J'ai alors su qu'il ne plaisantait pas ; il ne me restait qu'une chose à faire : m'enfuir en courant.

Mais il m'a vue reculer, essayer d'atteindre la porte et, rapide comme l'éclair, il m'a agrippée, jetée sur le lit à plat ventre et il est grimpé sur moi. Il a pris ma culotte, me l'a fourrée dans la bouche et m'a bâillonnée avec mon tee-shirt. A califourchon sur mes cuisses, il s'est servi de mes bas pour m'attacher les mains au lit. Enfin, il m'a écarté les jambes de force. Il a brutalement enfoncé sa main en moi, me faisant mal délibérément.

— C'est ça qu'ils te faisaient, ces hommes ? C'est ça que tu aimes ?

Je me suis débattue, j'ai donné des coups de pied comme une diablesse, mais je n'arrivais pas à me débarrasser de lui. Le bâillon m'étouffait. Je sentais mes fluides corporels mouiller mon slip et leur odeur féminine me rendait malade de rage et de tristesse.

Alors est arrivé le moment le plus horrible de ma vie. J'ai senti que Ryu m'écartait les fesses ; il s'est enfoncé en moi, encore et encore et encore. Quelque chose s'est déchiré à l'intérieur de moi, une douleur m'a transpercée comme un éclair jusque dans le bas du dos. En même temps, quelque chose de chaud et humide s'est mis à dégouliner sur mon dos et à former une petite flaque froide dans le creux de mes reins. Mais ce n'est que plus tard que j'ai compris d'où venait cette sensation de froid. Ryu pleurait. Nous pleurions tous les deux.

Quand il a eu fini, Ryu est allé chercher une serviette pour éponger le sang qui s'écoulait de moi. Puis il m'a détachée et a quitté la pièce. Je l'ai entendu entrer dans la salle de bains et la douche couler. J'ai rampé sous les couvertures et souhaité mourir. Mais ce qui m'a tirée du lit, ce sont les voix des enfants en bas qui criaient :

— Maman, maman, où est-elle ? Elle est rentrée ?

— Oui, attendez une minute, elle est dans la salle de bains, a répondu Ryu.

J'ai gagné la salle de bains en trébuchant. Ryu avait laissé le robinet de la douche ouvert et je me suis glissée sous le jet avec gratitude. Il avait aussi, curieusement, rempli la baignoire d'eau chaude, si bien qu'après m'être douchée, je me suis plongée dans l'eau et j'ai laissé la chaleur imprégner mon corps endolori. En quelques minutes, la douleur s'était dissipée, mais j'éprouvais toujours une sensation de souillure. Quelque chose au fond de moi était brisé. Je le sentais. J'étais en colère aussi, mais pas une colère active. Plutôt le genre qui vous reste dans l'estomac comme une pierre et ne bouge pas.

— Maman ! Maman ! Viens vite ! On a une surprise pour toi, a dit Haruka derrière la porte.

A contrecœur, je suis sortie de la baignoire et j'ai enfilé un peignoir.

Les enfants m'attendaient de l'autre côté, et dès que j'ai ouvert la porte, ils se sont jetés dans mes bras, m'ont submergée de leurs caresses. Je les ai serrés fort contre moi, les larmes que je retenais depuis si longtemps se sont mises à couler librement. La pierre au fond de moi a remué légèrement, mais en levant les yeux, j'ai vu Ryu dans le couloir, qui nous regardait, une bière à la main, et la pierre a repris sa place.

Jusqu'au dîner, Akira et Haruka ont virevolté autour de moi, bavardant et posant des questions dans un même souffle. Akira se plaignait que son père était un cuisinier exécrable et sa grand-mère une épouvantable ménagère. Haruka voulait tout me raconter au sujet de l'école et de l'équipe sportive où elle avait été sélectionnée. Je buvais le son de leurs voix juvéniles, si différentes de celles des vieilles personnes à Kyushu. Dans la cuisine sombre et exiguë de ma nouvelle maison, où l'odeur de la naphtaline se mariait à celle des canalisations sanitaires en mauvais état, j'ai préparé le dîner, me rappelant avec regret la vaste cuisine à l'ancienne de Kyushu, le tofu et le daikon ficelés avec de la paille et mis à sécher sur le mur, la voix rauque d'Okaasan me racontant des histoires d'un autre monde. Alors que je découpais un concombre, une pensée m'est venue, qui m'a fait suspendre mon geste. Ma famille est mon jardin, ai-je réalisé, le seul jardin qui compte. Et malgré la douleur et l'humiliation, j'ai réussi à faire de ce dîner une fête. Tout le monde y est allé de sa remarque sur l'excellence de ma cuisine, nous avons bavardé et plaisanté comme cela ne nous était pas arrivé depuis longtemps. Même Ryu s'est soudain mis à parler et nous a fait rire avec une histoire à propos du boucher local et de ses cinq vieux chiens puants. Je l'ai regardé avec étonnement, il semblait si normal et si gentil, tellement semblable au Ryu que j'avais toujours connu, que j'avais du mal à croire qu'un instant plus tôt il ait pu faire ce qu'il m'avait fait. A son tour, Akira a raconté une histoire au sujet des Takarazuka Girls locales qui essayaient à toute force de le convaincre de les rejoindre, et nous avons tous ri bruyamment, pendant longtemps.

# *Les ombres de Dogenzaka*

Si seulement les choses étaient restées comme elles étaient ce premier soir. J'aurais peut-être pu pardonner à Ryu ce qu'il m'avait fait. Malgré tout, j'étais heureuse de retrouver mes enfants. Car les enfants sont pour une femme des parcelles de son cœur placées dans des corps différents et rendues à la liberté. Ce n'est que lorsque ses enfants et elle sont réunis qu'une mère connaît la paix.

Mais rien ne reste semblable à lui-même – excepté les vêtements. C'est pour cela que je les aime tant. Avec eux, pas besoin d'avoir des amis, ni même une famille. En quelques jours, les enfants avaient oublié que j'avais été absente. Haruka, qui avait été sélectionnée pour faire partie de l'équipe de natation, passait désormais toutes ses journées et une partie des week-ends à l'école. Elle ne rentrait à la maison que pour se changer, manger et rester seule dans sa chambre à parler en ligne avec ses amies. Akira était toujours aussi silencieux, mais une fois qu'il a eu la certitude que je ne repartirais pas, il a cessé de me suivre partout et s'est comporté comme il l'avait toujours fait, en s'enfermant dans sa chambre avec son ordinateur dès qu'il rentrait de l'école. Ryu était retourné travailler le lendemain matin, et même si son bureau était situé non loin de chez nous, à Shinjuku, il ne rentrait jamais avant dix heures du soir. Et il ne m'a plus jamais touchée.

J'essayais de me consacrer à la maison, de l'égayer et lui donner une touche plus moderne. Mais il n'y avait rien à faire avec ces petites pièces sans lumière, et Ryu refusait absolument de changer le papier peint vieillot. Il ne voulait pas non plus jeter les canapés gris et moutarde qu'il avait achetés. Chaque fois que je faisais une suggestion, il répondait qu'il n'y avait pas d'argent pour ça. Je savais que c'était faux mais je ne voulais pas me disputer avec lui car, instinctivement, je devinais que cela lui aurait fait trop plaisir. Sa mère lui avait tout révélé, persuadée qu'en le mettant au courant, elle réussirait à le convaincre de me quitter. Au lieu de ça, elle avait détruit son fils. Car c'était son amour pour moi qui le maintenait en vie. A présent, il ne lui restait que la haine.

Histoire de m'occuper, j'ai décidé d'entreprendre un grand nettoyage de printemps dans la maison. J'ai commencé par le haut, la chambre de Haruka, puis celle d'Akira et enfin la nôtre. C'était une tâche très pénible, car ces pièces, où la famille n'avait emménagé que depuis quelques semaines, semblaient avoir été habitées pendant des mois. Après le premier étage, je suis passée au rez-de-chaussée. La salle de séjour n'a posé aucun problème, mais la cuisine m'a pris beaucoup de temps, à cause de la graisse accumulée depuis des années que je me suis acharnée à gratter.

Après environ deux semaines d'un labeur harassant, quand il n'y a plus rien eu à faire, je suis descendue dans le débarras au sous-sol où étaient entreposées les valises contenant mes vêtements.

Je l'ai déjà dit, les vêtements sont comme des animaux familiers. Si on ne s'en occupe pas, si on ne les caresse pas tous les jours, ils deviennent tristes et vieillissent prématurément. En ouvrant les valises, je n'ai pas reconnu mes beaux joujoux coûteux dans ces tristes chiffons froissés et malodorants. Car en plus d'être sombre, la cave était humide et plusieurs vêtements avaient moisi. Mais à ma grande surprise, je n'ai rien ressenti pour ces pauvres habits abîmés, excepté un léger dégoût. Ils ne m'appartenaient plus. Pour moi, et toutes les femmes seront d'accord avec cette vérité, les vêtements appartiennent à celles qui les désirent, et c'est pour cela que les femmes doivent sans cesse retourner dans les magasins, car elles savent que les vêtements ne sont réellement beaux qu'avant d'être achetés. J'ai fourré les habits dans des sacs-poubelles et je suis allée les jeter.

Une année a passé. Je me suis habituée à la maison et au quartier minable. La maison n'était que l'endroit où je dormais et mangeais, et les rues n'étaient que les lieux où j'allais faire mes courses. Mais j'avais remarqué une chose, du moins au début : tout le monde dans le voisinage avait l'air vieux – même les enfants. Personne ne portait de couleurs vives ou de vêtements au goût du jour. Pas même les jeunes filles. Quand les femmes sortaient faire leurs emplettes, elles gardaient leur tablier et souvent les vieux déambulaient dehors en pyjama. Mais bientôt, j'ai cessé d'y prêter attention ou de m'en étonner. Quand je faisais mes courses, je portais moi aussi un tablier et des chaussures confortables à deux mille yens qui n'étaient même pas en cuir. Je n'allais plus chez le coiffeur, ceux de mon quartier étaient nuls. A la place, je me laissais pousser les cheveux et les attachais en queue-de-cheval. Je n'allais même plus au drugstore ni à la supérette, si bien que je n'avais aucune idée des tendances de la mode. J'achetais mes légumes sur le vieux marché traditionnel du coin, ma viande chez le boucher local (celui qui avait cinq chiens puants) et mon tofu dans une vieille boutique tenue par une femme de quatre-vingt-dix ans. Pour le reste, j'envoyais Akira afin d'éviter les tentations.

Un jour, par curiosité, je me suis rendue dans le grand parc boisé d'Asukayama non loin de chez nous. Une foule de vieux avec leurs déambulateurs et de mères avec leurs bébés se promenaient dans les allées. Même les arbres avaient l'air plantés n'importe comment, sans rime ni raison. Rien dans la végétation ne me rappelait le jardin de Kyushu. Aucun grand dessein n'habitait ce parc. Ce n'était qu'un ramassis de sentiers se faufilant entre les arbres. En rentrant à la maison, j'ai éclaté en sanglots. Et quand les larmes se sont finalement taries, je me suis sentie différente, plus petite et, en quelque sorte, plus lourde.

Un mois avant le Nouvel An, j'ai demandé timidement à Ryu quels étaient ses projets pour les fêtes. Normalement, soit nous allions à Kitakyushu, soit sa mère venait chez nous. Or, je ne supportais pas l'idée de revoir sa mère après tout ce qu'elle m'avait fait. J'étais persuadée que le projet de déménager dans ce quartier venait d'elle et qu'elle avait aussi choisi la maison. Seule ma belle-mère avait pu jeter son dévolu sur une baraque aussi horrible, je le savais, car elle était le genre de personne pour qui une maison n'était rien de plus qu'une consigne à bagages, un endroit où parquer ses affaires. Tout ce qui importait à ses yeux, c'était l'argent.

— Mes projets ? a répété Ryu en levant les yeux de son journal. Je ne sais pas. Pourquoi ? Il y a quelque chose que tu aimerais faire ?

Je suis restée interdite. C'était la première fois qu'il me demandait ce que je voulais faire.

— Je ne sais pas, ai-je fini par répondre. Mais c'est tellement ennuyeux de faire toujours la même chose. En tout cas, ce que je ne veux pas, c'est aller chez ta mère.

Je ne sais pas ce qui m'avait poussée à dire cela, mais à l'autre bout de la pièce, j'ai senti Ryu se figer.

Heureusement, Haruka qui venait de descendre au même moment et avait entendu la dernière partie de notre conversation, s'est précipité vers son père en disant :

— Oui, oui, papa, maman a raison, on ne va pas à Kyushu, s'il te plaît. C'est tellement ringard, là-bas. Allons à Niigata à la place. Tous mes amis y vont. Je veux faire du ski.

— Hum, je vais y réfléchir, a dit Ryu en se repliant derrière son journal.

Une semaine plus tard, au cours du dîner, il a annoncé :

— Nous irons passer une semaine à Echigo Yuzawa pour le Nouvel An.

Les enfants et moi étions tellement éberlués que nous avons cessé de manger, puis tout le monde s'est mis à parler en même temps. En fait, bien sûr, j'ai laissé les enfants parler et me suis contentée de sourire à Ryu chaque fois qu'il tournait les yeux dans ma direction. Au bout d'un moment, ils ont épuisé toutes leurs questions et Haruka a demandé à sortir de table pour monter dans sa chambre afin d'informer ses amies. J'ai demandé à Ryu :

— Comment as-tu fait ? Ce n'est pas trop cher ? Nous pouvons nous le permettre ?

— Pas si nous devions payer, a-t-il répondu, visiblement content de lui. Mais nous allons loger dans l'appartement d'un ami. C'est un immeuble moderne super-luxueux, avec une vue imprenable, une source thermale et même un restaurant.

— Mais… et le ski ? Les enfants et moi, nous ne savons pas skier. Toi non plus, tu n'as jamais appris, n'est-ce pas ?

Ryu a esquissé un sourire, un sourire étrangement juvénile.

— Pas encore, mais je vais le faire. Les enfants et moi, nous prendrons des cours à l'école tenue par mon ami. Il m'a promis de nous faire une grosse ristourne.

J'ai hoché la tête, je ne les voyais pas vraiment sur des skis. Je n'avais même pas noté qu'il n'avait pas parlé de moi jusqu'à ce que je remarque :

— Je n'ai pas de combinaison de ski, il va falloir que j'en achète une.

— Pas la peine, a-t-il répliqué aussitôt. Tu n'auras qu'à rester dans l'appartement et profiter des bains. Te reposer un peu.

Je me suis mordu la lèvre pour refouler la colère qui était sur le bout de ma langue.

— Quand partons-nous ? ai-je enfin demandé. Je vais avoir des préparatifs à faire.

— Le 29, ça te laisse deux semaines. Fais en sorte que nous ayons assez de vêtements chauds.

Il a commencé à faire très froid à Tokyo. Un vent glacial secouait les branches dénudées des arbres dans le parc d'Asukayama, transperçait les manteaux les plus épais et, en un rien de temps, vous gelait les oreilles, le nez et les pieds. Les vieux restaient chez eux, de même que les mères avec leurs jeunes enfants. Dans notre quartier, les rues étaient vides et désertes, même en plein milieu de la matinée. Le soir, au journal télévisé, on parlait de corps congelés retrouvés sous les ponts et dans les parcs, des sans-abri qui ne s'étaient jamais réveillés pour voir la lumière d'un nouveau jour. Quand le vent se calmait enfin, de lourds nuages gris s'amoncelaient et bloquaient la lumière. Les journées sombres et glacées se succédaient et tout le monde se repliait sur soi-même. Les repas se prenaient en silence, personne ne s'attardait à table. La maison était glaciale, et rien de ce que je pouvais tenter ne semblait faire la moindre différence. Les climatiseurs, qui étaient censés souffler de l'air chaud en hiver, ne se souvenaient manifestement pas que l'été était terminé et continuaient à nous envoyer un air polaire. Le *kotatsu* que j'avais acheté dans un magasin du coin consommait tellement d'électricité que je ne pouvais me servir d'aucun autre appareil ménager quand il était allumé. Du coup, il ne nous restait plus qu'à nous retirer dans nos chambres après le dîner et à nous glisser dans nos futons. A la fin du mois, les jours ne se distinguaient plus des nuits et seule la pensée que bientôt nous partirions en vacances nous empêchait de nous entretuer.

La veille de notre départ pour Niigata, quand je me suis réveillée, le ciel était blanc et brillant de flocons de neige. D'abord, je les ai regardés avec incrédulité. Il neige si rarement en ville. Puis une image a surgi dans mon esprit, celle d'un jardin pur et virginal couvert de neige et d'un oiseau blanc et noir avec des reflets rouges sous les ailes. J'ai rejeté le futon pour me précipiter à la fenêtre. Mais mon regard n'a rencontré que les mêmes toits gris, peut-être même un peu plus gris et hideux qu'avant, car la neige fondait dès qu'elle les touchait. Même chose avec le sol qui était gris sale ou marron, excepté dans les coins où le vent et la lumière n'entraient jamais.

Mais au petit-déjeuner, ce jour-là, l'enthousiasme de Haruka était si grand qu'elle nous l'a communiqué à tous, même à Akira. Nous avons passé la journée à faire les bagages et à vérifier des listes. Je me sentais de plus en plus surexcitée à mesure que les valises remplissaient l'entrée. Le dîner, ce soir-là, a été joyeux. Comme Ryu avait dit qu'il rentrerait à la maison pour le repas, j'avais acheté du bœuf et préparé du *shogayaki* que j'ai servi avec du riz parfumé envoyé de Kyushu par Okaasan en octobre. Après le dîner, au lieu de disparaître dans nos chambres respectives, nous nous sommes tous assis ensemble, nos jambes entremêlées sous le *kotatsu*, et nous avons regardé les informations et l'avant-dernier épisode de la série de la NHK, *Mito Kômon*.

Je me suis réveillée très tôt, le lendemain matin. Il neigeait de nouveau. Dans la lumière dorée des réverbères, la neige étincelait comme des gemmes – saphirs et diamants, rubis et perles négligemment éparpillés sur le sol. Cette fois, les flocons étaient si gros et si nombreux que j'étais sûre que la neige allait tenir. Cela m'a rappelé le printemps, *hanabira*, la chute des fleurs de cerisiers. Tout doucement, pour ne pas déranger Ryu allongé à côté de moi, je me suis mise à fredonner une chanson populaire datant de mon adolescence, qui parlait d'amoureux réunis sous une pluie de fleurs de cerisiers. Mais comme je ne me souvenais que du refrain, je me suis tue après l'avoir chantée deux ou trois fois et je me suis contentée de regarder la neige tomber.

La neige rendait tout plus paisible. Elle donnait une raison d'être au froid, un sens autre que la simple punition. Au plus profond de moi, là où il n'y avait eu que silence pendant si longtemps, quelque chose a bougé. Rien de plus qu'une minuscule palpitation dans ma poitrine, comme un oiseau qui soudain s'éveille après un long hiver. Mais ça m'a fait frémir. Longuement, j'ai contemplé la neige scintillante. Pour qui la neige brille-t-elle avec tant d'éclat ? me suis-je demandé. La réponse, bien sûr, était « personne ». Il lui suffisait d'étinceler et d'être belle. J'ai regagné le lit et rapproché mon corps frigorifié de celui de Ryu, en prenant soin, toutefois, de ne pas le toucher. En refermant les yeux, j'ai imaginé la même neige en train de tomber sur un jardin, quelque part dans les collines de Kyushu.

Lorsque je me suis réveillée, Haruka me criait aux oreilles :

— Maman, debout, il est presque huit heures !

Je me suis redressée en sursaut, privant Ryu de sa moitié de couette. Haruka était assise sur le lit, déjà habillée.

J'ai regardé la pendule au mur et vu que ma fille avait menti, il n'était que sept heures cinq.

— Retourne te coucher, ou va lire, ai-je dit, agacée.

— Je ne peux pas, maman, a-t-elle répliqué avec une moue. Allez, s'il te plaît, dépêche-toi de te lever ! Prépare-nous vite le petit-déjeuner, comme ça on pourra tous partir d'ici. J'ai peur que les routes soient bloquées si on attend trop.

Elle avait raison. Je l'ai donc envoyée mettre la table pour le petit-déjeuner et j'ai secoué Ryu pour le réveiller.

— Il neige fort, maintenant, lui ai-je dit en me dirigeant vers les toilettes. Si nous ne partons pas bientôt, les routes seront coupées.

En entendant cela, Ryu s'est levé d'un bond. Au bout du couloir, Haruka tambourinait à la porte d'Akira et le prévenait que s'il ne se réveillait pas, on le laisserait là.

Je me suis habillée, frissonnant au contact de mes vêtements. Dehors, il neigeait toujours. Même dans la lumière grise du matin, la neige était propre, éclatante et pure. J'ai eu une étrange pensée : la neige était comme un vêtement neuf. La ville revêtait son nouvel habit et redevenait jeune et pure.

La cuisine était encore plongée dans la pénombre. J'ai allumé le néon et commencé à réchauffer le riz et les légumes sur la cuisinière. Puis j'ai ouvert une boîte de sardines, je les ai disposées sur une assiette et j'ai sorti les petits légumes marinés du réfrigérateur. Pour finir, j'ai fait la soupe. Quand tout a été prêt, j'ai appelé les autres.

Comme à l'accoutumée, Haruka est descendue la première. Suivie de près par son père. Akira est arrivé le dernier, cinq bonnes minutes plus tard, à moitié vêtu. Nous nous sommes assis et avons mangé en silence, mais au bout de quelques minutes, j'ai posé mes baguettes pour les regarder manger, ma petite famille, mon jardin. Par-dessus leurs têtes, mon regard s'est porté vers la fenêtre du séjour, mais à part le mur de béton gris, je n'ai rien pu distinguer. Au printemps, ai-je décidé, je planterai un jardin japonais entre le mur et la maison, mon jardin zen à moi.

Une fois de plus, l'image du jardin de Kyushu m'est apparue, mais cette fois, ce n'était pas celui qui se trouvait derrière le temple, mais devant, avec de la neige formant des cercles parfaitement concentriques autour des pierres. Otoosan m'avait expliqué que la neige, le sable ou le gravier représentaient l'eau, la mer, le symbole de la vie.

— Tracer des lignes aussi parfaites peut sembler simple, mais il faut avoir l'esprit absolument calme pour le faire. Même pour un prêtre, c'est difficile.

Je l'avais supplié de me laisser essayer, mais il avait toujours refusé en riant.

— Le sable n'a qu'un maître, il n'obéit qu'à un seul esprit, disait-il.

J'ai été ramenée sur terre par la voix sévère de Ryu.

— Ce n'est pas le moment de rêver. Je vais sortir les bagages et les charger dans la voiture. Tu peux être prête dans quinze minutes ?

J'ai hoché la tête et nous nous sommes tous mis à l'ouvrage. Haruka a lavé la vaisselle pendant qu'Akira et moi faisions les lits et rangions les futons. J'ai vérifié ma liste en essayant de forcer mon cerveau à réfléchir à ce que j'avais pu oublier. Mais mes yeux s'obstinaient à se tourner vers la neige étincelante dehors. Comme elle était belle ! Comme elle était précieuse ! Elle me rappelait les lumières de Ginza la veille du Nouvel An et les « pochettes-surprises » vendues le premier jour de l'année. Soudain, j'ai eu envie d'y aller. Je voulais faire partie de Tokyo encore une fois. Je voulais marcher dans la foule brillante et comblée et ne penser qu'à être heureuse. Je ne sais pas pourquoi ces pensées me sont venues juste à ce moment-là. Je les ai repoussées rageusement en tentant de me concentrer sur les choses dont j'avais besoin pour le voyage, mais une fois de plus mon esprit a dérivé, m'a montré une image des vitrines d'Isetan le Jour de l'An. J'ai secoué la tête, l'ai chassée, mais pas avant qu'une nouvelle bouffée de nostalgie ne se soit emparée de moi. Je me suis obligée à inspecter chaque pièce l'une après l'autre, fermer les rideaux, éteindre les lumières. Comme on pouvait s'y attendre, mon fils Akira avait oublié sa cagoule et ses lunettes de ski. Je les ai ramassées et descendues. J'ai vérifié une dernière fois les fenêtres de la cuisine et du séjour, coupé l'électricité et l'eau, et je suis sortie en verrouillant la porte derrière moi.

Le moteur de la voiture tournait, il faisait bon à l'intérieur. Mais avant même que j'aie complètement refermé la portière, Ryu a démarré.

— Attends une minute ! Laisse-moi au moins m'installer.

Il n'a rien dit.

Quelque chose en moi s'est cassé net.

— Tu n'avais pas le droit de faire ça ! me suis-je écriée en lui saisissant le bras.

La voiture a fait une violente embardée, évité de justesse le poteau électrique des voisins.

Ryu a freiné brutalement. Puis il s'est tourné vers moi et m'a giflée.

Personne n'a rien dit pendant une minute.

J'ai ouvert la portière.

— J'ai oublié quelque chose, ai-je marmonné, en balançant mes jambes hors de la voiture.

Ryu m'a agrippé le bras.

— Laisse tomber, tu pourras acheter ce qu'il te faut là-bas.

Je me suis dégagée d'un geste impatient.

— Si tu sors de la voiture maintenant, je ne t'attendrai pas, m'a menacée Ryu.

Je suis sortie en claquant la portière.

— Maman, ça va ? a appelé Akira dans mon dos d'une voix inquiète.

Je n'ai pas répondu. Il avait recommencé à neiger. A chaque pas, mes pieds s'enfonçaient de quelques centimètres dans la neige fraîche. Pourquoi aller à Niigata voir la neige ? ai-je songé. On en a plein ici, à Tokyo. J'ai étouffé un petit rire et remonté lentement la rue.

Derrière moi, Ryu a klaxonné avec impatience. J'ai fait semblant de ne pas entendre. Le fracas de l'embrayage, le crissement des pneus, les gerbes de neige lourde et humide qui jaillissaient sous les roues et retombaient avec un bruit sourd, tout cela m'a annoncé qu'ils étaient partis. J'ai ouvert la porte de la maison et je suis entrée. Seul le tic-tac de la pendule au-dessus de la table de cuisine brisait le silence. Paresseusement, j'ai regardé les flocons de neige se donner la chasse sur les carreaux de la fenêtre. J'ai commencé à parier sur celui qui atteindrait le bas de la vitre le premier. J'avais le temps. Beaucoup de temps. Je savais qu'ils ne reviendraient pas. Car en réalité, ils n'avaient pas besoin de moi. Haruka pourrait leur faire la cuisine.

Au bout de ce qui m'a semblé un long moment, je suis allée dans la salle de bains au premier étage. J'ai regardé le miroir au-dessus du lavabo. C'était un vieux miroir, il avait une histoire. En temps ordinaire, je ne le regardais jamais parce qu'il y avait toujours quelqu'un d'autre qui attendait de pouvoir utiliser la baignoire, ou alors, si j'étais la dernière à m'en servir, j'étais trop occupée à nettoyer la salle de bains. Mais à présent, je scrutais la glace avec minutie. C'était un miroir inhabituel, pas un de ces trucs en plastique qui équipent d'ordinaire les salles de bains préfabriquées comme la nôtre. Il avait un cadre en bois et pendait de guingois. Dans un coin, il restait un vieil autocollant de Captain America. Je me suis regardée, nimbée de la lumière laiteuse qui filtrait par le verre dépoli de la fenêtre. Je n'ai pas pu discerner mes traits. Je ne percevais qu'une forme ovale, sombre et lisse, baignée d'une lueur blanche et chatoyante. La flamme s'était inversée. L'obscurité se trouvait désormais à l'intérieur et la lumière formait un halo à l'extérieur. Mais curieusement, cela paraissait normal. Je me sentais légère, plus légère que je ne l'avais été depuis bien longtemps. J'ai encore examiné mon visage, mais je ne discernais toujours rien. J'aurais pu allumer la lumière, je suppose. Mais j'avais oublié de remettre le courant. Alors, j'ai de nouveau scruté l'obscurité où auraient dû se trouver mes yeux, mon nez et mes lèvres, et cette fois j'ai frissonné. Je suis sortie en hâte de la salle de bains. J'aurais le temps de m'examiner plus tard dans le miroir – quand je me serais acheté du nouveau maquillage et des habits élégants.

Je suis entrée dans ma chambre. La maison déserte semblait étrangement paisible. Je suis allée à la fenêtre pour observer le tronc noueux du vieux cerisier dans le jardin des voisins. Bientôt, le printemps reviendra et le froid sera vaincu, ai-je songé. L'un après l'autre, j'ai commencé à retirer les vêtements que j'avais achetés pour les vacances de ski à Niigata. J'ai enlevé la lourde doudoune d'occasion et le jean Uniqlo, le gros pull-over décoré de rennes galopant sur le devant, le col roulé en coton et les collants noirs. J'étais à présent en sous-vêtements, mais chose étonnante, je n'avais pas froid. Je me suis tordu les bras dans le dos pour dégrafer mon soutien-gorge bon marché en tissu synthétique, puis je me suis penchée pour ôter la sage culotte en coton à pois blancs et noirs que j'avais aussi payé cent yens dans la même boutique.

Une fois complètement nue, j'ai ouvert la porte et je suis sortie sur l'étroit balcon. J'ai dansé, j'ai injurié le monde, j'ai utilisé les mots les plus orduriers que je connaissais. J'ai crié le nom de Ryu. J'ai crié et crié à en perdre le souffle. Je me fichais que les voisins m'entendent. Je voulais qu'ils m'entendent, qu'ils sachent ce que je pensais d'eux. Mais personne n'est sorti, car il avait recommencé à neiger. Et même s'ils l'avaient fait, ils n'auraient rien vu.

*Car j'étais devenue invisible. Aussi invisible que la neige fondue.*

Lorsque j'ai regagné ma chambre, mes vêtements m'ont regardée d'un air de reproche. Je les ai considérés avec dégoût. Je savais où aller et quoi faire. Les lumières de Ginza dansaient devant mes yeux. J'ai enfilé ces horribles vêtements confortables pour la dernière fois.

Vous me regardez d'un air incrédule. Vous ne me croyez pas ? Vous pensez, parce que je suis ici, allongée à côté de vous, que je mens. Mais vous êtes-vous déjà demandé comment il se fait que je ne me sois jamais déshabillée entièrement ? Et pourquoi j'insistais pour rester dans le noir absolu ? Vous avez peut-être cru que c'était parce que je ne pouvais me sentir libre et désinhibée que dans l'obscurité ? Mais ça n'a jamais été le cas. En réalité, c'est parce que je suis maudite. Je n'existe que si je porte au moins un vêtement neuf.

N'essayez pas de bouger, le poison ne vous tuerait que plus rapidement. Ce ne sera pas long, quelques heures tout au plus. Et je resterai auprès de vous jusqu'à la fin, je vous le promets. Je ne vous laisserai pas mourir seul. J'ai prévenu la réception que nous prenions la chambre pour la journée. Je demeurerai près de vous jusqu'à ce que votre esprit quitte votre corps, et quand je sortirai de cet hôtel, je lèverai les yeux vers le ciel nocturne et vous imaginerai en train de me regarder. Libre.

Croyez-vous en Dieu ? Je suis sûre que non. Je ne suis pas sûre d'y croire moi-même. Mais s'il existe un dieu, alors ce dieu doit être une vieille femme aux mains toutes fripées. Oui, fripées, parce qu'elle passe ses journées à laver les vieilles âmes souillées. Il me plaît de croire que, de même que les femmes qui travaillaient dans les anciens bains publics du quartier lavaient et massaient les clients et, pour un petit supplément, leur nettoyaient même les oreilles, Dieu nettoie les âmes qui viennent à lui, les remet à neuf et leur rend leur pureté. Vous le saurez bientôt. Votre esprit aussi ira dans un endroit où tous les plis crasseux de sa surface usée et chiffonnée seront lavés, et ensuite vous reviendrez sur cette terre dans un corps tout neuf.

Je vois l'ombre d'un frémissement sur votre joue. Ce que je dis vous plaît ? Vous êtes d'accord avec moi ? Quel dommage que ne soyez plus en mesure de parler. Je n'ai jamais voulu vous tuer. Vous n'auriez pas dû me demander de vous parler de moi. Les secrets des autres sont toujours dangereux. Car un secret n'est un secret que tant qu'il est enfermé dans un seul cœur. Mais il vient un moment dans la vie où il n'est plus possible de tout garder à l'intérieur de soi.

Alors, je vous ai raconté mon histoire. J'ai cru que ma mort suffirait. Mais à mesure que les secrets s'épanchaient hors de moi, j'ai compris que vous aussi deviez mourir. Car voyez-vous, il ne s'agit pas seulement de mon histoire. C'est l'histoire de mon club, et aussi celle de mon pays. C'est l'histoire de notre honte.

Vous secouez la tête, mais il me semble que vous me croyez un peu. Je pense que vous l'avez vu aussi. Tokyo est beau. Tokyo regorge de belles choses. Et il est si facile de désirer les belles choses. Quel mal y a-t-il à désirer être heureux ? Quel mal y a-t-il à vouloir posséder de belles choses ? Mais le bonheurisme nous a pris au piège. Et à présent, on ne demeure en vie qu'aussi longtemps que l'on continue d'acheter. C'est pour cela que vous devez mourir. Car nul étranger ne peut connaître notre secret et rester en vie. Je ne saurais être traître à mon pays, même dans la mort.

Encore cinq minutes, et tout sera fini. Alors, je nettoierai la chambre, ferai le lit, vous doucherai. Puis je vous sécherai, vous étendrai sur le lit et vous habillerai. Je baisserai le chauffage pour que vous ne sentiez pas mauvais quand on vous trouvera et je vous laisserai dormir. J'aime être soigneuse, voyez-vous. Je tiens toujours à faire les choses proprement. Mais surtout j'aime être impeccable avec les morts, vous comprenez. Par respect.

Ensuite, je me déshabillerai et mettrai mes vêtements de marque dans un sac en plastique. Je prendrai un bain pour me purifier. Puis je me sécherai avec une des serviettes moelleuses de l'hôtel et saupoudrerai mon visage et mes bras de poudre blanche. Je mettrai un kimono blanc de mariée, un kimono d'occasion comme celui que je portais pour mon mariage. Le blanc est aussi la couleur du sacrifice, la couleur de ces samouraïs qui préféraient mourir de leur main plutôt que d'accepter la honte de la capitulation.

Je suivrai le couloir sans faire de bruit et jetterai le sac dans la poubelle. Je descendrai au rez-de-chaussée par l'escalier, passerai devant la réception où s'ennuie la jeune fille aux cheveux couleur fraise. Je l'aime bien, cette fille. Elle vient de la préfecture d'Aichi, cela fait à peine deux ans qu'elle vit à Tokyo. Elle a des mains carrées de paysanne, mais ses ongles sont peints selon la dernière mode, avec des motifs « peau de bête » multicolores et quatre cristaux Swarovski sur les bords. Son tee-shirt est un Dolce & Gabbana et sous son bureau, il y a un sac Louis Vuitton en plastique rose. Elle ne retournera jamais dans son village, même si elle n'a aucune chance de trouver un mari dans cette ville. Je me souviens quand elle a commencé à travailler à l'hôtel, toute en politesse et joues roses. Je devrais peut-être lui dire de rentrer chez elle, d'abandonner le fétide étang de lotus qu'est cette ville. Je suis sûre qu'elle n'a pas de mari, ni même de petit ami.

Peut-être lèvera-t-elle les yeux si j'effleure son visage, le contact de ma main réveillant quelque souvenir depuis longtemps oublié – d'une grand-mère adorée ou d'une tante –, et cela la fera sourire. L'espace d'un instant, elle redeviendra une simple petite paysanne. Mais presque aussitôt, elle se reprendra, secouera ses cheveux roses et regardera ses ongles en fronçant les sourcils. Car elle ne me verra pas.

Alors, je lui dirai au revoir d'un sourire et l'abandonnerai à son sort. Je sortirai dans la petite rue tranquille de Dogenzaka, seule et libre, et passerai le reste de la nuit à me promener parmi mes enfants. Ce sont les ombres de Dogenzaka, et avec elles je resterai jusqu'à ce que le premier train du matin vienne m'emporter.

# *Remerciements*

Cette histoire aurait pu tout aussi bien se passer à Paris, Londres ou Delhi, mais c'est à Tokyo que j'ai découvert le monde des ventes privées.

Tout d'abord, je voudrais remercier les femmes dont je n'ose mentionner les noms et qui m'ont fait partager leurs histoires. Je remercie tout particulièrement Shima Pezeu, Kyoichi Suzuki et Mami Watanabe pour avoir lu le manuscrit et l'avoir patiemment corrigé ; Lisanne Radice, Peter Macmillan, Kathleen White et Karine Liebaut pour leurs précieux conseils ; Laura, mon agent, pour son travail acharné ; mon père pour avoir été mon critique le plus sévère ; ma famille pour avoir supporté mes fréquentes visites aux ventes privées.

Et enfin, le Japon, un pays formidable et un laboratoire du futur.

Achevé d'imprimer
sur les presses
de l'imprimerie
Novoprint - Slovaquie

Dépôt légal : août 2014